D1721504

CAVIAR, VODKA ET POUPÉES RUSSES

OKSANA ROBSKI

CAVIAR, VODKA ET POUPÉES RUSSES

Traduit du russe par Sophie Kajdan

calmann-lévy

Titre original russe :
CASUAL

Première publication : Rosman Publishing House, Moscou, 2005

ISBN 978-2-7021-3869-4

Le destin et le caractère sont un seul et même concept.

NOVALIS

1

“Je jetterai toutes les tasses de Serge et ne ferai jamais de poisson en gelée. Bon, peut-être que je ne les jetterai pas, je les rangerai soigneusement et les descendrai à la cave.”

Mes mains tremblent au moment où je sors de la chambre à coucher pour dire à mon mari ce que j'ai à lui annoncer. Entre nous, il y a neuf ans de vie commune, notre fille de huit ans et cette jeune blonde avec laquelle je l'ai croisé au restaurant la semaine dernière.

Je prononce calmement en le regardant droit dans les yeux : « Séparons-nous un moment. »

Il acquiesce, impassible : « D'accord. »

Je retourne me coucher.

Connaissez-vous les affres de la jalousie comme moi je les connais ? Si j'étais Dante, ce supplice viendrait immédiatement après celui des charbons ardents. Ou même à la place.

Je ne dors plus, je mange sans appétit. J'ai fondu, sans faire de régime. Ce qui est étrange, c'est que dans ce cas les gens disent : « Elle est d'une maigreur maladive. »

J'offre un spectacle pitoyable, même si j'ai l'impression de donner le change à merveille.

Je déchire toutes ses photos.

Le lendemain, je les recolle. Je les pose par terre dans ma chambre et je pleure toutes les larmes de mon corps. J'essaie d'imaginer mon mari avec cette blonde dans les situations les plus intimes. Sans y arriver. Ma conscience s'y refuse : sans doute protège-t-elle mon esprit plutôt déstabilisé. Mais je n'abandonne pas. Quand j'y arrive, je supporte cette torture en stoïcienne. À la fin, je suis complètement anéantie. C'est à ce moment-là que le téléphone a sonné.

Une voix d'homme bien sèche prononce mon nom. Pour m'asséner dans la foulée que mon mari vient de mourir. Cinq blessures par balle dont deux ont atteint des centres vitaux, les poumons et la tête. Cela s'est passé dans la cour de notre immeuble à Moscou. Le chauffeur est à l'hôpital dans un état critique. Je dois me présenter au commissariat pour faire ma déposition. L'homme exprime ses condoléances. Je réponds poliment, aucune crise d'hystérie. Raccroche. L'air devient soudain si lourd que mes poumons le rejettent.

On dirait que le fil qui me relie au monde s'est rompu. Je me retrouve abandonnée de tous au milieu d'un îlot minuscule que les flots vont engloutir.

Je tends la main aux gens. Dans cette main, il y a le téléphone. À l'autre bout du fil, mon amie Veronique. Je lui dis que mon mari s'est fait tuer. Elle ne me croit pas. Je répète. Apparemment, cette fois-ci je l'ai convaincue. Elle pousse un « oh ! », puis reste sans voix. Que répondre à une copine qui vous annonce d'une voix éteinte que son mari s'est fait flinguer ?

Je raccroche. Elle ne me rappelle pas.

Je m'approche de la fenêtre. Le vasistas est ouvert. Nouvelle tentative de percée vers le monde extérieur : je me mets à hurler. Quelques secondes plus tard, alors que je n'ai presque plus d'air dans les poumons, j'entends ma propre voix. Je ferme la bouche et, par la même occasion, le vasistas, sans trop savoir pourquoi.

Je choisis les vêtements dans l'armoire. Je suis exigeante : la femme de Serge doit avoir un look éblouissant. Même au commissariat. J'enfile un pantalon en soie rose. C'est mon mari qui me l'avait offert.

En sortant de l'immeuble, je me retourne. J'ai peur. Avant d'allumer le moteur, je bloque les portes. Pendant tout le chemin, j'ai les yeux rivés sur le rétroviseur. Apparemment, je ne suis pas suivie.

Le local du commissariat me paraît encore pire que dans les séries télé. Ça sent la souris. Les flics ne sont plus très jeunes, mais ils ont l'air de bien se marrer.

Je demande si mon mari est mort sur le coup.

L'inspecteur plisse les yeux, méfiant. « Pourquoi vous voulez le savoir ? »

Je ne réponds pas. Il aurait été stupide de lui expliquer que quand on prend conscience de la mort de son mari, on a envie de s'assurer qu'il n'a pas souffert. Histoire que la peine ne vous brise pas le cœur.

L'une des balles a été extraite de sa main. J'imagine son geste instinctif : il cache son visage pour retarder la mort d'une fraction de seconde.

Je comprends qu'ils me soupçonnent. Ils m'interrogent sur l'argent, les voitures, les maisons, les appartements. Ils me demandent aussi pourquoi nous ne vivions pas ensemble.

Ce qui s'était passé entre nous. Et quelle était ma relation avec le chauffeur.

Tiens, qu'est-ce qu'il vient faire là ?

Je demande de l'eau, car j'ai peur.

J'ai envie de sortir, mais ils posent d'autres questions, ça n'en finit plus. Dans mon dos, quelqu'un tape mes réponses avec un doigt sur une machine qui date de Mathusalem. Des phrases sorties de je ne sais quel film où il est question d'avocats me trottent dans la tête : « Je refuse de répondre… » Mais dans cette pièce sordide, ce genre de propos paraît absurde.

« Vous savez… » (À en juger d'après son regard, son niveau intellectuel est celui d'un collégien qui a loupé son brevet. Je parie qu'il ne prend même pas de pots-de-vin ; son collègue, c'est une autre histoire.) « Vous savez, vos voisins disent que votre chauffeur s'est beaucoup occupé de vous, que vous êtes intimes. »

Je ne réagis pas. Ils doivent penser, à juste titre, que je n'ai rien à dire. Pour leur faire comprendre que c'est du délire à l'état pur, il faudrait que je sorte la photo de Serge et que je leur raconte l'histoire de notre rencontre. Notre amour. Notre vie. Que je leur parle de notre fille merveilleuse. Alors, ils pigeraient. Et ils m'envieraient. Comme tout le monde, jusqu'à il y a peu.

Leurs soupçons à propos du chauffeur leur paraîtraient idiots et absurdes.

Mais je ne dis rien.

On m'apporte de l'eau.

Au bout de trois jours, on me permet de reprendre le corps à la morgue.

Assise par terre, les bras autour des genoux, je pleure.

La nuit tombe, puis le jour se lève.

Le téléphone sonne, je ne décroche pas.

La morgue n'est pas loin de notre appartement, c'est pratique. Je pousse la porte en retenant mon souffle. « Mon mari est chez vous, je voudrais le voir. »

La femme à l'accueil ne me jette même pas un coup d'œil. « C'est interdit. »

Elle me tend la montre de Serge, son portefeuille et une photo. La première photo sur laquelle nous sommes ensemble. Je ne savais pas qu'il l'avait sur lui. Au dos, il est écrit de ma main : « Un jour… Nous ne regretterons plus rien. Si ce n'est l'un l'autre. » Je signe un registre. J'ai de nouveau envie de hurler. Serge avait ma photo sur lui !

Dans le couloir, je croise un homme chauve en blouse blanche. Il sent fort l'eau de Cologne.

Je lui glisse un billet dans la main. « Aidez-moi, je vous en prie. Il faut que je voie mon mari. »

L'homme prend l'argent sans broncher et fait un geste en direction de la porte la plus proche. « Allez-y. Le numéro 17. »

Je pousse la porte.

Je baisse la tête pour en voir le moins possible. J'essaie de ne pas regarder autour de moi, de me concentrer sur les numéros accrochés aux talons nus. D'abord dans la rangée de gauche, puis dans celle de droite.

Je m'efforce de ne pas retenir ça – ces deux rangées de corps nus.

Le voici. Le numéro 17.

Au cinéma, on voit des gens se précipiter en pleurant sur le corps de l'être cher.

Moi, je reste pétrifiée.

Mon mari, toujours impeccable, chemise parfaitement repassée, chaussures bien cirées, coupe de cheveux irréprochable, ne peut pas se trouver dans cette pièce terrible, sur cette table, avec ce numéro au pied. Pourtant, c'est bien son corps. Son talon.

Je sors en courant et me mets à vomir dans la cour de service. Je crache tripes et boyaux. Quand j'ai fini, il fait nuit.

Les amis de Serge se chargent d'organiser ses obsèques. Je dois juste choisir le restaurant pour la réception et ma robe de deuil. En attendant, je reste affalée sur le canapé, absolument seule. Coupée du monde.

Je ne peux raconter à personne ce que je ressens. Parce que je suis soulagée. Fini les tourments de la jalousie. Je suis reconnaissante à Serge d'être mort.

Ce qui ne m'empêche pas d'éprouver une peine terrible. Je donnerais tout pour qu'il soit mort sur le coup. Sans douleur ni peur.

Finalement, les obsèques arrivent. De nouvelles larmes aussi. Et les larmes de notre fille.

Robe de deuil et lunettes noires. Les cloches du cimetière de Vagankovo. Puis, les adieux de la veuve au défunt. Je l'embrasse. Je le prends dans mes bras. Je lui parle. Il répand une bonne odeur d'eau de toilette que j'ai apportée à la demande des employés des pompes funèbres en même temps que le costume trois pièces et les chaussures. Ce parfum dont j'ai l'habitude se mêle à celui du maquillage et de quelque chose d'autre : je sais que je n'oublierai jamais cette odeur âcre de mon chagrin.

Le moment des adieux.

Quelqu'un me dira plus tard que tant de tendresse aurait dû le ressusciter.

Pourtant le voilà enterré.
Je rentre chez moi.

Le lendemain, je demande à Vika si je peux passer chez elle. Son mari a été tué il y a trois ans. À Prague. Elle avait vu son Fiodor monter dans la voiture avec ses collègues : elle se tenait à la fenêtre du premier étage de leur maison, dans la banlieue de la capitale tchèque. Elle ne l'a plus jamais revu. Trois jours plus tard, on a retrouvé le corps et la voiture. Une balle dans la nuque. Après avoir enterré son mari, Vika est rentrée en Russie. Elle n'avait pas remboursé le prêt pour la maison de Prague et quelques mois plus tard, la banque l'a confisquée. Vika n'en a pas fait une maladie. Dans cette maison, tout lui rappelait Fiodor.

À Moscou, elle a été accueillie par le jumeau de Fiodor, son frère aîné pour ainsi dire, né deux minutes avant lui. Il s'est occupé de son fils comme si c'était son propre enfant. Il a pris une place importante dans la vie de Vika. En fait, il a carrément occupé son espace vital. Elle n'avait plus que lui et l'enfant. Il l'a aidée financièrement, lui a acheté une voiture, a mis le petit dans une école maternelle privée qui coûtait cher. Il s'impliquait dans l'éducation du gamin : Vika ne pouvait prendre aucune décision sans lui demander conseil. Bientôt, ça a commencé à lui peser. Parfois, elle avait l'impression d'être toujours mariée, mais au frère de Fiodor. Pourtant, il avait une femme, qui n'aimait pas Vika, mais était bien obligée de la supporter. Elle parlait de sa belle-sœur avec mépris et passait son temps à calculer ce qu'elle leur coûtait.

Quand on a proposé à Vika un appartement clair et spacieux pas loin de chez lui, elle a refusé. « Déjà que je n'ai aucune vie à moi, disait-elle. Il contrôle chacun de mes gestes. Bien sûr, je ne pourrais pas vivre sans son argent, mais… »

Trois ans après la mort de Fiodor, Vika a rencontré un jeune homme. Il avait vingt-quatre ans, il terminait ses études à l'Académie des métiers du tourisme et pour les payer, il travaillait comme barman dans un club de nuit. Ils ont commencé à vivre ensemble.

Le frère de Fiodor a coupé les vivres à Vika. « J'aurais compris, disait-il, si elle avait trouvé un type normal : ça ne m'aurait posé aucun problème, je l'aurais accepté, on serait devenus amis. Mais celui-là… Un gosse d'un bar à strip-tease ! Je ne veux pas qu'il mette mon fric dans son slip ! »

Vika a trouvé un travail. Elle a inscrit son enfant à l'école publique. Elle s'est sentie de nouveau une personne vivante avec sa propre histoire.

Elle m'ouvre la porte, vêtue d'un peignoir avec un Mickey sur le dos. Elle me prend dans ses bras, me fait asseoir dans un fauteuil. Je n'ai pas besoin de dire quoi que ce soit, elle pourrait raconter cette histoire elle-même.

Nous buvons du thé sans en apprécier le goût. Nous parlons sans sentir nos larmes couler, nous nous contentons de les lécher de temps en temps, quand elles arrivent sur nos lèvres.

Je finis par lui poser la question pour laquelle je suis venue : « Ça s'arrêtera quand ?

— Jamais, répond Vika. Mais dans quelques mois, ça sera moins douloureux.

— Tu penses toujours à lui ?

— Bien sûr. Je prends une tasse et je me dis : "C'est la tasse préférée de Fiodor." Je prépare du poisson en gelée et je me rappelle qu'il adorait ça. Parfois, en m'achetant un pull, je me demande s'il lui aurait plu. »

En regardant Mickey sur son dos, la peinture écaillée aux murs, je me jure que pour moi, ce ne sera pas pareil. Et puis, je ne vivrai pas dans le passé. Penser à Serge me fait mal, mais c'est une douleur agréable. Supportable. En revanche, je m'interdirai les états d'âme nostalgiques. Dans trois ans, j'aurai autre chose en tête, quelque chose de merveilleux qui remplira ma vie et me rendra heureuse. Oui, il y aura de nouveau du bonheur dans ma vie, je me le promets ! Je jetterai toutes les tasses de Serge et ne ferai jamais de poisson en gelée. Bon, peut-être que je ne les jetterai pas, je les rangerai soigneusement et les descendrai à la cave.

Il est minuit passé quand nous nous quittons : j'ai fait connaissance de l'agréable jeune homme qui dansote tout le temps en arborant un sourire radieux.

2

“Tiens, je me demande comment ce doit être de faire l’amour avec un homme qui en rêve depuis dix ans.”

On est bien dans ce café.

Le soleil s’applique à réchauffer mon visage et mes bras nus.

Je remue paresseusement les glaçons dans mon jus de clémentine en souriant distraitement à Vanetchka, un vieux copain. Pour les autres, il est Jo. Parce que Jo est anglais. Jo n’a qu’un seul amour dans sa vie.

Cela fait dix ans qu’il est tombé amoureux de moi : un coup de foudre. Depuis, je me suis habituée à son amour, je l’accepte comme un dû et le garde en réserve, pour le cas où. Par exemple, pour un moment où je serai d’une humeur exécrable ou n’aurai vraiment personne pour me venir en aide.

Notre relation est purement platonique, mais je l’ai toujours cachée à Serge. C’était mon unique secret, d’ailleurs. Excepté quelques dépenses, bien sûr.

Il vient à Moscou assez souvent et nous nous donnons toujours rendez-vous au même restaurant. Autrefois, c'était un endroit à la mode ; la cuisine y est toujours bonne et le service satisfaisant. Seulement, les gens n'y viennent plus. Exactement ce qu'il faut pour des rendez-vous secrets.

Les garçons nous connaissent.

Il nous est déjà arrivé de nous disputer. Il se vexe, puis disparaît. Parfois pour un an ou deux. Mais il finit toujours par me rappeler, il me dit combien je suis extraordinaire et combien il s'ennuie de moi ; nous nous retrouvons dans notre restaurant, les serveurs nous reconnaissent et nous vantent leurs nouveaux plats.

Depuis que mon mari a été tué, nous nous voyons plus souvent. Son amour et son attention compensent l'absence d'homme dans ma vie.

Assis en face de moi, Vanetchka me parle de son nouvel appartement de Londres. « J'ai peint les murs en marron foncé. C'est très stylé. À travers la baie vitrée du salon, la ville entière semble à portée de main. (Il parle très bien russe avec un léger accent, et aime bien frimer en utilisant des expressions comme "à portée de main".) Je me dis qu'un jour, tu viendras me voir à Londres. Et tu n'auras plus envie de retourner à Moscou. J'en suis même sûr. »

Et moi, je me dis que le moment est venu de me faire des piqûres de Botox sous les yeux : c'est un poison qui paralyse les muscles et prévient la formation des rides d'expression. Je commence à en avoir.

J'ai lu quelque part qu'une injection dans le sang de ce poison bloque les voies respiratoires et la personne meurt étouffée en pleine conscience.

En ce moment, je pense souvent à la mort.

Pas comme à quelque chose d'extraordinaire, mais comme au maquillage, au temps qu'il fait, à ma fille.

Vanetchka se met à parler business. Je commande un autre jus.

L'idée de piqûres de Botox fait son chemin dans ma tête. Je prends mon téléphone, lance un « Je reviens ! » et m'en vais au fond du restaurant. L'esthéticienne peut me recevoir aujourd'hui même, entre cinq et six. Je dois me dépêcher.

Je quitte Vanetchka dans la précipitation. Tout en essayant de l'en dédommager avec mon sourire le plus rayonnant : il y a des hommes qui m'ont aimée justement pour ce sourire, je le sais.

Les piqûres prennent peu de temps et ne sont pas douloureuses. Elles ne commenceront à agir que dans quinze jours. Dommage. J'ai envie d'être jeune et belle tout de suite. En tout cas, j'ai maintenant une occupation : attendre.

C'est que je n'en ai pas d'autre.

Quand on est mariée, même si on ne fait rien de la journée et qu'on reste vautrée devant la télé, ça a un sens, parce qu'on ne fait pas que regarder l'écran, on attend son mari qui doit rentrer du travail; donc, on n'a pas fait que tuer le temps, on a vécu une journée de vie familiale bien remplie.

Mais moi, je n'allume même pas la télé. J'écoute de la musique.

Je me dis qu'en entrant dans n'importe quelle maison, selon qu'on y regarde la télé ou qu'on y écoute des CD, vous pouvez immédiatement comprendre si c'est un couple ou une jeune fille célibataire qui y habite.

Lorsque je passe en revue toutes mes amies, je me rends compte à quel point j'ai raison.

Il y a des exceptions, bien sûr. Mais alors, il s'agit d'une jeune fille qui rêve d'une vie de famille. Ou, au contraire, qui ne rêve plus de rien.

Je sens que je m'ennuie. Coup de téléphone de Vanetchka. Nous nous retrouvons au restaurant.

Mon ami me regarde avec des yeux de merlan frit et boit chacune de mes paroles, comme d'habitude. Quand on n'a envie de voir personne, la seule présence qu'on peut supporter est celle d'un homme amoureux.

Nous bavardons de choses et d'autres. Je lui raconte qu'une fois de plus, j'ai renvoyé ma femme de ménage parce qu'elle me volait. Vanetchka me conseille de me retourner contre l'agence de recrutement de personnel. Il dit : « Il faut battre le fer pendant qu'il est chaud. » Je lui explique que, dans notre pays, c'est inutile. L'agence m'en enverra une autre, voleuse comme les précédentes.

Il me parle de la chaleur qu'il fait à Londres, exceptionnelle pour la saison. Comme toujours, il m'invite à venir le voir. Comme toujours, j'accepte.

Vanetchka se met à raconter des blagues russes. Je n'aime pas trop cette partie du programme, qu'il remet à chaque fois. Il ne comprend pas vraiment notre humour national, choisit les plus mauvaises blagues et, en plus, il n'y met pas la bonne intonation. Jamais il ne réussit à me faire rire. Pourtant, il garde l'espoir. Des années que ça dure.

Tiens, je me demande comment ce doit être de faire l'amour avec un homme qui en rêve depuis dix ans.

Il a par ailleurs une vie amoureuse trépidante. Même pendant qu'il est avec moi, son téléphone sonne sans arrêt. La plupart du temps, il ne répond pas. Il est très sympathique, il a un sourire charmant, il est généreux et ne rate jamais l'occasion de faire un compliment.

Il y a dix ans, j'étais presque amoureuse de lui. Mais après, j'ai rencontré Serge et j'ai oublié le monde entier.

Nous commandons un dessert et décidons de nous rencontrer demain au yacht-club.

En me raccompagnant à ma voiture, il m'offre des fleurs. Je les pose sur la banquette arrière et les oublie jusqu'au lendemain : je ne les découvrirai qu'en me garant devant le yacht-club. Je les cache alors dans le coffre.

À l'embarcadère, dans un petit café, nous croisons des connaissances de Vanetchka, des Français. Nous commandons du champagne.

Parfois, il est très agréable de commencer la journée au champagne. C'en est fini alors de la sobriété. L'essentiel, c'est de ne pas exagérer car, sinon, la journée pourrait être réduite à un petit déjeuner interminable.

Nous louons des bateaux, faisons du ski nautique et mangeons des brochettes que nous préparons nous-mêmes. Cela me fait tout drôle de voir des gens avec Vanetchka. De me montrer en sa compagnie. En présence de ses amis, il est beaucoup plus intéressant, je le regarde d'un œil nouveau, pas comme ma propriété.

Nous passons une journée agréable et nous nous quittons ravis l'un de l'autre.

3

“Moi, les chevaux me font peur.”

Je suis de nouveau convoquée au commissariat pour un interrogatoire. J’appelle un de mes voisins, qui est avocat, et le prie de m’accompagner. Lors de ma première visite, je me suis rendu compte que ce n’était pas du tout un endroit où l’on se sentait en sécurité.

On ne me soupçonne plus d’avoir tué Serge. On me montre un portrait-robot que je dois identifier.

« Regardez-le plus attentivement, suggèrent les enquêteurs en posant l’image devant moi. Cet homme fréquentait votre mari. Vous ne le reconnaissez pas ?

— Non. »

Je secoue la tête sans comprendre pourquoi je le fais.

« Regardez bien. Vous l’avez peut-être croisé quelque part ? »

Nous étions dans un restaurant. Il avait pris mon sac à main et exprimait son admiration pour les petits objets féminins qui peuvent être si raffinés. C’est pour cette raison que je me souviens de lui : ce n’est pas tous les jours qu’un homme se laisse impressionner par un sac de femme.

En quittant l'avocat, je le remercie. Il passe son bras autour de mes épaules. Je me demande s'il s'agit d'un geste professionnel.

J'avance à une allure d'escargot dans les interminables bouchons de Moscou tout en me disant qu'il faudrait engager un chauffeur. Et aussi, que je devrais retrouver ce fétichiste pour le tuer. Venger mon mari. Ce serait juste. Pourquoi n'ai-je pas dit aux policiers que je le connaissais ? Mais je n'ai plus envie d'y penser.

Je tourne le rétroviseur vers moi. Regarder mes rides en attendant que le Botox fasse effet est devenu une habitude.

Acheter un pistolet ? Non, il vaut mieux louer les services d'un mercenaire. Ne devrais-je pas me procurer une arme tout de même ? Par la même occasion, je tuerai la blonde du restaurant. Et l'enquêteur. Celui qui m'avait demandé : « Pourquoi vous voulez le savoir ? »

J'ai tellement envie de devenir forte ! Ce n'est pas que j'aie vraiment l'intention de tuer ma rivale : je voudrais juste en être capable.

Je me gare devant une église. Un geste devenu habituel ce dernier mois : un cierge pour le repos de l'âme de Serge, un autre à la santé des vivants.

Je sais à qui je vais téléphoner.

Il y a une vingtaine d'années, une nouvelle vie commençait à Moscou : à l'époque, il y avait dans notre entourage beaucoup de gens comme Oleg. Je dirais même que tous nos amis étaient comme lui. Ensuite, ils sont devenus hommes d'affaires, députés ou même acteurs. Oleg, lui, n'a pas changé.

Je l'appelle tous les trois ou quatre ans sans jamais lui laisser mon numéro de téléphone. Il m'est déjà arrivé de l'aider financièrement. La dernière fois, je l'ai contacté quand ma femme de ménage avait volé toutes mes fourrures. Elle avait fait un calcul simple : c'était l'été, je ne m'en rendrais pas compte avant l'hiver. Cela ferait alors six mois qu'elle ne travaillait plus chez moi. J'étais désolée de ne plus avoir mes manteaux. Serge croyait que je les avais donnés à nettoyer et que j'avais oublié où. J'ai fait appel à Oleg. Mais il a trouvé un prétexte pour ne pas se charger de cette affaire.

Serge m'a acheté deux nouvelles fourrures et j'ai fini par ne plus penser à cette histoire.

Oleg m'attend dans un restaurant, il sourit, tout content. Je suppose qu'il ne fréquente ce genre de lieux qu'en ma compagnie.

Dans la voiture, j'ai retiré mes bijoux. On ne peut pas faire tout à fait confiance aux gens comme lui.

« Alors? Ta nounou t'a chipé des diamants? » Il est affalé dans son fauteuil tandis qu'un serveur lui allume son cigare.

J'arbore un sourire mondain en attendant, avec une grimace polie, que le serveur nous laisse. Je raconte à Oleg tout ce que je sais sur la mort de Serge et sur l'autre type.

Je ne crois pas au succès de cette entreprise. Je n'ai même pas sa photo. Je connais juste son prénom. Et aussi un peu son entourage.

Je lui propose dix mille dollars. Il en demande cinquante mille.

Il me semble que marchander, dans ce genre d'affaire, serait offenser le souvenir de Serge. Quand j'achète des fleurs pour sa tombe, je ne demande jamais le prix.

Il veut la moitié de la somme tout de suite. Je me rappelle la morgue. Et mon sentiment d'impuissance. Cette conscience terrifiante de ne plus pouvoir rien faire. À présent, je peux faire quelque chose pour Serge.

Je promets de lui apporter l'argent demain. J'irai chez lui.

C'est ce que je fais. Je me gare devant la porte de son immeuble et je sonne pour qu'il descende. Je n'aime pas les immeubles anciens.

C'est sans doute un jour férié. Les gens s'agitent en tous sens, sans m'accorder la moindre attention.

Dans la cour de l'immeuble, sur une balançoire d'enfant, je vois une charmante jeune fille en jean bleu clair et un jeune homme aux cheveux longs. Serrés l'un contre l'autre, ils pérorent, ne s'interrompant que pour s'embrasser. Le jeune homme dévore sa compagne des yeux. Son regard est plein d'amour. Elle lui sourit d'un air coquet et le taquine. Les gens les admirent et envient leur jeunesse. Et eux, ils pensent que cela durera toujours.

Je voudrais être cette jeune fille pour embrasser ce garçon sur la balançoire. Impossible, même en pensée. Mettons que je devienne cette jeune fille. Mais alors, il n'y aurait ni Serge ni Macha dans ma vie. Tout ce qui fait mon existence disparaîtrait. Y compris l'argent que je dois donner à Oleg pour qu'il tue le fétichiste. Or, si je n'étais pas venue donner cet argent à Oleg, je n'aurais pas vu cette jeune fille ni n'aurais eu envie d'être à sa place.

Nos yeux se croisent. Son regard s'assombrit : elle, elle voudrait porter mes vêtements, vivre dans ma maison et voir le monde à travers les vitres de ma voiture.

J'aimerais les conduire quelque part. Me transformer en chauffeur pour écouter leur stupide babillage. Mais autant vouloir se rendre invisible.

Oleg descend. Je lui passe l'argent. J'appuie sur le champignon.

Dans le rétroviseur, je vois le visage de la jeune fille. Elle dit quelque chose à son copain d'un air énervé. Peut-être m'a-t-il regardée un peu trop longtemps ?

Je souris à mon reflet. Le Botox me sourit en retour, moqueur.

Le soir, je revois Vanetchka. C'est son dernier jour à Moscou. Demain, il retourne à Londres. Comme toujours, à la veille de son départ, il est particulièrement prévenant.

Je me sens comme une reine qui dispense ses faveurs. Je souris et fais la coquette.

Nous nous rencontrons à Tsaritsyno, dans une propriété russe ancienne. Vanetchka aime y faire du cheval. Moi, les chevaux me font peur. Mais j'adore rester au soleil avec une tasse de café en suivant des yeux leurs mouvements gracieux. Vanetchka a choisi Mouche, une jument pie. Il l'appelle Moustique. La jument ne lui obéit pas, elle donne des ruades. Vanetchka est bon cavalier. Il y a des gens qui réussissent tout ce qu'ils entreprennent.

Mouche finit par comprendre qui est le maître : la voilà, enfin docile, qui part au trot en direction de la forêt. Une chatte rousse s'est installée confortablement à mes pieds. Je ne sais pas pourquoi, dans toutes les écuries, on voit un nombre incalculable de chiens, de chats et d'autres animaux.

À côté de moi, une jeune fille frotte avec une brosse dure la crinière d'un beau cheval noir aux balzanes blanches. Je me dis qu'elle a de la chance. Elle vient ici tous les jours, elle ouvre les boxes, salue les chevaux comme ses meilleurs amis, leur donne du sucre et à la fin du mois, elle touche un salaire et rentre chez elle, sans doute en métro. Le jour où elle touche sa paie, elle achète peut-être sur le chemin une cravate à son petit ami ou, plutôt, une chemise. Elle prépare du poulet à la géorgienne et se couche après avoir regardé un film sur la première chaîne. La première, j'y tiens, car le directeur commercial de ce canal est un ami.

Vanetchka revient au bout d'une vingtaine de minutes, tout émoustillé, les yeux brillants. J'ai envie de l'embrasser. Mais il a transpiré, il doit prendre une douche. J'attends cinq minutes avant de le rejoindre dans la cabine. Je suis sûre qu'il s'attendait à tout sauf à cela.

Ce n'est pas du tout comme je l'avais imaginé. Personne n'est mort de bonheur. Dans d'autres cabines, des hommes se lavent. Je ne sais pas si je me fais remarquer au moment où je sors en m'essuyant en toute hâte. Je monte dans ma voiture et rentre chez moi.

Aujourd'hui, Vanetchka est parti. J'y pense avec soulagement. Je serais bien embarrassée de le revoir tout de suite. J'espère que nous pourrons oublier l'épisode d'hier et qu'à son retour de Londres, nous ferons comme si de rien n'était.

Je prends mon petit déjeuner au lit. Vers trois heures, je me rends compte qu'il n'a pas téléphoné. Pas une fois depuis qu'il m'a raccompagnée à ma voiture hier. Je vérifie si le téléphone marche. Puis, je compose son numéro. Il décroche à la sixième tonalité. Je raccroche.

Il ne lui est rien arrivé. Il est sain et sauf. Il ne m'a pas appelée, c'est tout.

Pourquoi avoir téléphoné ? Il se doutera que c'est moi. Enfin, ce n'est pas sûr. Il doit y avoir un tas d'autres nanas qui l'appellent et raccrochent ensuite. Je suis devenue l'une de ces nanas.

Je serre les dents pour contenir ma rage. Je tire la couverture sur ma tête pour ne plus jamais mettre le nez dehors.

Le téléphone sonne. Je me précipite pour décrocher tout en cherchant le ton juste pour répondre. Un peu endormi, un peu distant. Je lui dirai de me rappeler ce soir. Ou demain. Non, je le rappellerai moi-même quand j'aurai une minute.

C'est maman au bout du fil. Elle me demande si je vais bien. Bien sûr que tout va très bien. À ceci près qu'elle et Macha me manquent beaucoup. Elles aussi s'ennuient de moi. Elles arriveront bientôt. Il faut que j'achète des vêtements pour Macha. La fillette a beaucoup grandi pendant l'été.

Je raccroche. Regarde mon reflet dans la glace. Le Botox a commencé à agir.

Mon Dieu, c'est épouvantable ! Mes rides ont disparu. Les muscles du visage sont atrophiés. Une figure de poupée, il ne me manque plus que des cheveux bleus. Quand je souris, c'est Fantômas sorti tout droit d'un livre d'horreur pour enfants : mes lèvres s'étirent péniblement, mes yeux sont fixes, vitreux.

J'oublie Vanetchka et me jette sur mon téléphone pour appeler l'esthéticienne. Elle me dit que je l'ai voulu et que le miracle du Botox dure entre trois et six mois. Quelle chance ! Il vaut mieux que j'évite de sourire dans les six mois qui viennent.

Je pleure à chaudes larmes en poissant ma figure. Mes yeux dans la glace restent fixes. On dirait le visage d'une morte sous la douche, chaude ou froide, peu importe.

C'est la fin de l'été.

Certains abordent la vie en consommateurs. D'autres l'affrontent en héros. D'autres encore y voient une coupe qu'il leur faut boire jusqu'à la lie. Pour moi, la vie est un partenaire de jeu. C'est passionnant.

Le monde entier est un terrain de jeux. Elle joue toujours la première. Je riposte et attends le coup suivant avec intérêt.

Il n'y a pas de règles dans ce jeu. C'est un peu effrayant, mais je m'y suis habituée. Pas de vainqueur non plus.

Au début, j'ai essayé de compter les points, mais j'ai fini par y renoncer. Je ne laisse jamais passer mon tour. Quand j'ai envie d'abandonner, je demande un *time out*.

La vie a toujours un joker dans son jeu. Elle le sort lorsqu'on ne s'y attend pas du tout, ce qui rend la partie plus palpitante. Impossible de prévoir de quoi il aura l'air. L'essentiel est de faire comme s'il n'y en avait pas.

L'enjeu, c'est le bonheur.

4

“Je n’ai pas envie d’exhiber le charme de ma mimique devant la maîtresse de Serge. À moins de vouloir lui faire peur. Dans ce cas, j’enlèverai mes lunettes et je composerai ma terrible grimace. Enfin, je me contenterai d’enlever mes lunettes.”

J’aurais dû me montrer très étonnée quand la jeune fille du restaurant m’a appelée. D’ailleurs, j’ai été réellement étonnée. Elle se présente : « Je suis la personne que vous avez rencontrée au restaurant. Avec Serge. Vous vous souvenez de moi ? »

Je suis dans mon bain ; j’ai mis dans l’eau trois gouttes d’huile de jasmin. Pour calmer mon cœur qui bat la chamade, je devrais respirer profondément. Au lieu de cela, je me fige un instant, puis demande, feignant l’indifférence : « C’était quand ?

— Comment ça... (La fille perd ses moyens.) Une semaine avant la... la disparition de Serge... Au *Pinocchio*, avenue Koutouzov.

— Ah ! » Je pousse presque un cri de joie dans le téléphone. Elle va se dire que je craignais un coup de fil de la jeune fille du restaurant *Le Hong Kong* qui se trouve rue de Tver. Par exemple.

« Il faut que je vous voie. » J'ai l'impression qu'elle va se mettre à pleurer.

Je demande d'un ton très sérieux : « Pourquoi ? »

En cet instant, je hais toutes les femmes. Car j'ai toutes les raisons de supposer qu'il y en a eu d'autres.

« Je ne peux pas vous le dire au téléphone. »

Je devrais raccrocher. Mais existe-t-il une femme au monde qui refuserait de rencontrer la maîtresse de son mari ?

Je me couche sur mon lit, me roule en boule. Les oreillers et les vêtements de Serge gardent encore son odeur. Tant qu'il était en vie, je ne m'en rendais pas compte. À présent, je la perçois de façon distincte.

La fille s'appelle Svetlana. Nous décidons de nous retrouver dans une heure. Au *Pinocchio*, avenue Koutouzov.

Elle arrive dans une vieille Volkswagen. Si Serge avait été son amant de longue date, elle aurait eu une Mercedes comme moi. Un modèle moins luxueux peut-être.

La salle est plongée dans la pénombre, mais je garde mes lunettes noires. Je n'ai pas envie d'exhiber le charme de ma mimique devant la maîtresse de Serge. À moins de vouloir lui faire peur. Dans ce cas, j'enlèverai mes lunettes et je composerai ma terrible grimace. Enfin, je me contenterai d'enlever mes lunettes.

Elle est plutôt bien habillée, dans ce style que mon mari prisait, ou plutôt, que je lui avais appris à apprécier : chic, mais pas tape-à-l'œil.

Elle s'assied et sort immédiatement une cigarette. Je reste impassible, ne fais aucune tentative de lier conversation.

Elle est manifestement nerveuse, ce qui me permet de rester calme, je me sens en position de force. Sans savoir pourquoi.

Le serveur vient vers nous. Je commande un jus de clémentine avec des glaçons. Elle, une eau minérale. Non, je ne vais pas regarder la carte, qu'on m'apporte juste une salade légère. Svetlana dit qu'elle n'a pas faim.

« On m'a interdit d'assister aux obsèques », bredouille-t-elle en évitant de me regarder dans les yeux.

Il n'aurait plus manqué que ça, me dis-je. L'idée qu'elle aurait pu se trouver à côté de moi au cimetière provoque en moi un nouvel accès de haine. Mais j'arbore un sourire compatissant.

« Qui donc vous l'a interdit ? » Je crois même entendre des notes d'indignation dans ma voix.

« Les amis de Serge, Véronique et Igor. Vous les connaissez, bien sûr ? »

Évidemment. Véronique est une amie. Heureusement que j'ai mes lunettes. Ce serait bien de savoir si Svetlana connaît d'autres gens de mon entourage.

« Oui, mais nous ne sommes pas très proches. (Je vais jusqu'à ponctuer mon regret par un soupir.) Vous étiez amis ? » Je prends un ton protecteur.

« Oui. » Elle baisse les yeux et murmure d'une voix à peine audible : « Je suis enceinte. »

Je me lève et je sors. Il m'est parfaitement égal d'aller n'importe où. Je me retrouve devant la porte. Dans la rue, je m'arrête, m'adosse au mur. Trop c'est trop. Si ma patience avait été un ballon, ce ballon aurait éclaté.

J'aurais donné n'importe quoi pour que Serge soit en vie. Je lui aurais flanqué deux claques, je l'aurais mis dehors et j'aurais balancé ses affaires dans l'escalier.

Non, il vaut mieux qu'il soit mort. Il ne pourra jamais me dire : « Désolé, j'aime une autre femme. Nous allons avoir un enfant. » Cela valait le coup qu'il meure pour que je n'entende jamais cette phrase.

Le numéro 17 sur son talon nu. Et personne ne pourra plus jamais rien faire pour lui. Il n'y a qu'à la morgue qu'on comprend le sens du mot « jamais ». Prononcer ce mot dans un autre lieu est tout simplement sacrilège.

Je retourne au restaurant. « Et alors ? Vous voulez garder l'enfant ? » Je retire mes lunettes et la regarde droit dans les yeux.

Elle acquiesce d'un signe de tête.

Je me rends compte que je l'envie. Moi aussi, j'aimerais avoir un enfant de Serge. Bouclé, aux yeux bleus, comme son père.

Je fais signe au serveur et demande l'addition.

« Je n'ai pas d'argent, dit Svetlana.

— C'est moi qui paie. » À ma grande honte, j'affiche un air supérieur en le disant.

« Je n'ai pas d'argent du tout. »

Je reste interdite. « Et tu veux garder l'enfant ?

— Je comptais sur votre aide.

— Mon aide ? »

Seigneur, voilà donc ce que ressentent les hommes quand une femme leur annonce qu'elle est enceinte ! Ils ont l'impression d'être pris dans un guet-apens. J'entends le piège se refermer sur moi. Aucune porte de sortie. À moins que…

« Ça fait combien de temps ?

— Dix semaines.

— Tu as quinze jours pour avorter. Je te trouverai un bon hôpital, je connais le meilleur gynécologue de Moscou.

— Je ne peux pas, dit-elle en me regardant droit dans les yeux d'un air désolé, c'est ma première grossesse, mon médecin m'a dit que je ne devais pas avorter. »

Je ne capitule pas. « Va voir le mien. »

Elle hoche la tête. « Volontiers. Mais je garderai l'enfant quand même. Je veux un fils de Serge. Ma mère est déjà au courant. Elle est d'accord. »

Je note son numéro de téléphone.

« Vous allez m'aider? » demande Svetlana en guise d'au revoir.

Je ne daigne pas répondre.

5

“Cela valait-il le coup d’affronter tous ces dangers pour acheter mes produits ménagers à Mnevniki ? [...] Une de mes connaissances s’est fait voler sa voiture dans des circonstances analogues. Une autre a été tuée d’un coup de hache à la tête.”

Je m’arrête devant un magasin de produits ménagers à Mnevniki. Je me suis retrouvée dans cette banlieue parce que l’avenue Roublev où j’habite était complètement bouchée. Il y a longtemps que je n’ai pas mis le nez dans ce genre de magasin ringard avec l’enseigne « Produits ménagers », comme à l’époque soviétique.

En descendant de voiture, je regarde autour de moi. L’endroit est mal éclairé et plutôt désert. Quelques véhicules stationnent sur le trottoir.

Ce magasin m’enchante. J’achète des pinces à linge multicolores (pour accrocher des décorations sur le sapin de Noël), un réveil mécanique tout rond, de très jolies pattes pour rideaux, un nouveau plafonnier en forme de gros gâteau d’anniversaire pour la chambre de ma fille et d’autres gadgets utiles. Le tout coûte une bouchée de pain. Trois fois moins cher qu'ailleurs. J'ai du mal à choisir un produit de nettoyage efficace – ma nouvelle femme de ménage me le demande – et tout le monde dans la file me donne des conseils. La vendeuse m'aide à trouver cinq brosses à dents de couleurs différentes pour la chambre d'amis. Je la remercie de tout cœur. Comme je me dirige vers la sortie avec trois sacs énormes, une mémé sympathique vêtue d'une robe à volants me demande gentiment si je suis en voiture, car c'est tout de même bien lourd.

Une bagnole bloque la mienne. Je ne peux pas sortir. Deux Tadjiks sont en train de changer une roue. Je pose mes sacs sur le coffre et m'éloigne par souci de sécurité. Une de mes connaissances s'est fait voler sa voiture dans des circonstances analogues. Une autre a été tuée d'un coup de hache à la tête. Les assassins ont pris sa voiture et deux cents dollars. Elle avait vingt-quatre ans. La Mercedes, son mari la lui avait offerte pour son anniversaire.

Les Tadjiks s'affairent depuis cinq bonnes minutes. Tout cela ne me plaît guère. Rien qui ressemble à un poste de police ou de sécurité routière à proximité. Je serre mes clés dans ma poche, prête à les jeter dans les buissons s'il le faut.

Les Tadjiks enlèvent, puis remettent le cric, desserrent et resserrent les boulons. Je m'approche, le téléphone à la main, et je dis : « Dégagez ou j'appelle mes gardes du corps ! »

Ils acquiescent d'un air effrayé, jettent leurs outils dans le coffre, remontent dans leur voiture et s'éloignent de cinq mètres environ.

Je prends mon téléphone et commence à parler tout haut avec un interlocuteur imaginaire. Je décris l'endroit où je me trouve et dicte le numéro d'immatriculation des

Tadjiks. J'ouvre mes portières à distance. Dépose mes sacs sur la banquette arrière toujours en parlant. L'essentiel, c'est que personne ne m'approche par-derrière.

J'ouvre la portière de devant. L'un des Tadjiks se dirige vers moi. Je fais un pas de côté, tends mon bras et pousse un hurlement terrible : « Arrière ! Arrière, j'ai dit ! »

Il s'arrête, je saute dans la voiture et verrouille toutes les portières.

Cela valait-il le coup d'affronter tous ces dangers pour acheter mes produits ménagers à Mnevniki ? Non, non, trois fois non ! Et ma Mercedes vaut-elle que je risque ma vie pour elle ? Mais comme dirait Vanetchka : « Qui ne risque rien n'a rien. »

J'appelle Svetlana en pleine nuit. « Serge savait-il que tu étais enceinte ?

— Non, je n'ai pas eu le temps… »

Je raccroche sans lui laisser le temps de terminer sa phrase.

6

“Pour Oleg avec ses couronnes dentaires en fer,
dix millions de dollars, c’est aussi abstrait
que dix kilos d’os pour un chien errant.”

Ma masseuse habite au rez-de-jardin de ma maison. Elle a des mains fortes et un regard fureteur. C’est le propre des personnes qui vivent de pourboires.

Je n’ai jamais cherché de masseuse à demeure. Simplement, il y a un an, je l’ai engagée comme femme de ménage sur la recommandation d’une amie.

À Donetsk d’où elle est originaire, une masseuse touche par mois de quoi s’acheter deux « rouleaux californiens » à la cafétéria du centre commercial Slave à Moscou ou un vernis à ongles Wella ou l’équivalent d’un pourboire au casino *Golden Palace*.

Ma masseuse, qui s’appelle Galia (elle prononce le *g* à l’ukrainienne, comme un *k*), a donc décidé de partir gagner sa vie à Moscou. Elle a atterri chez moi comme femme de ménage. Elle était une exécrable cuisinière, rangeait mal l’appartement. Je l’ai remplacée. Mais, habituée à profiter de ses massages à toute heure, je n’ai pas pu me séparer d'elle. Son salaire me coûte deux fois moins que les soins réguliers dans un salon de beauté.

Je vais dans ma maison de campagne. L'apathie dans laquelle je me trouve ces derniers temps n'est pas de nature à me faire bouger. Et puis, la maison est à l'abandon depuis le départ de Serge, ce qui ne donne pas très envie d'y aller. Mais c'est là que vit ma masseuse. Et c'est un excellent prétexte pour rentrer chez moi.

La première chose que je vois, ce sont des balais, des seaux et des serpillières un peu partout. Ma nouvelle femme de ménage considère qu'une maison doit être nettoyée en permanence. Vers dix heures du soir, elle laisse tout en l'état et va se coucher pour s'y remettre dès le lendemain matin.

Si je m'absente quelques jours, elle se vexe, parce que la maison ne se salit pas assez, cela perturbe son rythme.

Je traverse le salon en tâchant de ne pas regarder autour de moi et je monte dans ma chambre. Je fais couler un bain, j'y verse trois gouttes d'huile de jasmin. J'allume des bougies. Je mets de la musique.

Je me déshabille devant la glace. Cela fait longtemps que je n'ai pas fait de gym. Il est urgent que je m'y remette.

Je m'allonge dans la baignoire. Je ferme les yeux. Ma fille va bientôt rentrer.

Généralement, pendant le massage je me tais et n'aime pas que les autres bavardent. Mais aujourd'hui, j'écoute la masseuse, je lui réponds même à contrecœur. Elle a décidé de me faire connaître les recettes de toutes les salades qu'elle sait faire. Elles portent des noms dans le genre « Mimosa » ou « Tortue » ; la plus « dingue » d'après elle, c'est la salade « Tadj Mahall ».

Je l'écoute patiemment énumérer les ingrédients et expliquer les proportions. En fait, je ne fais jamais la cuisine moi-même et, de ma vie, je ne me suis intéressée à la moindre recette. Mais j'aime bien son marmonnement : « Deux cuillerées de mayonnaise… carottes râpées… »

J'ai envie de lui faire découvrir une recette à mon tour. Je fouille dans mes souvenirs et parviens à m'en rappeler une. Mais j'ai la flemme de la dire. Pendant qu'elle me masse la nuque, je me laisse glisser au bord du sommeil.

Je me sens absolument désœuvrée.

Je descends au sous-sol : je sors de la cave une valise avec des affaires de bébé. Je plie soigneusement tout ce qui peut servir à un nouveau-né. Dans la deuxième cave, l'ampoule a grillé. Je prends une lampe de poche et examine le landau de Macha pour voir dans quel état il est. Il s'est bien conservé. Il y a aussi un siège auto.

Ma femme de ménage me sert le dîner dans la salle à manger. La table est joliment mise, ma serviette glissée dans son rond en argent, les bougies allumées. Je mets de la musique. Je n'ai pas faim. Je prends la bouteille de vin rouge et m'installe dans la véranda.

J'aime ma maison. Immense et belle, elle est située dans un endroit agréable, tout près de Moscou. La femme de ménage a entassé ses bassines sur la véranda. J'ai oublié de prendre mon verre. Il y a un tas de verres en plastique sur la table, mais je retourne dans la cuisine. Je prends un verre à vin et demande à ma femme de ménage de ranger ses bassines. Elle est vexée, je le vois à ses lèvres pincées. Je l'autorise à les ressortir demain matin. Pourtant, ai-je vraiment besoin de bassines sur la véranda ? Elle retrouve sa bonne humeur, mais lance un regard désapprobateur en direction de ma bouteille.

Je lui invente immédiatement une tâche. L'huile de jasmin laisse des traces sur ma baignoire. Elle s'éloigne en poussant une sorte de cri de guerre.

Je me réveille à six heures du matin. Je déambule dans la maison, m'aventure dans le dressing. Il ne reste pratiquement plus de vêtements de Serge : deux ou trois vestes qu'il n'avait pas récupérées et des chaussures d'hiver dans des cartons. Il faudra dire à la femme de ménage d'enlever tout ça. Vers dix heures, je me rendors.

Mon amie Véronique est rentrée d'Espagne. « Ma chérie, passe me voir. Je m'en veux de t'avoir laissée seule. Tout cela est si terrible. Après ton coup de téléphone, j'ai passé la journée à pleurer. Viens vite ! »

Nous sommes voisines. Véronique est une habitante typique de notre village. Mon esthéticienne dit en parlant de femmes comme elle : « La malheureuse, elle ne sait pas se détendre ! Même pendant les soins, elle veille au grain. » En fait, elle surveille son mari. Parce que, s'il n'est pas encore parti avec une petite jeune, cela ne saurait tarder. La peur d'une rivale imaginaire la pousse à quarante ans à passer deux diplômes universitaires, à apprendre cinq langues étrangères, à faire la queue pendant deux heures au musée d'Orsay pour voir une exposition d'impressionnistes américains comme une Parisienne lambda.

Grâce à des personnes comme elle, nos jardiniers et nos femmes de ménage sont bien obligés d'admettre que l'inégalité de classe, ça existe. Ils reconnaissent notre évidente supériorité intellectuelle.

Je m'approche d'une maison toute blanche. J'apporte un mille-feuille pour le thé. Devant la pelouse, leur fille de seize ans, assise dans une chaise longue, fume avec délectation. J'en déduis que ses parents ne sont pas là.

« Ils sont sortis. (Elle me regarde droit dans les yeux, sollicitant ma compréhension ; et, profitant de ma tolérance, aspire encore une bouffée.) Papa est en ville, maman ne va pas tarder. Elle est allée faire une course : elle n'avait plus de pain, ou plus de crème, je ne sais pas.

— Et toi, comment vas-tu ?

— Ça va.

— Tu es en quelle classe ? En première ?

— En terminale.

— Tu es grande.

— Oui. Autrefois, en regardant les élèves de terminale, je me disais : ce sont des adultes. C'est si étrange.

— Qu'est-ce qui est étrange ? D'être en terminale sans te sentir adulte pour autant ?

— Ouais.

— Ce n'est pas fini. (À ma propre surprise, je m'entends parler comme ma mère.) Tu continueras à te sentir petite. Et un jour, quand tu auras trente ou cinquante ans, tu comprendras que tu es adulte depuis très longtemps. »

Elle me regarde d'un air complice. Nous restons un moment sans parler.

Le portail automatique s'ouvre et la voiture de Véronique pénètre dans le jardin.

Certaines Mercedes ressemblent à des requins.

Véronique se précipite vers moi et me prend dans ses bras, elle a les larmes aux yeux. Cela fait toujours plaisir. Moi aussi, je pleure un coup. La fille de Véronique aussi.

Nous buvons du thé avec le mille-feuille. Véronique me parle de Marbella. La mer est froide, il y a beaucoup d'Arabes, les prix sont élevés. L'année prochaine elle y retourne. Et si je les accompagnais ? Avec plaisir. Igor sera si heureux. Il t'aime beaucoup, et il aimait Serge aussi. Pauvre Serge.

« Et la maîtresse de Serge, il l'aime aussi ? »

Véronique reste bouche bée et me regarde d'un air effrayé. Cela ne dure qu'une seconde. « Tu la connais ?

— Pas aussi bien que toi.

— Ma chérie, tu dois comprendre. J'étais contre.

— Bien sûr.

— C'est à cause des hommes, tout ça. Je ne pouvais tout de même pas laisser Igor les voir sans moi. Elle aurait amené une copine.

— Bien sûr.

— Ne te fâche pas. Tu es tellement mieux qu'elle. Tout le monde l'a dit. »

Nous sommes allongées sur des canapés dans le salon. Ici, l'air est climatisé, on ne sent pas la chaleur.

« Ça faisait longtemps qu'ils étaient ensemble ?

— Six mois. Tu n'avais vraiment rien remarqué ?

— Non. »

J'avais remarqué que Serge était devenu beaucoup plus attentionné. Il m'offrait souvent des fleurs et des cadeaux.

« Il l'aimait ?

— Tu plaisantes ? Il n'a jamais aimé que toi.

— Il sortait avec elle et la présentait à tout le monde.

— Disons, pas à tout le monde... Ah, mais je ne voulais pas du tout que tu l'apprennes ! »

Moi non plus. C'était vraiment un malheureux hasard qui m'avait amenée dans ce restaurant. Je n'avais même pas faim.

« Ils se sont rencontrés où ?

— À l'inauguration de notre magasin. Tu te rappelles, tu n'étais pas venue ? »

Je n'avais pas de raison particulière pour manquer cette soirée. Tout simplement, j'étais à la campagne. J'avais la flemme de m'habiller, de me rendre en ville. Ma voiture était toute recouverte de neige. Serge n'y était resté qu'une demi-heure, car je l'attendais à dîner.

« C'est stupide de suivre son mari partout.

— Indispensable, si tu veux préserver ton couple. »

Elle essaie de me faire culpabiliser.

« Fréquenter la maîtresse de mon mari, c'était une trahison.

— Arrête. Qu'est-ce que tu aurais fait à ma place ?

— Je t'aurais appelée pour tout te raconter.

— Je n'étais pas sûre que tu aies envie de le savoir.

— Et toi, tu aurais préféré quoi ?

— Je n'en sais rien. J'aurais probablement voulu être au courant. Autant nous mettre d'accord tout de suite. Si tu vois Igor avec une nana, préviens-moi tout de suite. Ça marche ? »

Nous concluons un pacte. Ou plutôt un accord unilatéral. Véronique s'arrange toujours au mieux.

Igor arrive. Il me salue depuis l'entrée. Puis, il s'approche, me serre dans ses bras. Nous restons ainsi plusieurs minutes. Une terrible pitié pour moi-même m'envahit. J'ai de nouveau envie de pleurer. Les nerfs, sans doute.

Je voudrais rester chez Véronique. Regarder la télé avec elle et son mari. Parler de projets pour le week-end.

M'intégrer à leur train-train familial. Être leur unique distraction de ce soir.

Je rentre chez moi. Il y a tant d'étoiles dans le ciel que ça paraît irréel. C'est drôle, les choses laides, elles, sont toujours bien réelles.

Je m'endors dans la véranda. Pour la première fois depuis tout ce temps, je rêve de Serge. Il est vivant, il a une mine superbe, je sens sa présence presque physiquement.

Je me réveille à l'aube, je n'ai envie ni de dormir, ni de me lever. Des oiseaux chantent tout près de mon canapé en osier. En fermant les yeux, je peux me croire dans une forêt, sur l'herbe. D'ailleurs, je n'ai pas besoin de fermer les yeux, pas besoin d'imaginer. Je suis réellement dans une forêt, autour de moi, il y a des pins, la maison est littéralement noyée dans la verdure.

J'appelle Galia pour qu'elle me frotte avec de l'huile de noix de coco. Heureusement qu'elle est là : avec elle, je trouve toujours de quoi m'occuper. Après les frictions à l'huile, je prends une douche et je m'enduis la figure d'une sorte de bouillie vert-marron. Cela s'appelle « masque coup d'éclat ». Son effet est censé être instantané, mais en attendant, il faut rester vingt minutes sans parler. Je ferme les yeux tandis que Galia entame un monologue sur le thème : « À Moscou, impossible de trouver du petit-lait. »

C'est qu'à Donetsk, on vend du petit-lait à tous les coins de rue et les gens en achètent pour faire des crêpes. Et à Moscou, avec quoi fait-on la pâte à crêpes ? Et que donne-t-on à boire aux cochons ? Galia ne conçoit pas un élevage de porcs sans petit-lait. C'est quatre fois moins cher que le lait et on peut aussi s'en servir pour se laver le visage et les cheveux.

Pendant que Galia m'enlève le masque, j'y réfléchis très sérieusement.

Quatre fois moins cher que le lait, donc tout le monde en consommerait. À tout hasard, je pose la question à ma femme de ménage. En achèterait-elle ? La femme de ménage arbore un sourire rêveur : bien sûr, quelle question ! Le petit-lait se garde une semaine, donc, en moyenne, une famille aurait besoin de quatre litres par mois. À Moscou, il y a près de cinq millions de familles. Il faut un bon circuit de distribution. On peut passer par une chaîne alimentaire. Je connais des gens dans ce milieu.

Aujourd'hui, le petit-lait recueilli lors de la production du fromage blanc est tout simplement jeté. Donc, il n'y a pas de frais supplémentaires. Il faut juste financer la publicité et l'emballage. Cela représente vingt à vingt-cinq pour cent de la valeur marchande. Plus le transport.

Il faut que j'en parle à un homme. J'appelle une ou deux de mes connaissances. Après tout, pourquoi ne pas approvisionner Moscou en petit-lait ?

Je rencontre Oleg au *Palace Hôtel.* Il sirote un café, fume le cigare et raconte des sornettes. Il n'a pas besoin de beaucoup d'argent, dit-il, un million lui suffirait amplement.

Je demande, condescendante : « Pour faire quoi ?

— Bah, pour vivre.

— Une maison avenue Roublev, une Mercedes 220, peut-être même une Maserati et une montre JVC : tu t'achètes tout ça et tu es obligé de tout revendre illico.

— Pourquoi ?

— Parce que tu n'as plus d'argent et que tu t'es habitué à vivre confortablement.

— Bon, je n'ai pas besoin d'une maison avenue Roublev.

— Pas pour le moment. Mais quand tu seras millionnaire, tu en ressentiras le besoin.

— Très bien, j'aurais besoin de deux millions. »

Je hausse les épaules. Il finit par piger : « Dans ce cas, dix millions me suffiront. »

Pour Oleg avec ses couronnes dentaires en fer, dix millions de dollars, c'est aussi abstrait que dix kilos d'os pour un chien errant.

Il me parle d'un de ses condisciples. « J'ai vu sa photo dans le journal. Il fait partie du comité de direction d'une compagnie de nickel. Ils se sont emparés d'une usine dans l'Oural, ont chassé toute l'administration et ont placé leurs hommes. »

Oleg parle de lui avec admiration. Comme d'un parent qui a réussi. Un peu comme s'il y était aussi pour quelque chose.

Enfant, Oleg battait ce copain. Parce qu'il détestait les binoclards. Mais depuis qu'il a lui-même un œil de verre, il supporte mieux les défauts physiques des gens.

« Tu as l'air triste », dit Oleg.

Je ris.

« Et ton rire n'est pas naturel. »

Je lui parle du Botox. D'habitude, une femme ne confie pas ce genre de choses à un homme. Oleg en est conscient sans doute, mais il ne se vexe pas. On se connaît depuis vingt ans, ça me donne des avantages.

« J'ai retrouvé ton fétichiste », dit-il, affalé dans son fauteuil.

Je hoche la tête. Je sens comme un courant d'air glacé. J'ai l'impression que l'homme qui a tué mon mari se trouve là quelque part. J'ai peur. Je dois faire un effort, j'ai du mal à aligner deux mots.

Oleg commence à observer les gens autour de nous. Manifestement, mes tourments ne l'intéressent pas.

« On le bute comment ? » demande-t-il en me regardant droit dans les yeux. Il se sent en position de supériorité et en tire un malin plaisir.

« Qu'est-ce que tu en penses ? (Cette fois-ci, il réfléchit pour de bon.) On peut le plonger dans une dalle de béton. »

Je jette un coup d'œil en biais au serveur. Il me lance un regard suspicieux, lui aussi.

Je commande un nouveau jus de clémentine.

« On peut l'enterrer jusqu'au cou. Au cimetière. Pendant trois jours. Tu passeras le voir. »

Oleg est tout émoustillé, ses yeux brillent comme ceux d'un fou. Il parle tranquillement, en professionnel, comme Galia quand elle vante ses salades. « Il y a un autre truc bien : un peu de ton Botox en injection sous la pomme d'Adam. » Cela me semble bien aussi.

« Ou alors, on le flingue tout bêtement. Je te donnerai la photo. »

Je mettrai la photo du fétichiste mort dans mon album de famille. Il y reste beaucoup de pages vierges. Peut-être même que je la garderai sur moi.

« On peut le pendre, le noyer, l'étrangler... » Il est en train de compter sur ses doigts, mentalement.

Je suis soulagée de savoir qu'un si grand nombre de possibilités s'offre à nous. Finalement, choisir un seul crime dans ce catalogue rend la chose moins grave.

« On peut le jeter d'un toit, l'étouffer avec des gaz d'échappement... » Il est manifestement en train d'improviser.

J'ai envie de proposer quelque chose aussi, mais je suis à court d'idées.

« Allez, choisis. Et fixe le moment. »

J'essaie d'imaginer cette situation en spectatrice extérieure. C'est ce que je fais toujours quand la réalité ne m'arrange pas. Un scélérat tue un prince bon et beau. La princesse est en deuil. Elle met à prix la tête de l'assassin. Le traître perfide est enfin capturé. Il ne reste plus qu'à choisir le supplice.

« Il faut l'écarteler », dis-je, et Oleg s'étrangle avec la fumée de son cigare.

« Tu veux dire, le dépecer ? »

J'en ai la nausée. « Non, dis-je avec un soupir. Tue-le, c'est tout.

— Comment ?

— Il doit savoir pourquoi il meurt. »

Oleg acquiesce. « OK. On lui dira.

— Il a des enfants ? »

Je lis la surprise dans les yeux d'Oleg. Il doit croire que j'ai quelque chose contre les enfants du fétichiste. Je secoue la tête. « Bon, cela n'a pas d'importance.

— Quand ?

— Quand ça t'arrange. Je ne veux pas savoir l'heure exacte.

— Ça marche.

— Comment je saurai qu'il est... que c'est fini ?

— Je te l'ai déjà dit : tu auras une photo.

— Non. Je l'apprendrai par les journaux. Débrouille-toi pour que ça défraye la chronique.

— D'accord. »

Je demande l'addition. Nous nous saluons. Je lui laisse mon numéro de téléphone.

Je n'arrive pas à croire que j'aie fait une chose pareille.

7

“Personne dans notre village ne peut imaginer que des pierres puissent être inauthentiques.”

C’est le jour du sauna. Le mercredi. Ce jour convient parfaitement. En début de semaine, il faut faire ce qui s’est accumulé pendant le week-end. À la fin de la semaine, on a envie de sortir au restaurant ou dans un club. Le mercredi, on peut retrouver ses copines pour prendre un bain de vapeur. C’est un sauna turc que j’ai.

Véronique est là. Igor, son mari, a pris froid, il reste chez lui sous la surveillance des gardes du corps et de la femme de ménage, elle peut se détendre un peu, ne pas se demander tout le temps où il est.

Hélène est là également. Son mari l’a quittée pour sa secrétaire il y a deux ans. Les diamants de ses boucles d’oreilles sont faux, mais personne dans notre village ne peut imaginer que des pierres puissent être inauthentiques. De même que dans la boutique de produits ménagers à Mnevniki personne n’aurait jamais cru que le bout de verre rond à mon doigt coûte plus que tout leur magasin.

Enfin, il y a Katia. Son ami Moussia, un mondain homosexuel connu du Tout-Moscou, attend patiemment qu'elle renonce à trouver un mari et, approchant de l'âge limite pour devenir mère, accepte de faire un enfant avec lui. Car il a beau être entouré de belles amantes musclées : aucune d'elles ne peut procréer.

Nous allumons des bougies, nous nous enveloppons dans des draps. Galia nous sert une infusion, un mélange spécial de plantes qu'elle prépare uniquement le mercredi.

Personne ne parle de Serge.

Katia nous raconte qu'elle connaît une vieille voyante tout à fait extraordinaire, qui sait provoquer des rêves. Elle prie toute la journée et, la nuit, elle trouve la réponse à la question qui la préoccupe. Ces questions sont toujours du même ordre.

Cette vieille a rêvé que Katia se tenait au bord de l'océan et jetait des miettes de pain à de petits poissons. Ce qui signifie « grossesse ».

Katia est très contente de ce présage.

Le seul inconvénient est qu'en allant chez cette vieille on risque toujours de croiser des connaissances. Parce que le Tout-Moscou va la voir.

Je me demande ce qu'elle rêverait à mon sujet.

Un jour, quelqu'un m'a dit qu'il ne fallait consulter une voyante que lorsqu'on n'a vraiment rien à perdre. Je ne me fais jamais dire la bonne aventure.

Véronique sort du sauna et saute en hurlant dans le bassin d'eau froide. Galia l'accueille avec une immense serviette-éponge dans laquelle Véronique s'enveloppe avant de s'installer sur une banquette rembourrée. Galia lui applique sur le visage un masque purifiant bleu vif.

Il y a des femmes qui semblent chics même avec un masque sur la figure.

Hélène, à qui un homme sympathique, propriétaire d'une BMW, fait la cour depuis quelque temps, s'interroge sur les moyens financiers de celui-ci.

« Quel genre de rêve elle ferait, ta vieille, si on lui demandait combien il a d'argent ?

— S'il a dix millions, elle rêverait de deux requins, dit Katia en s'allongeant pour le massage. Et s'il a cinquante millions, de trois requins.

— Et s'il a cinq cents millions, elle rêverait d'un jackpot, lance Véronique, toute guillerette, alors qu'elle ne devrait pas parler avec son masque. Imaginez la vieille qui rêve d'un jackpot et qui ne sait pas ce que c'est, car elle n'a jamais été au casino ? »

Galia ne participe pas à nos conversations. Je le lui ai interdit une fois pour toutes.

Après une deuxième séance de sauna, c'est mon tour de faire le massage.

Véronique est assise avec une tasse de thé, Katia et Hélène barbotent dans le bassin d'eau froide.

Nous nous connaissons depuis longtemps. Une quinzaine d'années. Nous nous sommes déjà disputées, nous avons rompu plusieurs fois. J'ai été amie avec Hélène contre Katia tandis que Véronique était fâchée avec nous trois. Ou avec moi seulement ? Une fois, Katia a réussi à me brouiller avec Véronique et avec Hélène, puis elle m'a trahie aussi. Mais elle était dans une passe difficile et, au bout d'un an, je lui ai pardonné. À présent, nous sommes de nouveau amies toutes les quatre et, comprenant que cela ne durera pas longtemps, nous apprécions ce moment. Je ne peux pas dire que nous nous aimons vraiment. Mais nous nous connaissons mieux que ne nous connaissent nos parents et nos maris. Chacune sait à quoi elle peut s'attendre de la part des autres ; nous avons depuis longtemps accepté nos défauts et n'avons pas besoin de nous montrer meilleures que nous ne sommes. Nous pouvons rester nous-mêmes sans nous préoccuper de l'impression produite. Nous nous sentons bien ensemble, comme on se sent parfois bien dans une chambre d'enfants.

Hélène raconte un rendez-vous avec un type qui n'a rien donné. Elle y est allée avec Katia. « J'ai dit à Katia : "S'il me plaît, je te dirai que j'ai du chewing-gum et, s'il ne me plaît pas, je dirai que je n'en ai pas." »

Ils se sont retrouvés dans un café près de la place Rouge, et se sont installés sur des chaises en plastique. Il était deux heures de l'après-midi. Le type était saoul. Il a commandé du cognac pour tout le monde.

« Tu as du chewing-gum ? a demandé Hélène à Katia.

— Je ne sais pas. Peut-être ben qu'oui, peut-être ben qu'non. »

Il a bu son cognac. Elles ont repris leur dialogue.

« Je crois que j'en ai. Dans la voiture, a dit Katia. Et toi ?

— Je ne crois pas.

— En fait, je ne dois pas en avoir non plus.

— Les filles, vous voulez du chewing-gum ?

— Non ! non ! » Et de secouer la tête comme des folles.

Quelques minutes plus tard, rebelote.

« Alors ?

— Non, moi je n'en ai pas. »

Le jeune homme a demandé au serveur d'apporter du chewing-gum. Il a commandé un autre cognac. Très surpris qu'elles ne boivent pas, il leur a proposé de déjeuner. Il a bu son cognac cul sec. Une fille vêtue d'un jean de la dernière collection de Lagerfeld s'est approchée. Elle lui a fait la bise. C'était une amie.

« J'en ai peut-être, a dit Katia, mais il est sans sucre.

— Tu veux dire, en petites pastilles ? » a demandé Hélène.

Katia a hoché la tête d'un air entendu, même si elle n'a pas bien compris ce qu'Hélène voulait dire par là.

Le jeune homme a salué son amie, il a commandé encore un cognac. Il a demandé aux filles quels étaient leurs projets et les a invitées chez lui.

« Cent pour cent de sucre », a tranché Hélène et le jeune homme les a regardées avec une franche méfiance. « Tu sais, a dit alors Katia en tirant bruyamment sa chaise et en se levant, je me suis faite à l'idée qu'aujourd'hui, nous ne trouverons pas de chewing-gum ! On s'en va ! »

Nous rions aux éclats, Véronique demande à les accompagner la prochaine fois.

Katia parle de photorajeunissement. C'est cher, mais ça ne fait aucun effet. Elle a payé sept cent trente dollars pour quatre séances et elle arrête.

Moi, je leur parle de la grossesse de Svetlana.

Véronique est mère de deux enfants et elle connaît Svetlana.

« Et si on se cotisait pour l'aider ? » s'écrie-t-elle, enthousiaste.

Je sais ce que cela veut dire. Au début, Véronique donnera de l'argent. Elle achètera des jouets pour la naissance de l'enfant. Pour son anniversaire d'un an, elle songera vaguement à envoyer une carte de vœux et se demandera longtemps ce qu'elle pourrait lui offrir. Finalement, elle ne téléphonera même pas. Vers ses deux ans, au restaurant, en compagnie de copines, elle dira qu'elle se sent coupable d'avoir complètement laissé tomber Svetlana avec son enfant. Elle rêvera de débarquer un jour chez elle, la voiture remplie de jouets et de vêtements, coupant court à un flot de remerciements par un sourire généreux. Mais, très probablement, ne le fera-t-elle jamais.

« Cette garce voulait te prendre ton mari ! Et elle a le culot de te regarder en face ! (Hélène parle de Svetlana, mais elle pense à celle qui lui a pris son mari à elle.) Qu'elle crève de faim, nous ne l'aiderons pas !

– Il faut lui donner de l'argent pour avorter », dit Katia en me lançant un coup d'œil.

Je suis la seule à connaître son secret. Il y a sept ans, son fiancé, un des hommes les plus riches de Russie, est tombé amoureux d'une autre. Katia, qui a les pieds sur terre, a pleuré un peu l'infidélité de son amoureux, puis elle a songé à assurer son existence. Elle devait trouver une solution avant qu'il ne lui annonce leur rupture. Et nous l'avons trouvée ensemble. Katia a dit qu'elle attendait un enfant. Elle a même arrêté de fumer. Deux mois plus tard, elle a commencé à se plaindre de vomissements. Même à moi. À ce moment-là, l'histoire d'amour de son oligarque était déjà bien connue de tous. Katia a exigé des explications. Il est parti en claquant la porte. Le lendemain, elle a déclaré qu'elle avait fait une fausse couche. Et qu'elle ne pourrait plus avoir d'enfants. Peu de temps après, l'oligarque a quitté son amie. Quant à Katia, il continue de prendre soin d'elle et n'oublie pas de virer dix mille dollars sur son compte tous les mois.

Katia n'a pas d'enfants. Pas d'histoire d'amour sérieuse non plus. Il n'est pas facile, pour une jeune femme aisée, de trouver un fiancé.

« Qu'est-ce que tu penses faire ? » demande Véronique.

Je me dis qu'elle a certainement le numéro de téléphone de Svetlana. Je réponds : « Lui arracher les yeux.

— Je veux dire, par rapport à l'enfant ? »

Hélène m'interrompt : « Il n'est pas prouvé que Serge est le père de l'enfant.

— Absolument ! renchérit Katia.

— C'est impossible à prouver. Nous n'avons rien pour faire une analyse ADN. »

À moins que... Je ne sais pas... En fait, je sais. À moins de procéder à l'exhumation pour prélever une mèche de cheveux. Serge me manque beaucoup. J'aimerais tellement le voir. Je m'ennuie de lui comme d'un vivant. Parfois j'ai même l'impression qu'il est simplement parti, qu'il me suffirait de l'appeler pour qu'il revienne. Et je suis prête à le faire ! Mais de là à exhumer sa dépouille dans des circonstances pareilles !

J'implore : « Les filles, parlons d'autre chose. »

Nous évoquons nos femmes de ménage voleuses. Véronique a un second frigo au sous-sol. Pour les réserves. Elle a acheté un lapin et, pensant qu'elle ne le mangerait pas tout de suite, l'a mis dans le frigo d'en bas. Elle l'y a rangé de ses propres mains. Trois jours plus tard, elle a eu envie d'un lapin rôti et a demandé à sa femme de ménage de le préparer. Le soir, comme elle rentrait avec Igor, la table était mise. On leur a servi un rôti de bœuf au fromage et à la mayonnaise. « Parce qu'il n'y a pas de lapin », a expliqué la femme de ménage. Furieuse, Véronique est descendue au sous-sol et a compris que sa femme de ménage avait dit vrai.

« Je ne suis pas folle, tout de même ! dit Véronique d'un ton mi-affirmatif, mi-interrogatif. Je l'y ai mis de mes propres mains ! »

Katia répond que c'est bien dommage, mais qu'il est encore plus vexant de se faire voler des foulards en soie. Les siens étaient rangés dans son dressing, soigneusement pliés, et sa femme de ménage les volait un par un en pensant que sa patronne ne s'en apercevrait pas. Après la disparition du deuxième, Katia a commencé à la soupçonner et au troisième, elle l'a surprise en flagrant délit. Sortant le foulard de son sac, Katia l'a sermonnée et a exigé qu'elle rende les autres.

« Il n'en est pas question, a répondu la femme de ménage en se dirigeant vers la sortie d'un air arrogant. Vous en avez déjà plein. » Elle est partie en claquant la porte ; longtemps, Katia a eu peur qu'elle ne revienne lui prendre d'autres objets.

« Tu connais son adresse ? demande Hélène. Ce genre de choses ne doit pas rester impuni. Parce qu'elle ira sévir ailleurs.

— Je sais. »

Véronique prend l'affaire en main. « Laisse-moi faire. Je demanderai à Igor de lui envoyer notre Borissytch. Ça lui fera passer l'envie de voler. »

Borissytch est un ex-commandant de la Brigade de lutte contre le crime organisé. Igor l'a engagé justement pour les cas où l'intimidation s'avère nécessaire. Par exemple, si une agence de voyages ne fait rien pour vous obtenir le visa après avoir encaissé l'argent ou si un magasin refuse d'échanger un article défectueux. Borissytch débarque avec un groupe d'hommes armés et cagoulés qui encerclent le magasin ou l'agence ; il entre, ordonne au personnel de se coucher par terre et règle instantanément le contentieux.

Nous continuons de bavarder. Véronique s'apprête à rentrer. Katia et Hélène ne sont pas pressées, elles; nous montons au salon, ouvrons une bouteille de beaujolais et continuons à causer paresseusement, allongées sur des canapés moelleux.

Elles s'en vont vers minuit.

8

“Il est difficile d’envoyer paître la femme d’un pote sans raison valable.”

Je téléphone à Svetlana pour lui annoncer que je peux en effet lui donner de l’argent, mais uniquement pour qu’elle avorte. Telle est ma décision.

Elle me dit qu’elle gardera l’enfant. Me parle de son amour pour Serge. Raconte qu’elle a réussi à se faire embaucher à la Caisse d’Épargne et qu’à présent, elle aura droit à un congé maternité. Elle compte se consacrer entièrement à son enfant.

Telle est sa décision à elle. C’est son droit.

Je prends l’avenue Roublev. Ça bouchonne, il y a une longue file de voitures. Je les double machinalement en roulant sur la ligne blanche. Au poste de police de Razdory, des hommes en uniforme se précipitent vers moi : ils sifflent, agitent leurs matraques et me font des signes. En regardant autour de moi, je comprends qu’il ne s’agit pas d’un bouchon. Le président Poutine, dont la villa se trouve dans les parages, va passer et toutes les voitures ont dû se rabattre sur le bas-côté. Je prends place en début de file et commence à chercher mes papiers. Les policiers se mettent au garde-à-vous : le cortège du président défile à toute vitesse. Un instant plus tard, la circulation reprend. Un agent vient vers moi, fou de rage.

« Vos papiers ! »

Je les lui passe et il se retire dans sa guérite sans un mot. J'ai franchi la ligne blanche, je ne me suis pas arrêtée, j'ai créé une situation d'urgence : je risque le retrait de permis.

J'entre derrière lui et me mets à crier : « Vous me rendez mes papiers ? Combien de temps vous allez me faire attendre ? »

Les agents me regardent d'un air ahuri et bredouillent quelque chose à propos du président. Et moi de hurler : « Je suis pressée ! Vous n'avez personne d'autre avec qui bavarder ? »

L'un d'eux me demande de sortir et commence à recopier le numéro de ma carte grise. Il m'annonce qu'il me retire mon permis.

« Faites vite ! Ne vous en privez surtout pas ! Mais ce sera le dernier permis que vous aurez retiré ! »

Je tourne les talons, perdant tout espoir.

L'agent, furieux, jette mes papiers sur le bord de son bureau.

« Je savais bien que vous étiez des gars réglos. » Je les salue et sors.

Je sens comme une vague de haine dans mon dos. D'ailleurs, ils doivent haïr tout le monde sur cette route. Mais ils ne prennent pas le risque de perdre leur travail. Ils ne savent pas qui je suis. Je pourrais être la petite-fille d'Eltsine. Dans notre village de Barvikha, il n'y a que des petites-filles et des épouses d'hommes politiques.

J'arrive à Moscou. Après nos agents à nous, ceux de Moscou me semblent tous des abrutis et des goujats. Si j'étais réellement la petite-fille d'Eltsine, ils ne m'auraient pas crue.

J'ai un rendez-vous d'affaires pour mon histoire de petit-lait. Une usine de la ville de Lioubertsy est prête à m'en vendre à vingt-cinq kopecks le litre. Pour l'emballage, ils demandent trois roubles la brique, mais cela me paraît trop cher. Au-delà de deux roubles le paquet, cette affaire cesse d'être rentable. Il y a aussi la livraison. Le petit-lait sera vendu au litre, la citerne contient 3,118 tonnes. J'imagine cette citerne avec une cloison au milieu, comme dans le film *Gentilshommes de la chance* où les héros utilisent un camion de ce genre pour s'enfuir du camp.

Je vais dans une agence de marketing. Il faut qu'on discute du lancement de mon produit sur le marché, qu'on trouve le concept et qu'on réfléchisse à la campagne publicitaire.

Nous sommes trois à chercher des idées de spot publicitaire. Irma, la directrice artistique de l'agence, Lada, la directrice commerciale, et moi. Irma propose : « Une femme, dont le mari part en mission à l'étranger, demande à ce qu'il lui rapporte une crème miracle pour le visage et un shampoing miracle pour les cheveux. Il est de retour. L'aéroport Chérémetievo. Une voiture avec chauffeur. Il téléphone à sa femme : "Chérie, je suis rentré." Elle lui demande d'acheter du petit-lait en chemin, pour des crêpes. Un supermarché. Par la fenêtre, le mari voit son chauffeur transporter une caisse de petit-lait. Le chauffeur reprend le volant tout content, en disant : "C'est tellement pas cher, j'en ai acheté pour moi aussi. J'adore les crêpes."

« Scène suivante. On sonne à la porte. La femme se jette dans les bras de son mari. Où sont la crème et le shampoing ? Il a complètement oublié. Il tient un paquet de petit-lait à la main. Il le lui tend en disant : "Chérie, à l'étranger toutes les femmes utilisent ça." Arrêt sur image.

« Ils se mettent à table. Des crêpes fumantes. Le visage de la femme est bien lisse, ses cheveux soyeux. Elle dit : "Chéri, le petit-lait, c'est ce que tu pouvais m'offrir de mieux." »

Lada renchérit : « Voix off : "Comment avoir le beurre et l'argent du beurre."

– C'est pas mal, dis-je, mais c'est beaucoup trop long pour un message d'une demi-minute. À plus forte raison pour un spot de quinze secondes. Le produit n'apparaît pas assez à l'écran. Tout au plus, pendant la moitié du film. Et puis, "petit-lait", ça fait grand-mère. Trouvons un nom plus "pro" pour notre produit. Nous, on vend du lactosérum. »

Irma poursuit, sans le moindre embarras : « Très bien. L'écran est divisé en deux par une ligne verticale. À gauche, une ménagère épuisée, à droite, une jeune femme émancipée. Voix off : "Olga et Julie ont décidé de faire des crêpes pour leurs maris. Olga a laissé le lait dehors toute la nuit pour qu'il tourne. Julie, elle, a acheté du lactosérum au magasin d'à côté." On voit Olga ensommeillée, en vieille robe de chambre, sortir le lait de son frigo et le poser sur la fenêtre. Sur l'image de droite, Julie, elle, danse dans une discothèque. Voix off : "Vers deux heures, nos deux ménagères sont prêtes." À l'écran, en gros plan, à gauche, Olga qui hume le lait d'un air indécis, à droite, Julie avec son lactosérum qui regarde la télé, les pieds sur la table. Voix off : “Mais que se passe-t-il ? Les maris d’Olga et de Julie ont décidé de les inviter à dîner au restaurant !” Olga regarde d’un air désolé le prix du lait caillé : vingt roubles, Julie le prix du lactosérum, cinq roubles. Olga soupire, peinée, Julie se met du lactosérum sur le visage et les cheveux. Arrêt sur image. Une Olga à peu près présentable et une Julie magnifique se rencontrent en bas de l’immeuble. Olga demande : “Tu as une nouvelle robe ?” Julie répond : “Les choses nouvelles, ce sont des choses anciennes auxquelles on ne pensait plus.” Elle fait un clin d’œil aux téléspectateurs. Gros plan sur une brique de lactosérum.

— Je reconnais que ce n’est pas mal du tout.

— Et pas très coûteux, ajoute Lada, encourageante. Pas de nature, tout sera filmé à l’intérieur. Une seule caméra, un peu d’informatique graphique.

— Et le logo ? »

Irma a réponse à tout.

« Il faut une image qui accroche, mais en même temps, le client doit se dire que c’est authentique. Pas de vaches volantes. Peut-être tout simplement un tas de crêpes fumantes. Une grand-mère adorable. Ou un enfant. Et, marqué en grand : LACTOSÉRUM.

— Et le nom du produit ?

— Quelque chose comme “Recette gourmande” ou “Gourmandine”. Non, je plaisante. Il faut y réfléchir.

— Peut-être “Matin” ? je propose.

— Peut-être, acquiesce Irma.

— Ou “Crêpes de grand-mère”.

— C’est un peu long, mais parlant.

— Ça me paraît bien. À moins qu'on trouve quelque chose de plus bref ayant le même sens : ce serait une réussite totale.

— "Crêpes de mémé", par exemple », dit Lada.

Nous convenons de nous revoir dans quelques jours.

Le téléphone sonne : c'est Vanetchka. Il me demande comment ça va. Il voulait m'appeler depuis longtemps, mais il n'a pas pu. Il ajoute que je lui manque, ça semble sincère.

Je réponds que je suis occupée : la vache des voisins est en train de vêler, je l'assiste.

Je raccroche. Je regrette d'avoir été prise au dépourvu par son coup de fil et de n'avoir pas trouvé quelque chose de plus spirituel.

Il y a longtemps que je n'ai pas eu de matinée aussi agréable. Qu'est-ce qu'il a pensé ? « L'âme humaine est insondable » ou bien *« Oh, those Russians ! ».*

Aujourd'hui devrait être un jour faste.

Je compose ce numéro tous les jours. Pour entendre invariablement la même réponse : « L'état du malade est stationnaire. » Depuis trois mois. Le chauffeur de Serge est dans le coma. Le coma, c'est quand la personne est morte mais que l'espoir est encore vivant.

Il est étendu, accroché à la vie par une multitude de tubes et de fils, dans sa chambre à l'Institut Sklifasofski.

Je ne vais pas le voir. En y allant trois jours après la mort de Serge, j'ai croisé le regard haineux de sa mère. Son fils travaillait pour nous, c'est nous qui l'avons tué. Je lui ai donné une feuille avec mon numéro de téléphone, certaine qu'elle la jetterait dès que j'aurais tourné le dos.

À l'époque, j'avais moi-même besoin de compassion, je n'avais pas la force de me justifier devant elle. Et d'ailleurs, étais-je coupable ? J'ai fait connaissance avec le chef de la section et je lui ai donné de l'argent.

Et voilà que la voix habituelle m'annonce au téléphone que le malade a repris connaissance depuis vingt-quatre heures : c'est comme si on m'avait dit que Serge était vivant et qu'il rentrait à la maison.

Je cours dans les couloirs de l'Institut Sklifasofski, vieille bâtisse aux murs écaillés, passe devant des lits métalliques à roulettes puants, devant des hommes décharnés affublés de pyjama d'hôpital qui, à force d'être lavés et relavés, semblent terriblement sales. Je regarde les numéros sur les portes, je suis malheureuse et heureuse en même temps, j'ai envie de pleurer et de rire. J'ai l'impression que je vais retrouver Serge.

Son chauffeur revenu de l'autre monde est comme un pont entre nous. Il a un tube dans la gorge. La balle qui a traversé son corps a touché les voies respiratoires. J'ai envie de me jeter sur sa poitrine : seule la crainte de lui faire mal me retient.

« Serge est mort, lui dis-je dans un souffle en évitant de le regarder en face. Tu as l'air d'aller mieux, toi. »

Il semble faire un effort pour garder les yeux ouverts.

« Tu t'en sortiras. C'est certain. À présent, il ne t'arrivera plus rien. »

Déçue, vidée, je jette un coup d'œil autour de moi. Sa mère se tient à côté, elle ne me propose même pas de m'asseoir. Notre chauffeur est allongé devant moi, très faible, entre la vie et la mort. Il ne peut rien dire. En le voyant, je n'ai rien appris de nouveau ni rien compris à l'affaire. J'attendais peut-être un miracle là où il ne pouvait y en avoir.

Je n'ai toujours pas accepté le mot « jamais ».

Le chauffeur me fixe, ou peut-être qu'il regarde droit devant lui, tout simplement. Je me dis qu'il aurait pu protéger Serge, le couvrir de son corps. Une pensée bien égoïste.

Une infirmière entre dans la chambre : avec un sourire radieux, elle demande aux parents du malade de passer voir le médecin traitant. Sa mère me jette un regard suspicieux, hésite un instant, puis sort en refermant soigneusement la porte.

Si Serge a eu le temps de dire quelque chose avant de mourir, son chauffeur l'a entendu, me dis-je.

Il est important pour moi de savoir à quoi il pensait au dernier instant. À la main qui dirigeait le pistolet sur lui ? À ses chances de survie ? À sa mère ? À Macha ? Ou à moi ? Pas à cette fille du restaurant, tout de même ! Ou bien la peur, une peur animale de la mort l'avait-elle submergé sans qu'il ait le temps de penser à quoi que ce soit ?

Je sors de mon sac un stylo et le lui glisse dans la main. Aide-moi. Essaie d'écrire. Il y a sûrement quelque chose que je dois savoir. Je prends une ordonnance sur la table de chevet et la pose sur ma main. Tout en surveillant la porte, je maintiens les doigts du chauffeur qui tiennent le stylo.

Il est très faible. Lentement, faisant de longues pauses, il transcrit, lettre après lettre, en me regardant toujours dans les yeux : « Rat ».

Je plie soigneusement la feuille et la range dans mon sac. Il ferme les yeux. J'ai l'impression qu'il est mort. J'effleure son visage. Ses paupières frémissent.

Un « rat », c'est un traître. Je ne sais pas pourquoi, tous les chauffeurs adorent l'argot des prisons et les chansons de truands.

« Nous le punirons. (Le côté solennel de cette phrase ne me gêne pas le moins du monde.) Tout ira bien pour toi. »

Sa mère revient. Elle regarde son fils attentivement, me jette un coup d'œil furtif.

« Il ne t'arrivera rien. » Je ne sais pas s'il m'entend, peut-être qu'il dort depuis longtemps. Sa mère me repousse sans façon de sa hanche puissante. Je pose une liasse de billets sur la table de chevet. Elle ne daigne même pas y jeter un coup d'œil.

« Appelez-moi, lui dis-je d'une voix que je voudrais douce. Je veux vous aider. Vous avez mon numéro de téléphone, n'est-ce pas ? Engageons une infirmière à plein-temps pour s'occuper de lui. » Elle ne me répond pas, me jette un regard foudroyant. Je pousse un soupir. « Au revoir. Je vais en parler au médecin. »

Je suis sûre qu'elle est soulagée de me voir partir.

Il n'est pas difficile de me mettre d'accord avec le médecin pour assurer des conditions spéciales à mon chauffeur. En revanche, je ne sais pas comment le protéger vingt-quatre heures sur vingt-quatre. Il vaut mieux appeler les amis de Serge.

Le lactosérum fait son effet. En me réveillant, je n'entame plus un monologue incessant à propos de Serge : il y a trop de questions à résoudre dès le matin, trop d'informations me submergent.

L'agence de marketing a du pain sur la planche, mais elle devrait s'en débrouiller. À présent, il faut que je trouve un circuit de distribution. Si je m'adresse à Wimm-Bill-Dann, ils me piqueront l'idée. Il faut des amis. Quelqu'un qui sait garder un secret.

Je feuillette mon carnet d'adresses tout en réfléchissant. Stop. Voici un ami de Serge, copropriétaire de Razvilka, une chaîne de magasins d'alimentation. Nous avons fait connaissance l'an dernier, à l'anniversaire de Serge. Je fais son numéro : l'appel est transféré vers son bureau. C'est sa secrétaire qui décroche. Elle me fait décliner mon nom trois fois très poliment, note mon message, son patron me rappellera.

Je n'ai plus qu'à attendre. Cela pourrait être une bonne solution. Je dois aussi m'occuper de l'emballage. Le lactosérum doit être vendu en briques d'un litre. Pour le moment, je n'ai pas résolu ce problème non plus.

Il ne rappelle pas. Si j'étais Serge, il y a longtemps qu'il m'aurait rappelée, me dis-je. Je téléphone de nouveau. C'est encore la secrétaire qui répond. D'une politesse exquise, ce qui est plutôt encourageant. J'imagine que son patron se tient juste à côté, qu'il lui montre par gestes que je suis quelqu'un de bien et qu'il souhaite me parler. Non, malheureusement, il est en réunion.

Je le rappelle en soirée, c'est lui qui décroche. Il a dû comprendre que je ne capitulerais pas.

Je me présente. Il est content de m'entendre, dit-il, mais sa voix n'exprime rien de tel.

Avec des hommes de cet acabit, il faut montrer sa fragilité sans rien leur demander.

« J'ai un projet. Je voudrais lancer un produit…

— Ah oui ? » Dans ce « ah oui », il y a tout sauf l'envie d'acheter ma marchandise.

« Oui, il faut bien que je m'occupe.

— Tu as besoin de quelque chose ? »

J'aimerais bien croire que si je dis « oui », il me proposera de l'aide. De l'argent, j'entends.

« Non, pas pour le moment... Mais j'ai un enfant... Enfin, je veux dire... Je lance un business. Avec des amis.

— Avec qui ?

— Tu ne les connais pas. J'ai donc besoin de joindre Vitali. Je voudrais le contacter au sujet de ses magasins. Il était venu à l'anniversaire de Serge, il lui avait laissé son numéro, mais moi, je ne l'ai pas. »

Il semble hésiter. « Je crois qu'il est à l'étranger.

— On doit bien pouvoir le joindre. »

Il est difficile d'envoyer paître la femme d'un pote sans raison valable.

« Et puis, il ne s'occupe pas de commerce en ce moment.

— Ce n'est pas grave. Je voudrais juste lui demander un conseil.

— Mais que veux-tu, au juste ?

— Passer par ses magasins pour vendre un produit alimentaire.

— Intéressant. Et comment vas-tu, à part ça ?

— À part ça ? C'est à toi qu'il faut poser la question. Tu n'es pas venu pour les quarante jours de la mort de Serge ? Il y a eu le service religieux.

— Excuse-moi, nous étions partis tout l'été, en ce moment c'est si difficile d'acheter les billets. »

Je ne dis rien.

« Note le numéro de Vitali.

— Salue ta femme de ma part. Dis-lui que je l'aime beaucoup.

— Merci.

— À bientôt. »

Je n'ai pas envie de téléphoner. Je m'approche de la glace pour me farder les cils. Je souris au Botox. Compose une mine sérieuse un brin coquette.

Je fais le numéro.

Il faut me montrer efficace et naturelle. Pour que Vitali puisse me parler d'égal à égale et qu'il se sente à l'aise. Au cas où nous tomberions d'accord, je peux lui demander, avant de le quitter, s'il a passé de bonnes vacances, comment vont ses enfants et sa maison.

Nous décidons de nous rencontrer demain. Je passerai le voir. À deux heures. Parfait. En fait, il n'a pas d'enfants.

Je connais toutes sortes de bureaux.

Modestes, mais chics : ceux des architectes, des artistes, des jeunes femmes d'affaires.

Modestes, mais imitant le luxe : ceux des vendeurs de fenêtres, de portes, de décorations.

Modestes, avec des chaises cassées : il y a longtemps que je n'en ai pas fréquenté.

Immenses, avec des meubles en chêne : ceux de presque tous les hommes que je connais.

Des bureaux avec une petite caméra au-dessus d'une porte d'entrée qui se referme dans votre dos avec un claquement. Sécurité oblige. Ce sont ceux des oligarques.

Apparemment, les propriétaires d'une chaîne de magasins d'alimentation font appel, pour aménager leurs locaux à la fois coûteux et chics, à ceux dont les bureaux sont modestes et chics.

Vitali accepte de mettre à ma disposition cinquante magasins pour vendre du lactosérum. Il appelle son manager et lui dit de s'en occuper.

Il ne me reste plus qu'à résoudre le problème du transport. À certaines conditions, Vitali se charge aussi de la livraison. J'étudie sa proposition. Puis, je rentre, décidée à comparer ses prix avec ceux de l'usine de lait qui a également ses propres camions. Mais je ne sais pas si ses livreurs ont une autorisation pour rouler dans Moscou, ni s'ils en ont besoin.

9

“Ma fille, c’est différent. Pour elle, il est aussi naturel de voir la cuisinière préparer le repas et la femme de ménage ranger la maison que voir le soleil se lever.”

Ma fille est rentrée.

Maman l’a ramenée à bord de sa Mitsubishi d’occasion qu’elle conduit à toute berzingue en se plaignant sans arrêt : la climatisation fonctionne mal, les fauteuils sont usés, il n’y a pas de système ABS, pas de réglage électrique des rétroviseurs ni ajustement automatique des sièges… En revanche, il y a un lecteur CD.

Ma mère est née à la campagne.

Quant à moi, j’ai grandi dans une barre en banlieue de Moscou. Je me sentais complexée même devant les chauffeurs de taxi qui me ramenaient à la maison.

J’ai toujours été convaincue qu’il fallait vivre dans un appartement de luxe ; pourtant, je n’en avais jamais connu qu’au cinéma et dans les romans.

Ma fille, c’est différent. Pour elle, il est aussi naturel de voir la cuisinière préparer le repas et la femme de ménage ranger la maison que voir le soleil se lever.

Maman sort les sacs de son coffre d'un air affairé tout en me donnant des conseils : « Je t'en prie, préserve le psychisme de Macha. Elle a été trop ébranlée par tout cela. »

Par « tout cela », elle entend la mort de son gendre. C'est étrange : j'avais un an de moins que Macha quand mon père s'est tué dans un accident de voiture. Il me semble que ma mère est la personne qui devrait me comprendre le mieux. Je pense à la ressemblance mystique de nos destins. Comment rompre ce cercle vicieux pour empêcher que cela ne se reproduise dans la vie de Macha ?

Il y a tout de même un progrès : à la différence de ma mère, je n'ai pas divorcé.

« Essaie de ne pas lui en parler, dit ma mère sans faire attention à la présence de Macha. Fais comme s'il ne s'était rien passé. »

C'était le principe essentiel de son éducation. « Faire comme si de rien n'était. »

J'étais allée chercher ma mère et Macha à la campagne pour les conduire à l'enterrement de Serge. Pendant tout le trajet, je m'étais efforcée à garder mon calme. En apercevant ma voiture dans l'allée, Macha avait couru à ma rencontre en sautillant de joie. Puis me voyant seule, elle m'avait demandé où était papa. J'étais tombée à genoux devant elle et j'avais éclaté en sanglots. J'avais tenu ses mains dans les miennes en lui disant qu'il nous était arrivé un malheur : son papa était mort. Maman était sortie de la maison. Ayant tout de suite compris de quoi il retournait, elle avait emmené Macha. Tout en répétant : « Ne pleure pas, calme-toi, prends le nounours, je vais te donner une pomme, tu vois, tout va bien. »

« Pleure ! » avais-je envie de crier en voyant ma fille croquer une pomme d'un air terrifié. « Pleure ! Souviens-toi de ce jour toute ta vie ! Ton papa le mérite ! »

Le jour, ou plutôt l'instant où ma mère m'a annoncé le décès de mon père, est resté gravé dans mon souvenir. Nous passions devant un parking. J'avais sept ans. « Ton père est mort. Il a eu un accident de voiture », a dit ma mère en me tenant par la main.

Je me souviens de ce parking et du désarroi que j'ai éprouvé en voyant le visage de maman totalement impassible. Une minute plus tard, elle parlait de ce qu'elle allait faire pour le dîner.

Depuis, j'ai un véritable problème avec mes émotions. Je doute de la justesse de mes réactions. Parfois, quand j'ai envie de rire, je crains que ce ne soit mal perçu. Et quand j'ai envie de pleurer… Depuis la mort de Serge, tout est rentré dans l'ordre. J'ai envie de pleurer et je suis certaine d'en avoir le droit.

Nous nous tenons enlacées, Macha et moi, et nous faisons de grands signes à ma mère jusqu'à ce que sa voiture ne disparaisse au tournant. Ma fille me tient affectueusement par la taille. Je baisse la tête vers elle en me disant que maintenant, nous sommes deux. Nous nous asseyons à table l'une en face de l'autre. Nous parlons. Ma fille me regarde tendrement, attentivement. « Tu aurais dû venir me chercher.

— C'est vrai. Mais grand-mère ne voulait pas. »

Elle se tait, compréhensive.

« Pourquoi papa a été tué ? Je croyais que cela n'arrivait qu'aux méchants.

— Tu connais l'histoire pourtant. Tous les rois ont toujours été assassinés.

— Papa était roi ?

— Oui, lui dis-je, il était roi. Il avait du sang royal dans ses veines, c'est certain.

— Comment ça ? demande Macha.

— Eh oui. Presque personne ne le savait. Mais les gens l'enviaient. On l'a tué pour prendre sa place. »

Macha est si petite et en même temps si mûre. Elle comprend certaines choses mieux que moi.

« Donc, je suis une princesse ? » demande-t-elle après cinq minutes de réflexion.

« Chaque mensonge en entraîne un autre », disait ma mère quand j'étais petite.

« Bien sûr, tu es une princesse. »

Elle m'adresse un signe de tête très majestueux.

Nous parlons jusqu'à la nuit. Nous nous endormons enlacées sur le canapé. Le matin, je la porte dans sa chambre et lui passe son pyjama rose. En vérité, une princesse devrait plutôt porter une chemise de nuit.

Le lendemain, elle veut voir son ami Nikita, le fils de Véronique. Nous les invitons, ainsi que notre voisine Olga. Sa fille Pauline a l'âge de Macha.

Les enfants s'amusent dans une immense piscine gonflable, nous restons sur des chaises longues, plissant les yeux à cause du soleil. C'est sans doute la dernière fois cette année que nous pouvons nous faire bronzer. Nous sirotons des mojitos. C'est un cocktail idéal pour un été indien : menthe rafraîchissante, rhum Bacardi, soda et plein de glace pilée. Ma cuisinière sait le préparer.

Les enfants se jettent des ballons, hurlent et s'éclaboussent. Pauline a apporté un flacon de liquide à bulles de savon qu'on a renversé dans la piscine. À présent, l'eau mousse.

Nous parlons de nos chauffeurs qui sont plus bêtes les uns que les autres. Pour le moment, c'est celui d'Olga qui tient la palme. Il a fait ses preuves en allant acheter des fruits. Le soir, Olga lui a laissé une liste : « Bananes, ananas, cinq pêches, trois kiwis, deux mangues, une grappe de raisin. » Il devait acheter tout cela tôt le matin et le déposer sur la table pour le petit déjeuner : Olga suit un régime à base de fruits. Le lendemain matin, Olga, de très bonne humeur, a décidé de déjeuner sur son balcon. Elle est allée chercher son panier de fruits et en a sorti des bananes, cinq pêches, trois kiwis, un ananas, une grappe de raisin et deux aubergines. « Et les mangues ? » a-t-elle demandé. « Il n'y en avait pas », a dit le chauffeur d'un air désolé.

Véronique affirme que son chauffeur bat celui d'Olga. Chaque matin, il sort son spitz qui s'appelle Cédric (diminutif de Cidre), puis il conduit la femme de ménage au marché. Lorsqu'ils sont de retour, Véronique, qui se réveille à ce moment-là, lui fait le plan pour la journée : il doit amener les enfants à l'école, porter les vêtements au pressing, donner des chaussures à réparer, etc. Ce jour-là, la femme de ménage était malade. Le chauffeur a promené le chien, puis Véronique, mal réveillée, lui a remis une liste de courses à faire et l'a envoyé au supermarché *Le Septième Continent*, rue Krylatski.

Voici ce qu'il y avait sur la liste :

Saucisses : 2 kg
Crème fraîche : un pot
Mayonnaise : deux tubes
Pommes de terre : 5 kg
Lessive pour linge de couleur
Produit pour lave-vaisselle
Viande Cédric (assortiment soupe)

Il est parti, elle s'est recouchée. Une heure plus tard, il l'a appelée :

« Madame, j'ai acheté les saucisses, la crème, la mayonnaise, les pommes de terre, la lessive, le produit pour la vaisselle, l'assortiment soupe, mais pas la viande Cédric.

— Pardon ? a demandé Véronique, ensommeillée.

— J'ai tout trouvé : les saucisses, la crème, la mayonnaise, les pommes de terre, la lessive, le produit pour la vaisselle, l'assortiment soupe, sauf la viande Cédric. »

Véronique n'a toujours pas compris.

« Comment ?

— Les saucisses, j'ai, la crème, j'ai, la mayonnaise, j'ai, les pommes de terre, j'ai, la lessive, le produit pour la vaisselle, l'assortiment soupe, j'ai, la viande Cédric, j'ai pas.

— Tu as acheté l'assortiment pour soupe ?

— Oui. Mais pas la viande Cédric. J'ai demandé partout, ils n'en ont pas.

— Écoute... (Véronique a fait une pause en prononçant dans son for intérieur toutes sortes d'épithètes.) Cédric, c'est le chien que tu promènes tous les matins. L'assortiment, c'est pour lui. »

Le chauffeur de Véronique remporte le premier prix. Celui d'Olga n'aura qu'un lot de consolation.

Je demande à Véronique comment va Svetlana. Elle me regarde d'un air étonné en se soulevant sur sa chaise longue.

« Quoi, son sort t'intéresse ?

— Non, dis-je en haussant les épaules, j'ai demandé comme ça. »

10

“Je claque ma portière. Il ne se jette pas sous les roues de ma voiture. C’est vexant de voir qu’on renonce à vous si facilement.”

J’ai souvent remarqué que lorsqu’on mettait une jolie robe de soirée, qu’on était parfaitement maquillée et qu’on s’était fait coiffer dans le meilleur salon de la ville, il ne fallait pas espérer une rencontre romantique. Les yeux des hommes en quête d’aventure glissent sur vous comme si vous n’étiez pas là, seuls les regards des femmes vous récompensent pour tous vos tracas.

Assise au volant de ma voiture à une station-service, je klaxonne désespérément depuis deux bonnes minutes. Personne ne vient. Mon réservoir est vide, je ne peux pas démarrer.

Prenant le tuyau des deux mains, je le glisse dans le goulot de remplissage. Je paie. Je presse le bouton. Depuis que je prends l’essence moi-même, j’ai fait des progrès. Je ne me salis plus les mains et ça ne pue plus.

Je donne un petit coup d’accélérateur et démarre avec précaution. Soudain, j’aperçois dans mon rétroviseur un homme en train de courir. Il fait de grands moulinets avec ses bras et des bonds. Manifestement, c'est à moi que tout cela s'adresse. Sans doute ai-je laissé le tuyau dans le réservoir. Je vérifie. Non, tout va bien. Je veux repartir, mais à ce moment-là, il me rejoint, tout joyeux. Il a le crâne plutôt dégarni.

« J'ai cru que je n'arriverais pas à vous rattraper.

— Je vous écoute. »

J'adopte le ton d'une institutrice demandant des explications à un élève qui est en retard vingt-huit jours par mois.

« Vous me plaisez.

— C'est une illusion. » Je m'apprête à claquer ma portière, mais il la retient.

« Peut-être, mais cela ne m'est pas arrivé depuis longtemps.

— Mes condoléances.

— Laissez-moi votre numéro de téléphone.

— Dites quelque chose qui me donne envie de le faire. »

J'arbore un sourire insolent.

Il est surpris.

« Écoutez. Cela fait une dizaine d'années que je n'ai pas couru après une fille. Et chaque fois que je l'ai fait, je suis parvenu à mes fins.

— C'était dans un stade, peut-être.

— Je vous fais peur ?

— Non.

— Déjeunons ensemble.

— Où ?

— Au café *La Fille au Chocolat*, cela vous plairait ?

— Non. »

Snobisme d'une femme riche.

« Alors, à la campagne ? Au *Véranda* ? »

C'est un restaurant près de chez moi. J'aurais pu accepter.

« Vous n'aviez qu'une chance. Vous ne l'avez pas saisie. »

Je claque ma portière.

Il ne se jette pas sous les roues de ma voiture.

C'est vexant de voir qu'on renonce à vous si facilement.

C'est à cause du Botox, me dis-je pour me rassurer.

Nous sommes assises dans un nouveau restaurant, *Le Bazar*, non loin de ma villa. De la terrasse ouverte du premier étage, on peut voir tout ce qui se passe dans la rue. Des voitures déposent leurs passagères devant le supermarché ; des couples mariés très posés entrent dans le restaurant. Des jeunes de seize ans tout guillerets arrivent sur leurs quadricycles. Des mémés vendent des pâtés à la viande en racontant aux hommes mariés que leurs petites-filles connaissent de ces trucs. On voit de minuscules chiots tout doux blottis dans des coffres de voitures : ils sont à vendre aussi, on ne les cède qu'à des gens bien et à un prix élevé. Bref, la vie bat son plein comme d'habitude. Hélène et moi, nous l'observons tout en enroulant des tagliatelles aux cèpes sur nos fourchettes.

« Regarde, dit Hélène en faisant un geste en direction de la vitre avec sa main qui tient la fourchette. Victoria entre dans le magasin d'en face. Tu voulais que Macha apprenne à nager, non ? »

Je confirme : « Oui. Quel rapport ? »

Hélène s'essuie la bouche et compose un numéro de téléphone. « Allô, Victoria ! Ce n'est pas ta 624-TH que je viens de voir passer avenue Roublev ? Avec deux nègres à l'avant ? »

Hélène fait une moue déçue. Elle s'attendait sûrement à entendre notre copine hurler : « On a volé ma voiture ! » et à la voir sortir en courant du magasin.

« Alors je me suis trompée. Nous sommes en train de tester le nouveau restau, tu ne veux pas nous rejoindre pour boire du thé et manger des pâtes ? Bon, bon, ma chérie, on t'attend. »

« Ça n'a pas marché, constate Hélène en riant. Elle a deux gardes dans sa voiture. Elle va les ramener à la maison puis elle passera nous voir.

— Quel rapport avec les cours de natation pour Macha ? »

Hélène prend un ton mystérieux. « Tu verras. »

Nous commandons le dessert. Le strudel aux pommes est divin ici. Et en cette saison, à la fin de l'été, on peut se laisser aller. Malheureusement, en avril ou en mai, il n'est pas question de se permettre une pâtisserie : on ne doit pas gâcher sa silhouette avant les vacances. Mais maintenant, on peut.

Victoria apparaît, flanquée d'un grand jeune homme très musclé, qui sort manifestement de chez un bon coiffeur. Il la dévore littéralement des yeux ; dans son regard, on lit l'admiration.

« Faites connaissance, dit Victoria, légèrement hautaine, d'une voix un peu chantante. C'est Denis. »

Elle nous fait la bise, Denis de même. Il lui offre une chaise et elle s'assied tout en faisant une remarque au serveur qui passe près de notre table.

« J'ai l'impression que la climatisation ne fonctionne pas à plein régime. »

Nous discutons des défauts de la décoration, puis Victoria consulte le menu. Elle commande pour elle et pour Denis.

Il commente : « De toute manière, tu choisiras mieux que moi. C'est si agréable de pouvoir tout déléguer à quelqu'un. »

Il admire Victoria si ouvertement et elle accueille cette admiration avec tant de naturel que leur entourage ne peut qu'être jaloux.

« Victoria m'a dit que vous étiez maître-nageur? demande Hélène sur un ton mondain lorsqu'il a fini de mâcher son morceau.

— Oui. De classe internationale. »

Il le dit si simplement et avec une telle fierté ! Comme s'il était pour le moins un magnat du pétrole.

« Internationale ! s'écrie Hélène, enthousiaste. Cela veut dire qu'à l'époque soviétique, vous aviez le droit d'aller à l'étranger alors que nous autres, nous passions nos vacances à Dagomys ou dans un trou paumé de ce genre ?

— Non, répond Victoria sur le même ton, à l'époque où nous allions à Dagomys, Denis partait en colonie de vacances avec sa crèche. Il avait encore des couches. »

Denis ne tombe pas dans la vulgarité en répliquant : « Tu exagères, chérie, dans le meilleur des cas j'étais étudiant. »

Hélène n'en est pas à une vacherie près.

« On devine tout de suite un sportif à ses vêtements. Quelles marques préfèrent les athlètes ? Nike ? Adidas ? »

Victoria lui jette un regard mauvais.

Denis porte un short blanc, un Brioni.

« J'aime bien Adidas, dit-il en montrant ses belles dents blanches, mais pour un endroit comme celui-ci, je préfère quelque chose de classique. »

Victoria a l'air ravie de son protégé. Elle lui passe une main dans les cheveux d'un air de propriétaire satisfaite.

« Où avez-vous fait connaissance ? »

Un sourire mielleux ne quitte pas le visage d'Hélène.

Pauvre Victoria, me dis-je, que d'attaques subira-t-elle encore à cause de cette mésalliance. Mais Victoria n'a pas du tout l'air malheureuse.

« Au club où je fais du sport. (Elle jette à Denis un regard joyeux. C'est ainsi qu'on regarde ses valises au retour d'un voyage dans un pays exotique.) Denis y travaille comme entraîneur. »

Hélène ouvre la bouche pour lui demander comment il s'y est pris pour l'entraîner, mais Victoria l'arrête du regard.

« Il est venu vers moi dans la rue. Je portais mon sac dans une main, mes baskets dans l'autre, j'essayais d'ouvrir ma voiture et à ce moment-là le téléphone a sonné. L'horreur. Il m'a aidée et il est reparti. Mais moi, j'ai commencé à penser à lui. »

Denis se met à rire. « J'ai vu la plus belle femme du monde dans une situation ridicule. Elle perdait ses affaires, son téléphone sonnait, et elle n'arrivait pas à ouvrir sa voiture. »

Ces deux-là se sentent bien ensemble.

C'est la faute de personne s'il est fauché et qu'elle n'est plus toute jeune. Il aime le sport, les athlètes ne sont pas des gens riches. Elle a eu trois maris et a divorcé trois fois. Elle a des enfants de ses deux derniers mariages. Ses ex-maris prennent soin d'elle, elle ne manque de rien. Sauf de regard admiratif et de bras musclés. Au bout d'un mois, Denis s'est installé chez Victoria, dans une pièce charmante au rez-de-chaussée de sa maison, près de l'étuve. C'est là que se trouve la piscine où les enfants de Victoria apprennent à nager avec lui.

Ils sont si ostensiblement heureux d'être ensemble qu'Hélène et moi nous sentons de trop.

Nous nous levons pour rentrer, mais Victoria nous prie de rester, elle semble sincère et nous acceptons, nous commandons même une bouteille de vin.

Je regarde Hélène en me demandant si mon abonnement au gymnase club est toujours valable. J'ai très envie de faire du sport tout d'un coup.

Manifestement, elle aussi.

Je suis affalée sur le canapé devant la télé. J'appuie sur les boutons de la télécommande, changeant de programme chaque seconde. J'ai l'intention de regarder les publicités sur toutes les chaînes pour choisir l'émission qui pourrait accueillir mon message à moi. Rien ne me plaît. Les gens qui bientôt feront des crêpes avec mon lactosérum doivent être passionnés par les séries mexicaines. Ou russes. J'entends la musique aguichante de l'émission « Trouve la mélodie ». Une émission qui marche bien, on peut miser dessus. Quant à « Principe domino », je n'en suis pas certaine. Il vaut mieux demander conseil à quelqu'un. Sur la troisième chaîne, un reportage sur la criminalité. Les gens adorent ça. Ils mangeront des crêpes en regardant des infos sur les meurtres.

Je reste bouche bée.

Sur l'écran, en gros plan, la photo du fétichiste. Mort.

Est-ce possible que ce soit vrai ? J'ai l'impression de rêver : je suis assise sur mon canapé tandis que la voix saccadée du speaker parle d'un nouvel assassinat sauvage.

« Règlements de comptes entre groupes criminels. » C'est ainsi que le présentateur a intitulé ce reportage. La victime est un homme de trente-deux ans, célibataire, qui était recherché par la police pour meurtre avec préméditation et d'autres crimes : attaque à main armée, escroquerie et détournement de fonds. Son meurtrier a fait preuve d'une inventivité particulière.

Je sens la nausée me monter à la gorge, je ne parviens pas à la dominer. Mais je ne cours pas dans la salle de bains. Je reste rivée à l'écran, comme hypnotisée, craignant de perdre un mot. Je vomis sur mes mains, puis les essuie avec mon plaid.

Je me mets sous une douche chaude. Mes larmes se mêlent à l'eau, deviennent moins salées. Un hurlement monte dans mon cœur, résonne à mes oreilles, cherche une issue. Je le réprime. Car si je me laisse aller, la vie deviendra impossible. Je ne pourrai plus jouer avec ma fille, boire des mojitos, conduire ma voiture, me faire bronzer au soleil : la conscience d'avoir commis un meurtre vous interdit d'être heureux. C'est pourquoi je l'enfouirai au plus profond de moi et je continuerai de vivre. J'aurai une vie longue et heureuse.

Le téléphone sonne. Je vois s'afficher le numéro d'Oleg. Je décroche sans un mot.

« Tu as donc vu ? demande-t-il tout guilleret.

— Oui », dis-je d'une voix sourde. J'ai l'impression que je viens d'apprendre à parler, que c'est mon premier mot.

« Eh oui. Comme une lettre à la poste. Et on lui a dit. Tu le voulais, n'est-ce pas ? »

Je raccroche. Au bout d'un moment, je le rappelle.

« Merci, lui dis-je.

— De rien, mais tu m'étonneras toujours ! » fait Oleg.

Une vie longue et heureuse. Comme une lettre à la poste.

Je passe une nuit blanche.

Le lendemain, j'achète des somnifères.

11

“Je pense à Catherine II. Quand ses courtisans la rendaient folle de rage, elle mettait de l’eau dans sa bouche. Pour ne pas crier.”

Je téléphone à Svetlana.

« Comment ça va ?

— Mieux, merci. Je ne vomis plus. Mais les médecins disent qu’il y a risque d’accouchement prématuré. »

En fait, j’ai juste une question à lui poser. Mais je n’ose pas. J’ai l’impression qu’elle est ravie de m’entendre. Elle parle sans discontinuer.

« Ça fait vingt-huit semaines. C’est le moment où les organes olfactifs se forment chez l’enfant. J’essaie d’éviter les endroits où il y a de mauvaises odeurs. C’est bête, non ?

— Et comment !

— Tu sais, il mesure déjà près de seize centimètres. J’ai fait une échographie, j’ai donc son portrait. C’est Serge tout craché. Excuse-moi, c’est peut-être pénible pour toi d’entendre ça ?

— Pas du tout. »

Je pose ma question :

« Donc, c'est un garçon ?

— Oui, c'est sûr. On voit tout parfaitement.

— Tu as choisi le prénom ? »

J'ai envie de raccrocher, de tout envoyer promener, mais je ne peux pas. Je me hais moi-même de lui parler ainsi.

« Serge. En l'honneur de son père. Tiens, il vient de me donner un coup de pied. Il répond déjà à son prénom.

— Tu as de l'argent ?

— Je touche un salaire. Bien sûr, ça ne suffit pas.

— Je vais t'en apporter. Donne-moi ton adresse. »

Elle habite rue Babouchkine. Cela ne me dit rien du tout. Je note l'adresse et raccroche.

J'ai encore un coup de fil à passer. Il s'agit d'une dette. Je compose le numéro d'Oleg. Une semaine s'est écoulée depuis que j'ai vu l'émission à la télé.

« Je ne pourrai pas te voir aujourd'hui, me dit-il d'un ton hautain. Demain non plus. (J'ai l'impression qu'il consulte son agenda électronique.) Disons, lundi prochain, on dit deux heures, je note, rappelle-moi pour confirmer. D'accord ? »

Je ne sais quoi penser. D'où tient-il cette façon de parler ? Depuis qu'il a empoché mes vingt-cinq mille, il n'est plus le même. Il s'est mis à jouer les oligarques. Lundi, je ne serai pas étonnée si je tombe sur une secrétaire. C'est d'un ridicule !

Il n'est pas facile de trouver l'immeuble de Svetlana. La rue Babouchkine est un vrai labyrinthe : Khamovniki, le quartier où se trouve mon appartement moscovite, me semble logique comme Manhattan en comparaison.

Au feu rouge, une vieille folle frappe mon phare avec sa canne. Puis, elle se retourne pour me menacer du poing. Je ne suis pas certaine que mon phare ait résisté, mais je ne prends pas le risque de descendre pour vérifier. D'ailleurs, que puis-je pour elle ? Lui donner de l'argent ? Une fois, j'ai acheté trois bouquets d'herbes à moitié fanées à une mémé devant un supermarché. Elle était touchante, cette vieille. Elle avait noué ses bouquets avec de petits rubans et m'assurait que c'étaient des herbes spéciales pour la saumure à cornichons. Je l'imaginais en train de les cueillir ici même, dans la cour de son immeuble, de réfléchir à la façon dont elle pourrait les présenter et au prix qu'elle en demanderait. Je n'ai jamais fait de cornichons salés et n'avais pas la moindre intention de m'y mettre. Je lui ai acheté ses trois bouquets à dix roubles chacun sans marchander et les ai posés sur la banquette arrière pour qu'elle ne me voie pas les jeter à la poubelle. Après avoir parcouru deux cents mètres, j'ai senti les larmes me monter aux yeux. J'ai fait demi-tour et je suis partie à sa recherche en regardant tous les passants dans la rue. Elle marchait, fière de son coup. J'ai couru vers elle et je lui ai donné de l'argent. Elle m'a remerciée et m'a suivie des yeux longtemps, surprise, désemparée.

L'appartement de Svetlana se trouve au quatrième étage sans ascenseur. J'ai l'impression qu'elle est seule locataire dans cet immeuble complètement délabré.

« Pourquoi ? me dit-elle. Il est très bien, cet immeuble, regarde : j'ai l'eau courante. »

Elle ouvre le robinet pour me montrer que l'eau coule. Nous sommes assises dans la cuisine, ou plutôt c'est moi qui suis assise sur l'unique tabouret, profitant de mon statut d'invitée. Il y a une table qu'en d'autres circonstances je ne qualifierais pas ainsi.

À gauche de la porte d'entrée se trouve une chambre. La porte en est fermée et j'espère que je n'aurai pas à y entrer.

Svetlana verse le thé et dispose du pain d'épices sur une assiette blanche simple. Elle porte une salopette en jean et un tee-shirt orange. Sa longue queue-de-cheval blonde la fait ressembler à une femelle kangourou enceinte.

« Tu veux toucher? demande-t-elle en approchant ma main de son ventre.

— Non. »

J'esquisse un sourire poli pour ne pas paraître grossière. Et de demander, glaciale : « Où as-tu rencontré mon mari ? »

Svetlana reste silencieuse un moment, puis se met à hocher la tête.

« Excuse-moi, dit-elle avec dignité, je préfère ne pas en parler, je pense que Serge n'aurait pas aimé que je te le dise. Je crains que cela ne l'abaisse à tes yeux. De ton point de vue, c'est peut-être blâmable. Je ne peux pas. Je l'aime. »

Elle se tait en repliant ses mains sur son ventre, le geste de toutes les femmes enceintes.

On doit lire sur mon visage « quelle garce! », car elle détourne le regard.

Je suis furieuse. Qu'est-ce qu'elle se permet, cette traînée, cette nullité, cette idiote!

« Bien sûr. Nous n'allons pas nous crêper le chignon. Ce serait le comble! Ton thé est excellent. »

Je pense à Catherine II. Quand ses courtisans la rendaient folle de rage, elle mettait de l'eau dans sa bouche.

Pour ne pas crier. Parfois, elle le faisait avant le début de l'audience. Une femme grandiose. Cela ne l'a pas empêchée de faire mourir la princesse Tarakanova, enceinte, dans une forteresse…

« C'est du thé au jasmin. »

Svetlana me montre la boîte. J'achète le même. Il est cher, mais son parfum est inégalable.

« Tu dois accoucher quand?

— Dans quatre mois. »

Je sors une liasse de billets de mon sac.

« Tiens. Loue un vrai appartement, d'accord? Tu ne peux pas vivre ici avec un enfant. »

J'ai l'impression qu'elle va me baiser les mains. Je me sens mal à l'aise, mais cela me fait plaisir. Je m'empresse de partir; en la saluant, je lui fais un grand sourire tout à fait sincère. Je promets de lui téléphoner la semaine prochaine.

Dieu merci, il n'est rien arrivé à ma voiture garée dans sa cour.

Je lève la tête en pensant que le ventre de Svetlana va apparaître à la fenêtre. Mais les fenêtres sont vides, il n'y a même pas de rideaux.

Le lundi, je rappelle Oleg. C'est étonnant, il décroche lui-même. Il en a assez de jouer, me dis-je. Nous décidons de nous rencontrer à deux heures, au même endroit que d'habitude.

J'ai vingt minutes de retard et il juge nécessaire de me gronder gentiment.

Il a changé. Si je ne le connaissais pas depuis tant d'années, j'aurais pensé que j'ai devant moi un homme d'affaires prospère. Je lui découvre un je-ne-sais-quoi d'insaisissable qui lui donne un sacré vernis. Il produit l'impression d'un homme qui réussit et qui a confiance en lui. J'admire sincèrement cette métamorphose. On ne remarque même plus ses dents en fer.

Il semble lire dans mes pensées.

« Dès jeudi, je m'occuperai de mes dents, dit-il en faisant claquer ses mâchoires. Je n'ai pas eu le temps jusqu'à présent.

— Débordé, vraiment ? dis-je, ouvertement moqueuse. Une grosse commande ? »

Oleg ne bronche pas.

« J'ai rencontré un copain de classe, Nicolas. Je travaille avec lui.

— Et tu fais quoi ?

— Mes fonctions ne sont pas très précises. Quelque chose entre responsable du service de sécurité et assistant. Tout le monde a besoin de gens de confiance, tu comprends ?

— Je comprends. Moi aussi, j'en aurais bien besoin. Mais où les trouver ? »

Je devine :

« C'est le copain dont tu m'as montré la photo l'autre jour ?

— Oui. Un gars formidable. Mais qui est entouré de salauds. Tout le monde essaie de profiter de lui.

— Ah ! » Je hoche la tête, compréhensive.

Oleg me tend la carte. « Qu'est-ce que tu prends ?

J'accepte la nouvelle règle du jeu sans murmurer. « Un jus de clémentine. Et une salade d'avocats aux crevettes. »

Oleg fait un signe au garçon. Celui-ci vient prendre la commande.

« Tu l'as retrouvé comment, ton copain ?

— Oh, c'est toute une histoire. J'ai d'abord appelé à son bureau. Mais on n'a pas voulu me le passer. J'ai téléphoné au moins cinq fois. Rien. Alors, j'ai organisé une soirée de retrouvailles pour les gens de ma classe. J'ai retrouvé presque tout le monde. En fait, ils continuent à se voir. Mais surtout, j'ai déniché son numéro de téléphone à elle.

— De qui parles-tu ? »

Je ne l'aurais jamais cru capable de déployer une telle énergie.

« De Sonia Petrova. C'était son grand amour. Elle s'est mariée tout de suite après le bac. Elle a épousé un gars d'une autre classe. Mon copain a souffert pendant cinq bonnes années. J'ai persuadé Sonia de l'appeler. Elle ne l'a pas eu directement, mais il l'a rappelée. Au bout de cinq minutes. Elle a demandé s'il pouvait l'aider à organiser la soirée. Il ne serait peut-être pas venu si on s'était contentés de l'inviter. Mais il n'a pas pu lui refuser son aide. Nous avons organisé la fête tous les trois. Une fête magnifique ! Il a loué un yacht immense. J'ai compris qu'il faisait ça uniquement pour Sonia. Je l'ai aidé, sans montrer que je savais. Il a apprécié. »

Je me laisse séduire par cette *love story*.

« Et alors ? La nuit, sur le bateau, à la lumière des étoiles, il lui a déclaré sa flamme ?

— Non. Il est descendu au bout d'une demi-heure. Il a vu ses copains de classe et il s'est rendu compte qu'après tout ce whisky et ce rhum, ils seraient dans un sale état. Je l'ai suivi. Elle, est restée. Elle était déjà ivre et voulait continuer à faire la fête. Une idiote. Nous avons bu un coup dans sa voiture. Il m'a dit : "Elle est idiote, ou alors je ne comprends rien à la vie." »

Je confirme :

« Elle est idiote. À moins qu'il soit moche ?

— Mieux que d'autres ! dit Oleg, vexé.

— Bon, allez ! »

J'éclate de rire.

Oleg regarde sa montre.

« Tu es pressé ? Je voulais prendre un café.

— Non, ça va. Simplement, j'ai un rendez-vous. Tu comprends, il s'occupe de bonnes œuvres. Chaque mois, il fait des dons. Je dois vérifier les comptes. Je pense que tout est *clean*. Mais à tout hasard... Parce qu'il y a eu un incident... Pas grave, nous avons tiré ça au clair. Les coupables ont été châtiés.

— Je n'ai pas le moindre doute... »

Je lui passe un sac en plastique avec l'argent.

« Tiens. Vingt-cinq mille. »

Il me remercie d'un signe de tête.

« Si tu as besoin d'aide, n'hésite pas à m'appeler, dit-il.

— D'accord. »

L'argent corrompt, mais pas tout de suite, me dis-je. Au début, il rend les gens meilleurs. Et qui sait, peut-être que les gens corrompus ne risquent plus rien ?

« Dis, qui est Vladimir le Rat ? demande soudain Oleg.

— Je ne sais pas. (Je hausse les épaules.) Pourquoi, je devrais le savoir ?

— Non, non. »

Un étrange couple entre dans le restaurant. Lui, en tee-shirt. Elle, couverte de diamants. Son mari a peut-être été tué, me dis-je.

« Un bouseux, déclare Oleg. Il n'est pas d'ici. »

Le gars en tee-shirt commande un whisky *blue label*. Je n'ai pas l'impression qu'il vive aux crochets de cette femme. Des bribes de conversation nous parviennent. On entend le mot « Tchétchénie ».

« Il a fait la guerre, suppose Oleg. Ils reviennent tous complètement cinglés. »

Le chauffeur ouvre la portière d'une Mercedes flambant neuve. Oleg me salue et monte après avoir jeté la liasse de billets sur la banquette. Je ne le vois pas derrière les vitres fumées, mais je l'imagine serrer un cigare entre ses dents en appuyant sur la télécommande. Ou peut-être qu'il n'a pas de télé dans sa voiture ?

12

“Une fois, j’étais tellement vannée que je me suis perdue sur le périphérique. Je pleurais dans ma voiture, ne sachant pas comment rentrer à la maison.”

Le lancement du lactosérum « Crêpes grand-mère » comprend douze éditions d’un spot publicitaire de trente secondes chacun sur les quatre chaînes, dont cinq en prime time sur ORT, RTR et DTV. En guise de bonus, chaque chaîne diffusera deux fois par jour un minimessage de quinze secondes. Pour la publicité extérieure, j’ai loué quarante panneaux dans les principales artères de la ville et trente mille stickers muraux dans différents centres commerciaux. J’ai commandé des encarts aux journaux *Kommersant Daily* et *Vetcherniaïa Moskva.* Le lactosérum « Crêpes grand-mère » est sponsor officiel de trois éditions de l’émission « Sacrées ménagères ». Le budget de la campagne publicitaire, prévue pour trois mois, est estimé à un million de dollars US.

J’ai signé un contrat avec la chaîne de magasins Razvilka qui doit livrer et distribuer le produit. Et un autre, avec l’usine de produits laitiers de Lioubertsy pour l'achat de dix tonnes de lactosérum par jour et la location de six cents mètres carrés de bureaux.

J'ai acheté un appareil d'emballage que j'ai installé dans le local loué. Nous avons embauché cinquante personnes. Un ingénieur est chargé de prolonger la durée de conservation du produit, ce qui permettra de baisser nos frais de trente pour cent.

J'ai hypothéqué ma maison, car je n'ai pas assez d'argent pour tout cela ; le taux d'intérêt est à douze pour cent par an. Je pars de chez moi tôt le matin et rentre le lendemain à l'aube.

Une fois, j'étais tellement vannée que je me suis perdue sur le périphérique. Je pleurais dans ma voiture, ne sachant pas comment rentrer à la maison.

Je suis si absorbée par cette histoire de lactosérum que je ne pense plus à Serge. Du jour au lendemain, il a cessé de me hanter. Je ne m'en suis rendu compte que la nuit, au moment où j'ai pu enfin poser ma tête sur l'oreiller. Je me remarierai ! Et j'aurai des jumeaux, me suis-je dit, sans doute déjà à moitié endormie.

Je dois surveiller sans cesse le processus de fabrication. Chaque jour, il faut emballer dix tonnes de lactosérum et les livrer dans les magasins. Il faut rédiger les bons de commande. Vérifier une comptabilité monstrueuse. Systématiquement, je dois partir au diable pour délivrer le camion tombé entre les mains de la police routière. Je perds de l'argent parce qu'une partie du produit est périmée. Le lendemain, tout recommence.

Et voilà qu'un beau matin, au bout de trois semaines de cette vie, je ne me réveille pas. À midi non plus. J'ouvre les yeux seulement vingt-quatre heures plus tard. La terreur que je ressens n'est comparable qu'à celle que j'ai éprouvée en voyant l'effet du Botox. Je me précipite vers mon téléphone. On me dit que tout se passe normalement, il n'y a pas eu d'incident. Dorénavant, mes journées commenceront à huit heures du matin et finiront à six heures du soir. Je ne travaillerai pas un instant de plus. Je prendrai mes week-ends. Cette décision prise, je pars au bureau. Nous sommes jeudi.

Je suis assise sur un petit banc bricolé près de la tombe de Serge.

Je regarde le sommet des sapins : au-dessus commence le ciel. La vie d'ici-bas se termine là ; là-haut commence une autre vie.

J'effleure les lèvres de son portrait sur la dalle de marbre froide, et la solitude me glace.

Jamais. C'est ça, la mort.

« Tu me manques, Serge. » Je murmure ces mots comme une prière.

« Tu me manques, Serge ! » Je hurle ces mots et chaque tombe me répond en écho.

« Tu me manques, Serge ! » Tout en moi se brise, se défait et s'envole vers le sommet des arbres.

Il y a autre chose. Une chose importante entre lui et moi. « Je t'ai vengé », murmurent mes lèvres presque silencieusement.

Nous sommes de nouveau proches. De nouveau ensemble. Il a beau être mort, nos âmes se tiennent par la main.

Je monte dans ma voiture comme un automate. Si je m'étais envolée sur un nuage ou à dos de chameau, je n'aurais pas senti la différence.

Mon portable vibre, puis se met à sonner dans ma poche.

C'est le numéro de Véronique. Je ne suis pas pressée de répondre. Mais le téléphone s'égosille.

« Allô. » Ma voix est un peu éraillée. Non, je ne vais pas fuir la vie ; je ne me laisserai pas envahir par mes états d'âme.

« Tu es où ? demande Véronique, suspicieuse.

— Au cimetière. Je rentre. »

Elle ménage une minute de silence par respect pour quelque chose qu'elle ne peut pas formuler. Le souvenir de Serge.

« Et moi, je reste à la maison.

— Tu as un problème ? »

Je le sens d'après sa voix.

« Oui... Ça fait trois jours qu'Igor n'est pas rentré. »

Ça recommence, me dis-je.

« Il a appelé ?

— Oui. Il a parlé avec la femme de ménage. Il a raconté des bobards invraisemblables. Il a parlé d'un attaché-case blanc. Il est complètement camé, on dirait.

— Et qu'est-ce qu'il lui a dit à propos de cet attaché-case ?

— Prends mon attaché-case blanc dans la buanderie et mon pull de ski. Prépare tout ça, j'arrive.

— Véronique, de quel attaché-case blanc s'agit-il ? »

Moi qui voulais retourner en ville, je fais demi-tour pour rejoindre mon amie.

— Est-ce que je sais, moi ? Il n'en a jamais eu !

— Ça alors ! (C'est plutôt drôle.) Tu as vérifié dans la buanderie, à tout hasard ?

— Bien sûr que j'ai vérifié ! hurle Véronique. Qu'il rentre ! Je lui en ferai voir, il s'en souviendra, de son attaché-case blanc et de son pull de ski ! (Elle se met à sangloter, puis se reprend en main.) C'est un cauchemar ! Quel enfoiré ! »

J'arrive devant la maison de Véronique en même temps que Nikita. Le chauffeur le ramène de l'école. Nikita est un ami de ma fille. Je lui demande :

« Ça va ?

— Ça roule. Je vais te montrer le dessin que nous avons fait. »

Il ouvre son cartable tout en marchant, fait tomber ses cahiers, commence à les ramasser ; le sac contenant ses chaussures de rechange tombe dans une flaque d'eau.

« Ramasse tout vite ! me crie-t-il. Je fais une manœuvre de diversion pour que maman ne voie rien. »

Je range ses affaires et entre dans la maison. Dans le hall, je trouve mon amie en train de sermonner son fils. En fait, il a quarante-cinq minutes de retard et il risque de manquer son cours d'anglais.

« Je cherchais mon cartable, se justifie Nikita, les meufs l'ont caché.

— Les filles, tu veux dire ! crie Véronique.

— Bon, les filles. »

Il se précipite dans la cuisine ; le couvert est mis.

« Aujourd'hui, toute ta famille cherche quelque chose, l'un le cartable, l'autre l'attaché-case, lui dis-je.

— C'est horrible. (Véronique prend une pose théâtrale, lève les yeux au ciel.) Tous des tarés. »

Nous nous enfermons dans le bureau pour échapper aux tempêtes de la vie domestique.

« Un cauchemar, répète Véronique en tirant les rideaux.

— Que vas-tu faire ? je demande, histoire de donner à notre dialogue un tour positif.

— Je ne sais pas. »

Elle s'assied dans le fauteuil, les yeux rivés sur ses chaussons.

« Tu vas le virer ?

— Oui. Ça suffit. Je n'en peux plus. Qu'il prenne tout, je n'ai besoin de rien. »

Elle me dit ça tous les trois mois. Pour la même raison et sur le même ton.

Ils vivent ensemble depuis quinze ans. Elle l'aime et il le sait.

« En fait, il t'aime, lui dis-je.

— Je ne veux plus de son amour. Je n'en ai pas besoin ! (Elle se met à pleurer.) Ces nuits épouvantables ! Je ne sais ni où il est ni avec qui ! Jusqu'à quand vais-je supporter ça ? »

Je lui caresse la tête en débitant des banalités.

« Il ne me laissera pas partir, dit Véronique, il me prendra les enfants. Il prendra tout…

— Parce qu'il t'aime. Et tu l'aimes… Combien de fois as-tu pardonné déjà ?

— C'est fini. J'en ai ma claque ! »

Elle sanglote sans penser qu'on risque de l'entendre. J'ai les larmes aux yeux, par solidarité. Mon projet de dialogue constructif est tombé à l'eau.

« Qu'est-ce que c'est que cet attaché-case blanc ? se tourmente Véronique. Et ce pull ? À quoi rime toute cette histoire ? Il a appelé à six heures exprès, en sachant qu'il tomberait forcément sur la femme de ménage… Peut-être… qu'il veut partir ?

— C'est ça, il part skier à la montagne. Avec un attaché-case blanc qu'il a caché dans la buanderie. Et qui a été volé parce qu'il contenait un schéma des pistes noires… Véronique, c'est du délire ! »

Le téléphone sonne sur la table. Je regarde mon amie qui est en larmes. Elle secoue la tête.

« Décroche pour moi, s'il te plaît.

C'est sa fille. Elle me prie de dire à sa mère que tout va bien, elle est au *Friday's*. Je transmets.

« Figure-toi (Véronique se mouche bruyamment) que son Dmitri, son petit ami je veux dire, un fils de député, travaille comme serveur au *Friday's* tous les week-ends.

— Pas possible ! » Cela me met de bonne humeur.

« Depuis, ma fille y passe ses week-ends, elle fait monter leur chiffre d'affaires.

— Et où sont les gardes du corps de ce garçon ?

— Je ne sais pas. (Véronique réfléchit.) Devant le *Friday's*, j'imagine.

— Pourquoi a-t-il besoin de ça ? Ce n'est pas tous les jours que des enfants de députés travaillent au *Friday's*.

— C'est peut-être une façon de faire gagner des voix à son père ? suppose Véronique.

— Je ne sais pas. Si ça se sait, alors là, oui.

— Tu veux du thé ?

— Volontiers. »

Véronique entrouvre la porte et crie : « Ma petite Natacha ! Apporte-nous du thé ! » Puis, elle referme la porte, retourne dans son fauteuil et s'y installe en repliant ses jambes.

Je lui demande : « Tu ne veux pas l'appeler ?

— Non. J'ai téléphoné à maman, à tout hasard, pour qu'elle vienne. On ne sait jamais. Cette histoire d'attaché-case… Il a peut-être perdu la boule complètement. Je dois protéger mes enfants.

— Tu as raison.

— Dès que je lui annonce que je veux partir, il me frappe.

— Et si tu engageais des gardes du corps ? »

Véronique réfléchit.

J'imagine la scène : après trois jours d'absence, Igor épuisé, endormi, affamé rentre chez lui pour prendre son attaché-case blanc et son pull de ski dans la buanderie, et il voit des gars au crâne rasé armés de mitraillettes. Là, il s'imaginera qu'il a perdu les pédales.

Je décris cette scène à Véronique.

« Oui. Et s'il me demande : "C'est qui, ces types ?", je dirai : "Où ? Il n'y a personne, nous sommes seuls." Il courra vers eux, leur tirera la moustache, et eux, ils ne broncheront pas. Et moi : "Chéri, que fais-tu ?" Et pendant qu'il sera endormi, je les renverrai chez eux. Le lendemain il imaginera qu'il a eu un accès de delirium tremens et il arrêtera de boire, de fumer et de sniffer.

— Super. »

La femme de ménage entre avec un plateau en osier. Elle sert le thé. Demande si nous voulons manger quelque chose. Elle a préparé un gratin. Nous n'avons pas faim.

Nikita passe en coup de vent pour embrasser sa mère avant d'aller à son cours d'anglais, il me salue d'un signe de la main. Devant la porte, il se retourne :

« Maman, tu m'achètes une imprimante pour Noël ?

— Pour quoi faire ?

— J'ai l'ordinateur, j'ai tout sauf l'imprimante. J'en veux une couleur.

— Non mais tu sais combien ça coûte ?

— Tant pis, dit Nikita, pas du tout découragé. Je la commanderai au Père Noël. »

Nous avons attendu qu'il referme la porte pour éclater de rire.

« Papa est là ! » Nous entendons la voix joyeuse de Nikita au fond de la maison.

« Tiens, voici le Père Noël en personne. »

Je perçois dans la voix de Véronique un soulagement mal dissimulé.

Je sors par la véranda et me sauve.

Le mercredi, nous prenons un bain turc et nous nous enduisons de crèmes et de masques tout en parlant de l'histoire d'amour que vit Hélène.

Il a trente-sept ans, il est divorcé, beau, il n'a pas de vices apparents : il ne se drogue pas, il n'est ni pervers, ni homosexuel, ni pédophile. Il lui offre des fleurs. Il n'est pas impuissant. Il lui a demandé comment va sa mère. Dans les boîtes de nuit, les prostituées ne viennent pas lui dire bonjour. Il a fait réparer la voiture d'Hélène. Il ne boit pas dès le matin. Il lui a tout de suite donné le numéro de son portable sans qu'elle soit obligée de passer par des secrétaires. Ses chaussures sont bien cirées. Il ne porte pas de lunettes de chez Cartier, n'utilise pas de briquet Dupont, ne drague pas les vendeuses. Hélène est tombée amoureuse.

Il vend des meubles.

Hélène est passée dans plusieurs de ses magasins et, comme c'est une jeune femme bien élevée, elle lui a fait des compliments sur la qualité et le design de ses produits.

Il lui a proposé de changer son mobilier en choisissant tout ce qui lui plaît.

Nous sommes en train de nous demander si elle doit accepter cette proposition et, si oui, jusqu'où elle peut aller. Nous sommes trois : Hélène, Katia et moi.

« Il est vrai que tous mes meubles sont vieux, dit Hélène en réfléchissant à voix haute. C'est mon mari qui les avait achetés. J'en ai vraiment assez.

— Alors, ça tombe bien. »

Moi, je trouve qu'elle devrait accepter.

« Mais ça fait un mois seulement que nous sortons ensemble. »

Hélène a peur de faire mauvaise impression.

« Et alors ? Tu veux que je vienne avec toi ? »

Katia a très envie de connaître son fiancé.

« Non.

— Hélène ne veut pas prendre le risque de le perdre.

— Tu as combien de pièces ? (Je calcule.) Le salon, la cuisine, il faut absolument la refaire…

— Il ne vend pas de cuisines, interrompt Hélène.

— Dommage. La cuisine, c'est ce qu'il y a de plus cher. »

Katia l'encourage :

« Pas grave, il a d'autres choses très chères !

— Exactement. (Je compte sur mes doigts.) Le salon, l'entrée, ta chambre, la chambre d'amis…

— Je voudrais décorer la chambre d'amis dans le style chinois, précise Hélène d'un ton capricieux.

— Pourquoi pas ? dis-je en haussant les épaules. Même indien, si ça te chante. »

Hélène ôte son drap et entre dans le sauna.

« Qui veut se faire masser ? propose Galia d'une voix guillerette.

— Moi, je voudrais un massage savonneux ! dis-je en m'allongeant sur la table de massage.

— Je ne la comprends pas, dit Katia en suivant son amie dans le sauna. Moi, j'aurais même pris les vases et les tapis. »

Galia passe une éponge sur mon corps. Elle est si soyeuse, on dirait qu'elle est faite de bulles de savon. Je me laisse aller à cette sensation de bien-être, si bien que je n'aperçois pas tout de suite Véronique, qui vient d'arriver.

Elle s'allonge dans une chaise longue sans retirer son jean ni ses lunettes de soleil, sort une cigarette. Je la regarde, étonnée, sans rien dire.

Enfin, je craque : « Qu'est-ce que tu as à être si mystérieuse ? »

La porte vitrée du sauna s'ouvre en laissant sortir de la vapeur parfumée à la bergamote et les filles toutes brillantes de sueur se jettent dans le bassin d'eau froide.

« Je t'interdis de fumer ! crie Hélène entre deux plongeons.

— C'est notre journée de remise en forme ! déclare Katia en aspirant une bouffée d'air. »

Je m'approche de Véronique.

« Pourquoi tu ne te déshabilles pas ? Tu y vois, avec tes lunettes ? »

Elle a un bleu. Un affreux hématome violet sous l'œil gauche.

Hélène accourt vers nous en s'essuyant.

« C'est Igor ? » demande Katia en fronçant les sourcils.

Des larmes coulent sur les joues de Véronique comme d'un robinet qui fuit. Elle ne cligne pas, ne les étale pas sur son visage, n'y prête aucune attention, on dirait que cela ne la concerne pas.

« Quel salaud », dis-je.

Véronique acquiesce.

« Un vrai fumier, commente Katia. Que s'est-il passé ?

— Il a découché. Je lui ai dit que je partais. » La voix de Véronique est perçante, pas du tout naturelle. « Il m'a frappée. »

Notre indignation est sans limites.

« Je l'ai fait constater. (Véronique commence à sangloter.) Je ne me laisserai plus agresser !

— Tu veux qu'il aille en prison ? dit Hélène, incrédule.

— Peu m'importe ! En prison ou ailleurs ! (Elle pleure à voix haute et nous sommes complètement de son côté.) Je le hais ! » ajoute-t-elle.

Je ne sais quoi dire. Nous aussi, nous le haïssons en cet instant.

« Il m'a renversée sur le lit. (Sa voix se brise, elle ne pleure plus, elle piaille comme un chiot nouveau-né.) Je ne pouvais pas crier, car je ne voulais pas faire peur aux enfants, et il m'a violée… »

Je caresse la main de Véronique en répétant comme une formule magique : « Quel porc… C'est un vrai porc… »

Véronique cesse de pleurer et remet ses lunettes. Puis, elle les enlève.

Physiquement, Igor est une sorte de caricature de Schwarzenegger. Mais Véronique le trouve d'une beauté irrésistible. C'est ça, l'amour.

« À qui tu as montré tes bleus ? demande Katia.

— J'ai été aux urgences. Je lui dirai que s'il ne se barre pas, je porterai plainte. J'ai un certificat médical. » Véronique défait les poignets de sa chemise et remonte sa manche. « J'en ai sur les jambes aussi. »

Terrifiées, nous regardons les hématomes sur son corps.

On sonne à l'Interphone. Je décroche. C'est la femme de ménage : elle annonce que le mari de Véronique est là.

« Tu lui as dit où tu étais ? »

Elle fait « non » de la tête.

« C'est mercredi. Il a deviné.

— Tu vas le voir ? demande Katia.

— Il ne partira pas, il vaut mieux que je sorte. »

Véronique remet ses lunettes et se dirige vers la sortie.

« Appelle-nous au cas où », dit Hélène.

Je propose : « Tu veux qu'on t'accompagne ?

— Non. Merci, les filles. »

Je vais dans le sauna, Hélène et Katia continuent à parler d'Igor.

Véronique revient assez vite. Le visage apaisé. Certes, hier soir Igor l'a frappée et violée, mais aujourd'hui, il a accouru, il s'est mis à genoux devant elle et l'équilibre est rétabli. Elle est satisfaite. Mais elle exige, par principe, qu'il prenne ses affaires et qu'il s'en aille. Sinon, demain elle portera plainte.

« Dans deux jours, c'est l'anniversaire de Nikita, s'afflige Véronique. C'est un joli cadeau qu'il fera à son fils ! »

Nous l'obligeons à se déshabiller et à entrer dans le sauna. Il n'est pas question de massage : elle a mal partout. Galia lui masse la plante des pieds et lui pose une compresse chaude sur le visage. Hélène lui raconte son histoire de meubles et lui demande conseil.

« Prends tout ! dit Véronique sans la moindre hésitation. Même ce dont tu n'as pas besoin. Tu pourras toujours jeter les objets inutiles ou les offrir.

— Je pense la même chose, confirme Katia et nous entérinons cette décision à la majorité.

— Heureusement qu'il n'est pas un magnat du pétrole. Dommage qu'il ne soit pas propriétaire d'une bijouterie. »

Quatre jours plus tard, je revois Véronique. Ils ont reporté la fête de Nikita au week-end. Igor navigue au milieu de clowns et de saltimbanques, un verre de vin à la main, et ne donne pas du tout l'impression d'un mari abandonné.

Pendant que Macha remet à Nikita son cadeau, je demande à Véronique comment elle va.

« Ah, dit-elle avec un geste de renoncement, c'est un taré… (Et elle ajoute quelques autres épithètes à l'adresse de son mari, mais je ne sens aucune animosité dans sa voix.) Il m'offre des fleurs tous les jours. Cent fleurs. Pour que nous restions ensemble cent ans.

— C'est beau », lui dis-je.

Elle me sourit. Son bleu est soigneusement dissimulé sous une bonne couche de fond de teint.

13

“J’ai des invités. Assis devant une table dressée, ils boivent sans trinquer.”

Les flammes se tortillent et retombent dans la cheminée. Aujourd’hui, il a neigé pour la première fois.

J’ai des invités. Assis devant une table dressée, ils boivent sans trinquer. Cela fait six mois que Serge a été tué. Certains de ses amis ne sont pas venus. Mais tous ceux que j’attendais sont là.

Je n’ai pas invité Svetlana. Avec son immense ventre et le bébé qui barbote dedans, elle aurait été au centre de l’attention. Une jalousie égoïste ne m’a pas permis de révéler aux parents de Serge qu’ils vont avoir un petit-fils.

Ma belle-mère est assise devant une assiette vide, les lèvres serrées, plongée dans ses pensées. Chaque année, son chagrin sera plus poignant. Le père de Serge, coureur et bon vivant, la petite soixantaine, boit vodka sur vodka en essuyant ses larmes entre deux verres d’une main lourde, engourdie.

Je regarde le visage figé de ma mère, j’aimerais bien savoir à quoi elle pense. À Serge ? À Macha ? À moi ?

À elle-même ? Ou aux plantes qu'on a oublié de couvrir avant la première neige ? Maman croise mon regard. « Prends un calmant », me dit-elle du bout des lèvres pour la dixième fois depuis ce matin. Elle nous aime tous, Serge, et moi, et Macha, et son potager et bien d'autres choses dont sa vie est faite. Elle est à l'abri de toute déception. Son solide amour de la vie la rend invulnérable.

Vanetchka a téléphoné. Il a prononcé des mots qui n'ont provoqué aucun écho dans mon âme. Entre nous, plus aucun contact.

« Nous n'apprécions que ce que nous avons perdu », m'assène-t-il. Une de ses dernières trouvailles. Et je ne comprends pas très bien si cela concerne Serge, moi ou nous trois.

Les gens vont et viennent. Avec femme ou enfants. Amis et connaissances. Et aussi ceux que je ne considère pas comme des amis mais qui se croient tels.

Cela ressemble à une soirée ordinaire. Nous buvons, échangeons des nouvelles. Nous nous saluons gaiement si nous ne nous sommes pas vus depuis longtemps. Les femmes, assises à part, papotent comme d'habitude.

La vie continue malgré tout.

Je reste en compagnie d'hommes. Tout le monde s'intéresse à mon lactosérum. Les hommes pensent que les frais de transport vont engloutir le bénéfice. Flattée par l'attention qu'ils me prêtent, je leur parle de mon système de livraison, fort compliqué. Ils me demandent quel est le budget réservé à la publicité. Je recommande Irma et son agence, quelqu'un note son numéro de téléphone. Je me plains du manque de personnel, on me propose une agence de recrutement. Lorsque j'annonce mon intention de multiplier les points de vente et, éventuellement, de diversifier les produits, plusieurs personnes m'offrent leur aide. Les maris de mes amies me parlent d'égal à égale. C'est une sensation incroyable.

L'apparition de Katia met fin à mon monopole. Elle s'est débarrassée de sa tignasse châtain somptueuse et exhibe un joli petit crâne aux cheveux coupés à ras. Ce crâne nu et vulnérable est plus sexy que tout ce que l'on peut voir dans les revues érotiques.

Tout le monde oublie mon lactosérum. Toutes les mains se tendent vers la tête de Katia, les hommes cherchent à toucher ses cheveux.

« Prépare-toi, lui dit Régine, la femme de Vadim, le meilleur ami de Serge. De grands changements t'attendent dans la vie. » Régine a l'air sûre de ce qu'elle affirme. C'est pour prononcer cette phrase qu'elle passe devant nous avec un verre de vin.

Régine est scénariste. Elle a coutume de dire : « Je suis un dieu en miniature. Je crée le monde. » Nous ne l'aimons pas trop. Elle ne connaît pas nos problèmes, nous ne la comprenons pas. Elle plane à trois centimètres du sol, nous autres, nous avons les pieds sur terre.

Katia tourne sa jolie tête dans sa direction. Elle lève les sourcils d'un air étonné.

« Je te le dis, répète Régine avec un sourire, quelque chose va changer.

— Je suis prête. »

Sans ses cheveux, Katia semble plus ouverte. Peut-être que le changement s'est déjà produit ?

Vadim s'approche de moi. « Comment vas-tu ? »

Il téléphone rarement. Je ne me vexe pas. Il y a eu une époque où en achetant du fromage et des yaourts pour le petit déjeuner de Serge, j'en prenais aussi pour Vadim. Je crois que Régine ne lui a jamais fait de petit déjeuner.

« Ça va, dis-je avec le sourire. Je travaille.

— Bravo. Tu t'en sors bien.

— Merci. »

Nous sortons sur la véranda. Nous nous regardons droit dans les yeux.

« Comment va Macha ?

— Ça va mieux. »

Après une pause, il demande : « La police ne t'enquiquine plus ? Ils t'ont laissée tranquille ?

— Oui. Je n'y pense même plus. J'ai été convoquée deux fois seulement. »

Vadim hoche la tête. « C'est nous qui t'avons sortie de ce pétrin. Ils avaient déjà le mandat d'arrêt.

— Pas possible ! (C'est plutôt amusant.) Ils voulaient m'arrêter, moi ?

— Oui. » Manifestement, Vadim ne trouve pas ça drôle du tout. « Ils sont même allés chez toi. Heureusement, tu étais partie à la campagne.

— Quelle horreur ! »

Maintenant, au bout de six mois, cette histoire me paraît parfaitement irréelle. Vadim, lui, se rappelle tous les détails. Il semble revivre ce moment. « Nous avons trouvé une bonne parade, alors. Il y avait deux enquêteurs, l'un nous était acquis, l'autre hésitait… »

Je repense au commissariat, à l'interrogatoire et je comprends à qui pense Vadim.

« Nous leur avons donné une idée. Le type était déjà recherché. Une rare crapule. Je l'aurais descendu si j'avais pu. Mais eux, ils ne le retrouveront pas. Dommage. »

Une intuition naît non pas dans ma tête, mais au fond de mes entrailles. « Tu parles du portrait-robot ?

Du calme. Vadim va me répondre et tout se remettra en place.

« Oui. Une fille à nous a prétendu qu'elle était témoin du meurtre. Nous lui avions montré sa photo et elle a décrit le type. Ils l'ont cuisinée pendant deux heures. Elle a trouvé ça passionnant, le portrait-robot et tout le tralala. Elle a dit : "On voit le progrès technique." Où tu vas ?

— Je reviens tout de suite. »

Il me suit du regard, étonné. Je passe devant les invités en arborant un sourire d'automate, en leur lançant des phrases que je ne comprends pas moi-même. Je vais de pièce en pièce comme une forcenée, je donne l'impression de chercher je ne sais quoi. Je bois un Bacardi sec puis, dehors, un deuxième.

Je ne peux ni m'asseoir ni m'allonger. Ni rester debout, ni marcher. C'est comme si je n'existais plus. Ma raison est sous le choc. Je crois que ça s'appelle être KO. Ma raison s'est résignée, elle ne veut plus sortir de cet état. La peur l'a paralysée.

J'ai l'impression qu'un ver s'est faufilé dans ma tête. Il rampe de ma nuque vers mes yeux en me faisant mal ; il avance en se tortillant de tout son corps visqueux. Il crache sans arrêt dans mon cerveau des paroles que j'ai déjà entendues quelque part aujourd'hui : « Je suis un dieu en miniature. Je crée le monde. »

J'attends que ça passe. Mais ça continue.
J'ai tué un innocent. Je suis KO. Sortez-moi du ring.
Je crois que Katia m'accompagne jusqu'à ma chambre.

Quand on a vingt ans, on boit pour plaire : on désire être spirituelle, ouverte, audacieuse. Quand on en a trente, si on veut plaire, on essaie de ne pas boire. Parce que (d'où ça vient ?) on devient caustique, sûre de soi et – horreur ! – vulgaire.

À vingt ans, on veut être plus près des gens. À trente, on veut être plus près de soi-même, de celle qu'on était à vingt ans. Et plus loin des autres.

À vingt ans, après quelques Bacardi avec de la glace, la terre se dérobe doucement sous vos pieds ; à trente, le ciel vous écrase.

À vingt ans, on se réveille avec un sourire ; à trente, avec un mal de crâne.

Je me traîne jusqu'à mon armoire à pharmacie comme si ma tête était un vase rempli à ras bord de quelque liquide précieux. Je prends du Doliprane.

En retournant vers mon lit, je heurte une petite bassine rose. Elle se renverse en faisant tomber un balai qui m'assène un coup sur le dos. Je dois aussi enjamber un seau.

Il n'y a que dans mon lit que je suis en sécurité. Peu à peu, le martèlement dans ma tête cesse. Je sens le contact agréable de ma lingerie en soie. Je me blottis sous les couvertures. Je regrette de ne pas avoir une réserve d'alcool dans ma chambre.

Je crois entendre un bruit de ressac. Je suis un grain de sable, un parmi des milliards. Tous ensemble, nous sommes le sable. Les vagues nous balancent de-ci de-là et, finalement, nous rejettent sur le rivage. À marée basse, elles nous entraînent avec elles. Je suis un grain de sable qui se prend pour une vague.

Je téléphone à Oleg. On a toujours envie de partager ses problèmes.

Il dormait.

Je lui demande de passer me voir. Depuis qu'il a une Mercedes avec chauffeur, je ne lui cache plus mon adresse.

Il sera occupé dans les trois jours à venir. Je suis furieuse. Ne l'ai-je pas aidé pendant toutes ces années, en lui donnant de l'argent de temps à autre ? Et du travail ?

Il accepte de prendre le petit déjeuner avec moi au *Palace Hôtel.* Dans deux heures.

Je suis en retard, comme toujours.

Il m'attend. Je me précipite vers lui et lui lance, sans même le saluer : « Qu'est-ce que tu m'as demandé la dernière fois ? À propos d'un rat ? »

Oleg, lui, est tranquille. Il sirote son café dans une tasse blanche minuscule liserée de noir. « Assieds-toi, dit-il en souriant. Qu'est-ce qui t'arrive ?

— Tu te rappelles, tu m'as parlé de…

— Vladimir le Rat, confirme Oleg. Et alors ?

— Pourquoi as-tu parlé de lui ?

— Tu prends du café ? Des croissants ? J'ai commandé une omelette aussi.

— Oleg ! Tu peux me répondre ? » Je craque.

« Raconte, toi, d'abord. Que se passe-t-il ? »

Un serveur tout amidonné allume la bougie sur la table, arrange une petite fleur dans un vase miniature.

Je dis tout doucement : « Ce n'était pas la bonne personne, tu comprends ? »

Oleg allume un cigare. Envoie quelques ronds de fumée dans l'air.

J'espère qu'il va me persuader du contraire.

« Je sais. Mes gars me l'ont dit. »

Le miracle n'a pas lieu. Le cauchemar continue.

« Le type leur a dit que c'était Vladimir le Rat. (Oleg fait un geste qui exprime le regret.) Tu sais qui est ce Rat, toi ? »

Je fais « non » de la tête. « Alors pourquoi (ça me dépasse), pourquoi, s'il l'a dit… »

Il est des choses qu'il est difficile de nommer.

Oleg hausse les épaules. « Tu imagines que tout le monde crache la vérité comme à confesse ? Et puis, c'était leur job, ils avaient été payés. Tout le reste… » Il fait un geste censé signifier « ils s'en fichent éperdument » ou bien « tout le reste est entre les mains de Dieu » avant d'ajouter : « On ne va tout de même pas prendre au sérieux ce qu'il a raconté ? »

Je me mets à hurler : « Il se trouve que c'est vrai ! »

À part nous, il n'y a dans ce restaurant qu'un Anglais d'un certain âge. Il boit son thé au lait sans nous prêter la moindre attention.

J'ajoute dans un souffle : « Le chauffeur l'a dit aussi.

— Mais il est dans le coma ? demande Oleg, étonné.

— Il en est sorti.

— Ah. »

Manifestement, Oleg me plaint. « Ne t'en fais pas », dit-il, comme si quelqu'un avait mangé ma tablette de chocolat. Je le regarde : je ne puis croire que nous parlons la même langue.

« Tu sais (son visage exprime le dégoût), ce Merlan – c'était son sobriquet – était un fumier fini. »

Je lui fais signe de se taire : on ne dit pas du mal d'un mort.

« Je suis d'accord, c'est un sale coup pour toi, poursuit Oleg, mais... »

Je sors une cigarette de son paquet. Il allume son briquet, un Dupont. Cela doit faire dix ans que je n'ai pas fumé.

« Je peux te rendre l'argent.

— Quel rapport avec l'argent ? »

J'éteins ma cigarette.

« Tu comprends, quand je me suis informé sur ce type... bref, ça s'est goupillé comme ça... Il gênait plusieurs personnes... Je n'avais rien à perdre, hein ? (Oleg me regarde d'un air coupable.) J'avais d'autres clients que toi pour le Merlan. Ne te fâche pas. »

Je ne sais pas s'il sourit parce qu'il est de bonne humeur ou tout simplement pour me montrer ses dents blanches toutes neuves, puisque le moment s'y prête.

« Pardon ? » dis-je. J'ai du mal à suivre.

« Eh bien, j'avais un autre commanditaire pour Merlan. Donc, puisque tu as fait cette boulette, je te rendrai l'argent, si ça te soulage, bien sûr. »

Je secoue la tête : « Pas la peine. »

Il est ravi.

Je regarde par la fenêtre. Le paysage dans la rue pourrait servir d'illustration à un poème de Pouchkine qu'on apprend à l'école : « Il gèle. Le soleil brille... » Je commande du thé et des gâteaux. Une boulette, me dis-je dans mon for intérieur en savourant chaque syllabe. Le thé est si parfumé que je demande au serveur ce que c'est comme marque.

« Du Lipton ordinaire », répond-il.

Une boulette.

Je voudrais dire à Oleg qu'il a une mine épatante. Je lui donne un conseil : « Achète-toi un nouveau briquet.

— Quel genre de briquet ? » Il regarde son Dupont avec étonnement.

« Un briquet jetable.

— Pourquoi ?

— Il n'y a que des bâtards qui ont des briquets comme ça. Ou des fauchés.

— D'accord, dit-il, plutôt débonnaire.

— Qui est ce Vladimir le Rat ?

— Je ne sais pas. »

Oleg fait signe au garçon, qui va chercher l'addition.

« T'es sûr que c'est lui ? »

Oleg hausse les épaules.

« Et que dit le chauffeur ?

— Il ne peut pas parler pour le moment. Il écrit, mais avec difficulté.

— Qu'est-ce qu'il a écrit ?

— "Le Rat."

— Un peu juste comme info. (Oleg soupire.) Ce serait bien d'en savoir un peu plus. Sinon, on risque d'éradiquer tous les criminels de Moscou. »

Je souris.

« Personne ne les pleurera, à mon avis.

— Ça dépend. Ce sont nos gars, après tout. Si on les élimine, il y en aura d'autres. »

Oleg pose un billet sur la table sans regarder l'addition.

« Tu ne veux rien d'autre ?

— Pour le moment, non. »

Il regarde mon visage pensif et me dit pour me donner du courage :

« Allez… À propos du chauffeur, fais gaffe. Il y en a qui voudraient qu'il la boucle pour toujours.

— Je sais. Il a des gardes du corps jour et nuit. Il est l'unique témoin. »

Enfant, je croyais aux miracles. Et, comme conséquence, en Dieu. J'allais en cachette à l'église d'Elokhovo pour prier : je voudrais un cinq sur cinq en maths, et aussi, ne pas aller chez le dentiste ; je voudrais qu'on ne me gronde pas pour ma robe déchirée, qu'on m'achète un chien. La plupart du temps, le miracle se réalisait. Je rendais grâce à Dieu et en demandais d'autres : réussir le concours d'entrée à l'université ; être aimée par l'homme que j'aime, avoir un enfant qui soit en bonne santé, me faire offrir une Mercedes 220 !

Quelques mois avant la mort de Serge, à Pâques, nous avons allumé des cierges à l'église et j'ai pensé que je n'avais rien à demander. Aucun vœu ne me venait à l'esprit. J'ai pensé que j'étais une femme comblée et que c'était sans doute le plus grand des miracles.

Quand Serge a été tué, j'ai dit à ma mère : « Dieu n'existe pas. » « Oui, c'est dommage », m'a-t-elle répondu.

La voiture d'Oleg a disparu au tournant, mais je continue de regarder dans sa direction. Quelqu'un se met à klaxonner. Je presse le champignon comme si je voulais tester sa solidité. Je démarre.

Les gens s'agitent dans la rue, font claquer les portes vitrées des magasins, font du lèche-vitrines. Le soleil qui se reflète dans la neige fait mal aux yeux, les gens plissent les paupières mais ne cachent pas leur visage, le soleil se fait si rare en cette saison. Partout, des sapins décorés, des guirlandes aux lampions multicolores : l'atmosphère de fête s'est emparée de la ville qui respire l'attente, compte les jours et les heures, impatiente.

Je me gare devant la petite église du cimetière de Vagankovo.

Je pourrais prier pour bien des choses aujourd'hui, pour le repos de l'âme de Serge, pour la santé de ma fille, pour que mes affaires marchent bien, pour retrouver le calme, pour l'avenir…

Mais je ne suis pas là pour ça. Je ne suis pas venue pour demander un miracle. Pour la première fois, je gravis ces marches pour implorer le pardon. En toute humilité.

14

“À cette table, il y a quatre nez refaits, six liposuccions, deux liftings des yeux et cinq bouches remodelées.”

J'arrive au bureau à dix heures trente, comme toujours. Sur ma table de travail, je trouve un gros dossier préparé pour moi : la comptabilité du mois dernier. À côté, la liste des impayés. J'enlève ma fourrure, jette un rapide coup d'œil à la glace et sors dans le hall. Les responsables de la distribution doivent m'apporter une liste des magasins débiteurs.

« La voici. » La secrétaire s'empresse de me présenter plusieurs feuilles. Je les parcours des yeux. Une dizaine de magasins sont en retard pour le paiement de la marchandise vendue. Je demande : « Appelle André. »

La secrétaire compose un numéro en interne.

André s'occupe des ventes; je voudrais entendre la solution qu'il envisage face à ce problème tout nouveau. Je me jette sur ce petit homme vêtu d'une veste immense (c'est son style) :

« Tu es au courant que le budget de la publicité est financé par les ventes?

— Évidemment. Le budget annuel, nous l'avons établi ensemble.

— Et comment veux-tu que je paie la publicité extérieure (un coup d'œil au calendrier) après-demain ?

— Qu'est-ce que j'y peux, moi ? s'indigne André. Leur envoyer des tueurs ? Leur faire un procès ?

— Je ne sais pas. »

Je suis réellement dans l'embarras. Depuis que nous avons multiplié les points de vente en signant des contrats avec trente nouveaux magasins en plus de la chaîne Razvilka, le problème des impayés se pose de façon cruciale.

« Je les ai relancés, menacés. Rien n'y fait. Ils auront plusieurs semaines de retard. »

Je suggère : « Il faut créer des relations personnelles avec les patrons.

— Avec tous ? demande-t-il, stupéfait. Ils sont nombreux et moi, je suis seul !

— Créons une nouvelle fonction : "Ami des directeurs". La personne n'aura qu'à boire avec eux une fois par semaine. »

Un terrible fracas dehors. Les portes s'ouvrent brusquement : cinq personnes cagoulées et armées de pistolets-mitrailleurs font irruption dans mon bureau. Bruit de bottes. En un instant, nous voilà par terre, les mains sur la nuque.

Par la porte ouverte de mon bureau, je vois ma secrétaire et les autres collègues étendus sur le parquet. Je m'attends à ce qu'une fusillade éclate. Dans toute la ville, et pas seulement dans mon bureau.

Je me demande si ma jupe ne s'est pas retroussée.

« Qui est votre chef? » demande l'un des intrus d'un air brutal.

J'hésite quelques instants. « C'est moi. »

Ma voix est éraillée et plutôt sinistre.

Celui qui a posé la question s'approche, son soulier ciré au niveau de mes yeux, et me regarde attentivement. Il fait signe à quelqu'un et la porte du bureau se referme. « Vous pouvez vous lever. »

Je me mets debout d'un geste maladroit, je regrette vraiment de n'avoir pas mis un jean aujourd'hui.

« Et lui, il peut se relever? dis-je en montrant André.

— C'est qui?

— Le manager.

— Qu'il attende derrière la porte. »

André se lève. Il est si crispé sous son énorme veste qu'on a l'impression de voir sortir de la pièce un vêtement sans personne dedans. Trois hommes cagoulés l'accompagnent. Il en reste deux dans la pièce. Plus moi.

« Asseyez-vous », me propose l'un d'eux.

Je me mets à mon bureau, essayant de ne pas regarder la comptabilité.

« Qui êtes-vous? » me demande l'homme, et je sens des notes bienveillantes dans sa voix.

Je me présente.

« C'est donc votre entreprise?

— Oui. »

Il me demande de montrer les statuts de l'entreprise.

Je les suis à la réception. La secrétaire est toujours allongée par terre. J'aperçois, debout dans l'encadrement de la porte, le commissaire de police de notre quartier. Je le connais, il était venu un jour pour me rencontrer.

De retour dans mon bureau, je découvre que l'un des hommes a retiré sa cagoule et feuillette les documents sur ma table avec beaucoup d'intérêt.

Dans ces cas, il faut téléphoner à quelqu'un, appeler au secours. Mais à qui m'adresser? Je n'en ai pas la moindre idée.

« Bon, dit-il, nous confisquons vos documents.

— Pourquoi? »

Je comprends moi-même l'absurdité de cette question.

« Vous voulez peut-être savoir qui nous sommes? » demande l'homme cagoulé.

Je fais « oui » de la tête. Il me montre un livret sur lequel je parviens tout juste à lire BLCE : Brigade de lutte contre les crimes économiques. Je risque une question :

« Vous venez pour quoi, au fait?

— Vérification de routine, répond, d'un air guilleret, le type sans cagoule. (L'autre retire la sienne.) Vous voyez ce que je veux dire?

— Je ne vois pas du tout. »

Ils s'affalent sur les canapés, tout à fait joviaux. Je propose :

« Vous voulez peut-être un thé ou un café?

— Un petit thé, ce ne sera pas de refus. »

Le plus âgé des deux fait un clin d'œil à son coéquipier.

Je m'apprête à presser le bouton, comme d'habitude, mais me rappelle soudain que la secrétaire est toujours couchée par terre.

« Mes employés peuvent-ils se relever? dis-je d'un air enjoué, en les imitant.

— Pour quoi faire? demande le plus jeune sur le même ton.

— Pour qu'ils nous fassent du thé par exemple. »

On se croirait à un pique-nique à la campagne. Il n'y a que les pistolets-mitrailleurs qui gâchent un peu l'ambiance.

Mes gens sont autorisés à se lever : le plus âgé l'annonce dans son talkie-walkie. Il est interdit de se déplacer et de toucher à quoi que ce soit.

La secrétaire terrorisée apporte le thé. Demain, elle me remettra sa lettre de démission, me dis-je en voyant sa tête.

« Et comment vont vos affaires ? demande l'aîné en versant du thé dans sa soucoupe.

— Merci, dis-je, évasive, en observant ses gestes.

— On dirait que ça marche plutôt bien. »

Le jeune jette un coup d'œil alentour. Mon bureau est décoré dans le style « glamour » : Hollywood années 30.

« Mais j'ai beaucoup de problèmes, vous savez, dis-je avec un geste de désolation.

— Par exemple, la BLCE vous confisque la liste des impayés.

— Nous pourrions peut-être trouver un accord ? »

Le sourire ne quitte pas mon visage.

« Comment ça ? » demande le jeune, l'air très étonné.

La conversation continue sur ce ton pendant une heure et demie.

« Vous savez, vous êtes une jeune femme charmante, disent les types de la BLCE, vous ne ressemblez pas du tout à un requin.

— Vous aussi, vous êtes des jeunes gens très agréables et vous ne ressemblez pas du tout à des policiers. »

Enfin, au bout de deux heures, nous en venons aux faits.

« J'ai trois mille dollars dans ma caisse », leur dis-je.

Ils se mettent à rire.

— Vingt. Et c'est moins que ce que vous payerez si nous confisquons vos documents et que nous vous obligeons à interrompre votre activité. Pendant un petit mois, mettons.

« Cinq ! je propose.

— Cinq, c'est le prix du déplacement. Et les documents sur votre bureau, beauté ? »

Nous transigeons à dix mille. Je dois monter dans leur voiture avec l'argent et ils me relâcheront deux kilomètres plus loin. Mes collègues me suivent des yeux, inquiets.

Dans la voiture, nous échangeons nos numéros de téléphone et ils me rassurent en me disant que je n'ai rien à craindre pendant un an.

La première personne que j'aperçois à mon retour est le commissaire de police.

« Je vous avais pourtant proposé qu'on devienne amis, lance-t-il sans préambule, mais vous n'avez pas réagi ! Je vous aurais prévenue. »

Je vais dans mon bureau ; mes collègues s'attroupent autour de moi. Mon regard tombe sur André. « Va voir le commissaire de police demain. Passe-lui deux cents dollars : ses étrennes pour le Nouvel An. »

Tout le monde attend des explications. « Tout va bien ! leur dis-je gaiement. C'était un contrôle de routine. Il faudra vous y habituer. »

Je m'enferme dans mon bureau. Je me mets à nettoyer mon pull : des fils du tapis s'y sont accrochés. Ou peut-être que c'est une illusion. Je retourne à ma comptabilité. Il va falloir que j'ajoute un article à mon budget.

Je passe à *World Class* pour me faire une manucure ; je n'ai pas pris de rendez-vous et, naturellement, il n'y a plus de place. J'ai beau implorer qu'on me case entre deux clientes : peine perdue.

J'essaie deux autres salons et la chance me sourit enfin : une cliente s'est décommandée, on m'inscrit dans le créneau qui s'est libéré.

Je vais à l'anniversaire d'Hélène.

La styliste Olga, déjà âgée, est une célébrité. Aucun roman de gare n'aurait pu contenir tous les ragots qu'elle entend en une journée. Olga a travaillé dans tous les salons à la mode, elle est à tu et à toi avec le Tout-Moscou. À l'époque où elle était chez Wella, elle comptait parmi ses clientes la femme du président. Aussi étrange que cela puisse paraître, Mme Eltsine préférait sortir et rencontrer d'autres femmes plutôt que se faire les ongles chez elle. C'est grâce à elle qu'Olga a pu s'acheter un studio, alors qu'elle habitait une chambre dans un appartement communautaire.

D'un air indolent, elle me demande ce que je deviens tout en polissant mes ongles d'un geste virtuose. Je peux lui raconter tout ce que je veux. Personne n'en saura jamais rien. Je hausse les épaules d'un air évasif.

« Qui t'a fait la manucure? Regarde, on t'a abîmé l'ongle du petit doigt. »

Ce genre de remarque ne me rend pas malade.

« J'ai été dans un salon en ville, je ne sais plus où. »

Si j'ai éludé sa question, c'est pour ne pas entrer dans les détails, car alors il me faudrait avouer que je ne me suis pas occupée de mes ongles depuis à peu près trois semaines. Je tiens à ma réputation.

Olga hoche la tête, condescendante.

Pendant qu'elle finit ma manucure, on me lave les cheveux, puis je passe dans le fauteuil pour me faire coiffer; j'écoute le ronronnement monotone du sèche-cheveux. Ma coiffure est bien, même si ce n'est pas tout à fait ce que je voulais.

Une heure plus tard, j'entre au restaurant *Le Biscuit* avec un bouquet de fleurs.

Hélène a organisé une fête entre filles. Des femmes se réunissent entre elles, boivent un coup, puis vont dans un endroit où elles comptent trouver des hommes. Hélène est déjà un peu éméchée. Je lui souhaite bon anniversaire et me pose à côté de Véronique. Mon amie se plaint de sa fille qui, à seize ans, n'est pas capable de préparer un œuf mayonnaise.

« Elle ne l'a pas mis assez longtemps sous l'eau froide, du coup il y avait comme une sorte de pellicule. Elle l'a coupé en largeur et pas en longueur, il s'est retourné dans l'assiette sous le poids de la mayonnaise. Alors, j'ai vu des taches jaunes : elle l'avait fait brûler un peu. C'est de ma faute, s'afflige Véronique, je ne devrais pas la gronder. Comment pourrait-elle apprendre ? Elle est toujours servie. Il faudrait peut-être que je l'envoie suivre des cours ?

— Oui, des cours de cuisine italienne », propose Olessia.

Son beau-père est président de l'une des ex-républiques soviétiques. Quand il a été réélu, Olessia a annoncé à toutes ses connaissances : « Vous pouvez me féliciter. Je suis de nouveau princesse. » Le président a interdit à son fils, le mari d'Olessia, de se montrer au pays, car il craint d'être compromis aux yeux de ses électeurs. En revanche, son fils aîné, qu'Olessia hait parce qu'il a une femme insupportable, est le bras droit de son père et l'assiste dans toutes les affaires. Ça ressemble à un conte russe traditionnel.

« Tu lui demandes trop, dit une jeune femme brune portant au cou un petit cœur en or de chez Bulgari sur un lacet de cuir. (Je ne la connais pas.) Elle apprend combien de langues ?

— Trois, répond Véronique après une pause, comme si elle les avait comptées.

— Et qu'est-ce qu'elle fait d'autre ? De la musique, je parie ? insiste l'inconnue.

— Oui, répond mon amie fièrement en piquant avec sa fourchette un petit rouleau de calamar. Elle a son diplôme du conservatoire, en piano. Elle a fait aussi de l'histoire de l'art à l'école du musée Pouchkine.

— Et que fait-elle en ce moment ?

— Elle est en terminale et elle prépare le concours d'entrée à l'Institut des relations internationales de Moscou.

— Il y a combien de candidats ? »

C'est la personne assise à gauche de Véronique qui répond. Je l'ai vue une fois dans ma vie, à une fête chez Hélène. « Une vingtaine par place. »

Deux serveurs font le tour de la table en posant des espèces de petites crêpes fort appétissantes dans nos assiettes.

« Alors, quand veux-tu qu'elle apprenne à faire des œufs ? » demande Hélène en riant.

Olessia raconte, inspirée : « Un stage formidable. Sur cinq jours. Un petit groupe, environ sept personnes. Départ pour Rome le lundi. Un bon hôtel et chaque jour, des cours, plus une promenade. Un vrai maître queux d'un restaurant avec plein d'étoiles du guide Michelin. Et le shopping en plus. J'avais vraiment envie d'y aller. (Elle prend son verre.) Pour Hélène ! Que Dieu t'envoie un mari riche ! »

Nous trinquons de concert.

« Et alors ? poursuit Véronique. Elle saura faire un carpaccio ou, mettons, des tagliatelles, mais pas une omelette !

— Ce n'est pas grave, dit Kira en haussant les épaules, l'omelette, c'est du cholestérol pur. »

Le visage de Kira se détache parmi nous autres pâles beautés grâce à son magnifique bronzage couleur chocolat. Elle tient sur ses genoux sa chienne Taïa soigneusement peignée, un yorkshire terrier dont la robe est assortie à son teint. Le poil soyeux de cette chienne miniature ferait une excellente perruque.

Kira rentre de Floride. Elle y est allée pour soigner Taïa. Certes, on aurait pu l'opérer en Europe. Mais sur le Vieux Continent, on accroche aux pattes des yorkshires de minuscules roulettes qui leur permettent de se déplacer après l'opération, tandis qu'en Floride, on sait s'en passer.

« Les roulettes, ce n'est pas très pratique, déclare Kira. Je suis sûre qu'elles font du bruit. Elles doivent accrocher les fils du tapis. »

L'opération s'est bien passée et Kira propose l'adresse de la clinique à tous ceux qui peuvent en avoir besoin.

Je ne connais pas ma voisine de gauche. Elle s'appelle Olga, elle a une boutique de vêtements de sport. Encouragée par l'intérêt que tout le monde manifeste pour les cliniques et les opérations, elle se met à nous parler de ses nouveaux seins. Elle a subi l'opération il y a un mois. La cicatrisation n'est pas encore terminée. Ce sujet passionne tout le monde : la moitié des femmes présentes sont passées par là, la conversation s'anime, interrompue de temps à autre par des éclats de rire lorsque l'une d'entre nous signale qu'on nous entend. Comme toujours, le vendredi soir, le restaurant est plein.

Des prothèses mammaires on passe à la chirurgie esthétique en général. À cette table, il y a quatre nez refaits, six liposuccions, deux liftings des yeux et cinq bouches remodelées. En tout, nous sommes une douzaine.

Les toasts résonnent de plus en plus souvent, les échanges se font de plus en plus bruyants.

Quelqu'un propose d'aller au *Petit-Chaperon-Rouge*. Hélène demande l'addition. Elle remet au serveur sa carte de crédit et lui communique son numéro de client privilégié. Après une « dernière cigarette » et un « dernier verre », qui durent une petite demi-heure, nous nous levons bruyamment, enfilons nos fourrures, remontons dans nos voitures et nous dirigeons, long cortège, vers le *Petit-Chaperon-Rouge*, un bar à strip-tease pour femmes.

Il doit être tôt, car nous sommes les seules clientes. Nous nous installons à une grande table au milieu, juste devant une haute cage en fer. On nous propose le menu. Nous choisissons des « danses chaudes ». Chacune commande un cocktail. Nous précisons tout de suite que nous voulons régler séparément. Parce que nous allons boire beaucoup, nous partirons tard, c'est un endroit cher, la note sera impressionnante et on ne va pas s'amuser à vérifier si l'une d'entre nous a commandé un « strip-tease individuel » ou une « danse dans un cabinet particulier ». Tandis que là, chacune vérifie sa note.

De jeunes corps bronzés en slip se trémoussent devant notre table ; déjà, Hélène et Katia montent sur la scène pour danser (cela sera porté sur leur note), tandis qu'Olessia l'intrépide monte dans une espèce de nichoir à hirondelles en fer, suivie par un Noir nu. Kira dévore du regard un blond aux yeux bleus en slip résille qui s'est emparé de sa chienne Taïa pour en faire la partenaire de sa danse torride. La musique est si forte que nous abandonnons vite toute tentative de bavarder et nous nous dispersons en quête de divertissements individuels.

Au bout de deux heures, je me rends compte que je n'ai pas vu Hélène depuis un moment. Je sors pour vérifier si sa voiture est toujours là. Elle n'a pas bougé. Même en supposant qu'Hélène s'est retirée dans un cabinet particulier avec son strip-teaseur, elle devrait être revenue.

Je pose mon mojito sur la première table et je vais vers les toilettes. La porte de la première cabine est entrouverte. Olga dispose soigneusement des lignes de cocaïne sur le couvercle du W-C en s'aidant de deux cartes American Express ; Katia se tient accroupie à côté avec un billet de cent dollars enroulé, prête à sniffer.

« Vous n'avez pas vu Hélène ? »

Non, elles ne l'ont pas vue.

Je fais de nouveau le tour du club, puis je sors. Je m'approche de la voiture d'Hélène. Sa propriétaire pleure, assise à l'intérieur, complètement ivre. Je frappe à sa vitre : je n'ai pas mis mon manteau.

Elle met un long moment à ouvrir. Je m'indigne : « Il fait froid !

— Excuse-moi, dit-elle à travers ses larmes.

— Qu'est-ce que tu as ? C'est ton anniversaire ! »

Elle ne répond pas et continue de sangloter. Je la prends dans mes bras.

« Quelque chose ne va pas avec ton amoureux ? »

Elle hoche la tête.

« Il est parti à Berlin avant-hier et il ne m'a pas appelée une seule fois. »

Elle parle en avalant les mots.

« Il ne t'a pas souhaité bon anniversaire ? »

Je suis réellement étonnée.

« Non, dit Hélène, toute désolée, en sanglotant de plus belle.

— Il lui est peut-être arrivé quelque chose ? »

Elle ne répond pas. Nous restons dans la voiture, enlacées, sans parler. Ses larmes ont séché, mais nous ne bougeons pas. Je crains que nous ne nous endormions alors je propose : « Allons boire un coup ?

— Oui. Et rentrons.

— Ouais. »

Nous quittons les lieux au petit matin. Les agents dorment aux postes de contrôle, il y a peu de voitures. Chacune arrive à bon port sans embûches. Hélène a eu trente-deux ans.

15

“Son premier « ha-a-a » tout timide est comme un SOS.”

Ravie, je me regarde dans la glace : mes rides sont de retour. Bien sûr, mon sourire n’est pas encore tout à fait comme avant, il rappelle un peu celui des clowns, mais il y a un net progrès. Aux coins de mes yeux, de joyeuses ridules ont apparu : reprenant espoir, je m’entraîne devant la glace. Enfin, je trouve une expression qui me satisfait, je la retiens. Il me faut encore plusieurs minutes pour que mes yeux, eux aussi, réapprennent à sourire.

Je suis contente du résultat. Je me plais de nouveau. C’est une sensation extraordinaire ! Je suis belle. Je tourne dans ma chambre, vêtue de ma chemise de nuit avec de fines bretelles en imaginant que c’est une robe de soirée et que des centaines de regards admiratifs sont dirigés vers moi. Je reviens sans cesse devant la glace, adressant à mon reflet ce sourire qu’on destine généralement à soi-même. Je décide d’avoir une histoire d’amour avec un photographe pour pouvoir poser à longueur de journée. Je me sens dans la peau d’une femme de James Bond, je suis capable de séduire n’importe qui ! Une sensation enivrante.

J'entends la sonnerie de mon portable : c'est la mélodie tonique du dessin animé « Gare à toi ! ». Je vois s'afficher le numéro russe de Vanetchka. Je l'avais presque oublié. Les personnes qui nous ont fait souffrir un jour gardent pour nous un charme irrésistible. J'ai envie de lui répondre. Mais il n'en est pas question ! Il n'a pas saisi sa chance. Le refrain mélodieux s'arrête. « Un invité qui arrive à l'improviste est pire qu'un ennemi » : Vanetchka aurait pu commenter la situation en citant cet adage. Moi, j'en préfère un autre : « Le chat s'amuse et la souris pleure. »

Je me dis que personne n'a été amoureux de moi depuis longtemps. J'essaie d'imaginer l'homme dont l'amour me récompenserait de cette longue attente. Mon imagination est aux aguets : immédiatement, je revois Serge. J'essaie de remplacer son portrait par un autre, mais ne parviens qu'à changer l'expression de son visage. Je décide de recourir à une ruse. J'imagine Tom Berenger m'embrasser avec toute la fougue dont il est apparemment capable. Je touche ses boucles abondantes. Il baisse la tête vers moi, effleurant presque mon oreille de ses lèvres et j'entends… la voix de Serge.

Résignée, je sors les papiers que j'ai apportés du bureau et me plonge dans les factures. Je suis interrompue par un coup de téléphone. C'est Hélène. Elle me demande si elle peut passer me voir. Je sais que si j'abandonne ces chiffres et ces pourcentages, je devrai tout recommencer de zéro. Mais Hélène m'annonce qu'elle est à trois minutes de chez moi et je n'ai plus qu'à me réjouir de sa venue.

Elle est cruellement déçue. À peine rentré de Berlin, son amoureux s'apprête à repartir. Alors qu'Hélène vient juste de lui pardonner sa goujaterie, il va passer les fêtes de fin d'année à Courchevel avec son ex-famille. Pour sa fille. La petite doit avoir de vraies vacances. Avec papa et maman. Hélène est furieuse.

« Je ne lui avais pas demandé quels étaient ses projets pour le Nouvel An, en espérant qu'il me fasse une surprise ! La voilà, la surprise ! s'indigne-t-elle.

— Et lui ?

— Rien ! Il me dit : "C'est ma fille, tout de même !" »

Je suis d'accord avec elle : « C'est affreux. Qu'est-ce que tu vas faire ?

— Toi, tu vas où pour le Nouvel An ?

— Je ne sais pas encore. Si Macha part chez sa grand-mère, je sortirais volontiers.

— Je viens avec toi. Qu'il aille au diable. »

Hélène est vraiment désorientée.

« Tu sais, dit-elle au bout de quelques minutes, je suis amoureuse pour de bon… »

Je soupire d'un air compréhensif.

Depuis que j'ai vu Svetlana pour la dernière fois, son ventre a triplé. Elle est devenue immense comme les lutteurs de sumo. Elle se néglige complètement.

Dommage que Serge ne l'ait jamais vue comme ça.

Nous nous rencontrons au restaurant *La Véranda*. C'était son idée. Moi, je pense qu'il est imprudent de conduire quand on est près d'accoucher. Elle n'aurait pas dû venir à la campagne.

C'est ce qu'elle pense aussi. « Mon ventre touche le volant », se plaint-elle, ravie.

Je lui conseille de prendre le taxi.

Nous commandons une daube de poulet et elle demande des cornichons en faisant des minauderies. Le garçon sourit d'un air entendu.

« Pourquoi tu n'as pas déménagé ? » Je tente de cacher mon agacement.

« Tu sais, dit-elle en me regardant droit dans les yeux, j'ai décidé de ne pas le faire.

— Ah bon ? » J'en conclus qu'elle a déjà dépensé mon argent.

« Si tu n'as rien contre, je garde mon logement pour le moment. Je voudrais utiliser ton argent pour acheter un appartement à Krylatskoïe. On construit un immeuble là-bas, très beau, et l'air est bon pour l'enfant. (Elle soupire comme une actrice sur scène.) Le premier versement est de quinze mille. Tu m'en as déjà donné dix, et puisque tu es si généreuse envers moi et envers l'enfant de Serge... tu pourrais ajouter cinq mille...

— Et après ?

— Six cents dollars par mois pendant dix ans. Si c'était difficile pour toi, je ne te le demanderais pas... J'ai décidé de reprendre mes études, de travailler. J'ai de grands projets. »

C'est bien mieux en effet que de payer deux mille par mois pour une location. Mais ce serait encore mieux si elle trouvait elle-même ces cinq mille ou alors si l'appartement de Krylatskoïe était à mon nom. Je l'hébergerais à titre gratuit.

Svetlana fouille dans son sac, le visage radieux, et sort un paquet bleu. C'est un minuscule pyjama avec des pressions entre les jambes. « Regarde cette merveille ! »

Son acquisition la met en extase, elle serre le tissu tout doux contre son visage et retrouve même un peu de sa joliesse.

D'un coin de l'œil, je devine les sourires attendris des jeunes filles à la table voisine. Je me sens si petite et insignifiante que j'ai envie de bondir au plafond.

« Et où en est la construction de l'immeuble ? »

Svetlana range soigneusement le pyjama.

« Pour le moment, ils sont en train de creuser le trou pour les fondations, répond-elle avec un sourire, c'est pourquoi c'est si peu cher.

— Et quand sera-t-il achevé ?

— Dans deux ans. Je me suis renseignée, c'est une très bonne entreprise, ils ont déjà construit plusieurs immeubles. Je pense qu'ils termineront dans les délais. Nous fêterons les deux ans de Serge dans le nouvel appartement. Je voudrais aménager la nursery comme une cabine de bateau. »

Je hoche la tête.

« D'accord. Passe à mon bureau demain, je préviendrai mon comptable. »

Svetlana pousse un cri de joie et m'embrasse sur la joue. Je me dis que ce geste, je l'ai eu mille fois avec Serge. Après cela, il souriait toujours, content et apaisé.

Moi, je suis aussi souriante qu'un distributeur de billets de banque. Svetlana mange son poulet tout en lançant des coups d'œil avides aux assiettes de nos voisins.

Soudain, Hélène apparaît sur le pas de la porte. Elle jette sa veste en renard d'un roux vif sur les bras du maître d'hôtel et accourt vers moi. « Quelle chance que tu sois là ! Je suis affamée et je n'ai pas envie de rentrer chez moi ! (Elle coule un regard en biais vers Svetlana, mais ne s'adresse qu'à moi.) Je ne vous dérange pas ? »

Je ne suis pas certaine de vouloir présenter Svetlana à mes amis.

« Bien sûr que non. Assieds-toi. »

Svetlana s'empresse de libérer la chaise à côté d'elle en enlevant son sac et annonce à Hélène en souriant : « Nous avons mangé une daube de poulet.

— Moi, j'en prendrai deux ! Plus un ragoût de mouton ! C'est un garçon ou une fille ? demande poliment Hélène en regardant le ventre de Svetlana.

— Un garçon, répond timidement la future maman.

— Je vous présente : Svetlana – Hélène. »

Mais Svetlana a déjà perdu tout intérêt pour mon amie qui s'est lancée dans un dialogue animé avec le serveur. Ils tranchent pour un bœuf Strogonoff avec de la purée.

« Vous avez des enfants ? » lui demande soudain Svetlana.

J'explique : « C'est la maîtresse de mon mari. »

J'observe avec plaisir son désarroi.

« Ah », fait Hélène avec un sourire poli.

Moi, si quelqu'un m'adresse ce genre de sourire, je cesse de lui dire bonjour.

Svetlana étudie la carte. Hélène tourne vers moi un visage qui exprime l'étonnement. Je ne fais aucun commentaire. Nous échangeons quelques phrases insignifiantes. Le serveur apporte des fraises flambées à Svetlana.

« Tu as une mine superbe, me dit Hélène.

— Merci, toi aussi. Comment va ton amoureux ?

— Je lui ai posé un ultimatum. »

Hélène se ressert du thé chinois à dix dollars les cent grammes. Elle avale une gorgée.

« Tu as raison. Une de mes connaissances qui a passé deux ans dans une cellule de détention préventive affirme qu'il faut lutter par "tous les moyens sauf la grève de la faim". Je pense la même chose. Quelles sont tes conditions ?

— Je lui ai dit : choisis. Je n'ai rien contre ta fille. Je peux même l'adopter s'il le faut. Mais ta femme ? »

Hélène roule des yeux indignés en attendant mon approbation. Qu'elle obtient.

« Donc, je lui ai dit : premièrement, tu divorces, deuxièmement, pas de vacances avec ton ex-femme, troisièmement…

— Parce qu'il n'est pas divorcé ?

— Figure-toi que non ! Ça fait quatre ans qu'ils ne vivent plus ensemble, mais elle le tient, comme s'il était son mari, son amant, son fils, son papa et un parent pauvre par-dessus le marché !

— C'est affreux, dit Svetlana en hochant la tête ; toutes les deux, nous regardons dans sa direction avec méfiance.

— Je lui ai dit, poursuit Hélène comme si elle n'avait rien entendu, tu peux bien sûr amener ta fille à l'école ou ailleurs, mais pas tous les jours. Les chauffeurs, ça existe. Tu peux la voir le week-end autant que tu veux, mais sans sa maman. Tu peux partir en vacances avec elle, à deux. Ou bien, je viens avec vous. Mais je ne veux pas que tu me caches. J'ai raison ?

— Oui, dis-je. Et alors ?

— Je lui ai interdit de me téléphoner, de venir me voir, de m'écrire et de m'envoyer des télégrammes tant qu'il n'aura pas accepté mes conditions. Le traité de paix ne sera signé que lorsqu'il m'aura offert sa main et son cœur.

— Il y a un autre moyen, dit Svetlana : il faut le rendre jaloux.

— Comment ? demande Hélène, incrédule.

— Laissez traîner une fleur dans votre voiture. Recevez un coup de fil mystérieux en sa présence.

— Oui, ou bien je poserai une carte de visite bien en évidence ! enchaîne Hélène avec enthousiasme.

— Exact.

— Bonne idée.

— Vous pouvez disparaître pour deux jours. Laissez votre portable chez votre maman. Elle n'a qu'à répondre que vous êtes rentrée chez vous et que vous avez oublié le téléphone chez elle. »

Hélène adresse à Svetlana un regard si admiratif que j'ai envie de les planter là toutes les deux.

« J'y ai pensé ! Et je lui dirai d'un air innocent que j'étais chez une amie à la campagne », ajoute-t-elle.

Le portable d'Hélène sonne.

« C'est lui. Quand on parle du loup… Je vais lui passer un de ces savons… »

Je crois même qu'Hélène fait un clin d'œil à Svetlana. Je reste bouche bée.

C'est le réparateur de téléphones. Hélène l'a appelé il y a deux jours pour qu'il lui installe des prises supplémentaires. Il l'attend chez elle depuis une demi-heure.

« Je suis en retard ! » s'écrie Hélène. Elle nous lance un « Au revoir ! » et se précipite vers la sortie tout en enfilant sa veste.

« Une jeune femme très sympathique », dit Svetlana poliment lorsque Hélène a disparu de notre champ de vision.

Je réponds en étirant les syllabes : « Oui. Son mari l'a quittée pour une autre il y a deux ans. »

Svetlana sourit, compatissante, et caresse son ventre. J'annonce un peu sèchement.

« Je dois partir. Tu ne veux rien d'autre ?

— Non, merci. »

Je demande l'addition. Svetlana commence à chercher nos tickets de vestiaire.

Elle est toujours d'accord avec tout ce qu'on dit, c'en est touchant, et je fais un bien amer constat : il n'y a rien d'étonnant à ce que nos maris nous quittent pour des Svetlana. Puis j'ajoute, avec une pointe de méchanceté impardonnable : « Surtout quand ils ont une Hélène pour épouse. »

Je passe tous mes dimanches avec ma fille. Nous fréquentons le club d'enfants *Santa Fé*, faisons des promenades à bord du *Viking*, allons au cirque, à des spectacles. Aujourd'hui, nous nous rendons au théâtre animalier de Dourov. Assise sur la banquette arrière, Macha me donne des nouvelles de ses copains. Olga a créé son propre site Internet, quant à Katia, sa mère l'autorise à mettre du brillant à lèvres. Nikita est malheureusement très bête. En parlant de lui, Macha sourit d'un air coupable. Car elle est très bien élevée. Même trop. Je me dis parfois que j'ai raté le moment où il aurait fallu la laisser un peu plus libre. Je pense sérieusement que les bonnes manières l'inhibent, conditionnent son comportement et, surtout, ce qui est bien pire, sa conscience. Elle a développé un tas de complexes du genre « on n'a pas le droit », « je ne peux pas », « ce n'est pas beau », « cela ne se fait pas ». Étant donné son bon cœur et son caractère compatissant, c'est une véritable entrave. J'espère que cela lui passera avec l'âge.

Macha me raconte qu'elle a eu cinq sur cinq en mathématiques, que Prokhorov lui a déclaré son amour ; puis, elle se plaint, des larmes dans la voix, que la maîtresse s'est moquée d'elle devant toute la classe à cause de sa coiffure.

« Pourquoi, la nounou ne t'a pas fait de nattes ce matin ?

— Si, bien sûr. Mais à la récré, Nikita m'a frappée avec son cartable, je l'ai poursuivi et je l'ai tapé avec mon étui à crayons, puis je suis tombée et un de mes élastiques est parti.

— Et la maîtresse ? »

Macha baisse les yeux et dit tout doucement : « Elle m'a grondée. Et tout le monde a ri. »

Je suis si indignée que je grille le feu. Heureusement, il n'y a pas d'agent dans les parages.

C'est Serge qui a eu l'idée d'inscrire notre fille dans une école publique qui propose des cours d'anglais renforcé. Moi, j'aurais préféré la British School. Je suis sûre que là, on ne l'aurait pas humiliée devant toute la classe.

« Pourquoi tu n'es pas sortie ? Pourquoi tu es restée tranquille à l'écouter ? »

Je me surprends à crier.

Macha ne dit rien. Je sais parfaitement pourquoi. Parce que la maîtresse est une adulte. Et les adultes ont toujours raison.

Je freine brusquement.

« Descends, lui dis-je.

— On est où ? » demande Macha, étonnée, en regardant autour d'elle.

Nous nous trouvons déjà au centre de Moscou. Je me gare en face du conservatoire. La neige tombe à gros flocons et reste sur les cils des rares passants.

« Descends, lui dis-je, autoritaire. Mets-toi au milieu de la rue et crie de toutes tes forces.

— Crier quoi ? murmure Macha, terrorisée.

— Crie “ha-a-a!” tout simplement. Mais très fort. Aussi fort que tu peux.

— Je ne peux pas. »

Elle a les larmes aux yeux. Je hurle : « Tu peux! Tu dois y arriver, allez! »

Je crie; elle a vraiment peur, mais je suis incapable de m’arrêter. Debout sur le trottoir, Macha me fixe à travers le pare-brise, les yeux écarquillés. J’ouvre la vitre côté passager. Elle attend que je l’aie descendue jusqu’au bout.

Elle semble perdue au milieu de l’océan et son premier « ha-a-a » tout timide est comme un SOS.

« Plus fort! dis-je dans un souffle, et elle devine ce mot sur mes lèvres.

— Ha-a-a! crie Macha comme en savourant ce son. Ha-a-a! »

La terreur dans ses yeux se mue en espièglerie, puis en joie et à la fin en un immense, un incroyable étonnement.

« Ha-a-a! » crie-t-elle de toutes ses forces. Elle s’attendait sans doute à ce que le ciel lui tombe sur la tête, mais il n’en est rien.

Les gens passent leur chemin sans s’arrêter, en jetant juste un bref coup d’œil à cette fillette en bonnet rose qui hurle à tue-tête. C’est le cri d’un prisonnier qui a recouvré la liberté.

Je lui fais signe de monter dans la voiture. Mais elle n’a plus du tout envie de partir. Ainsi, un chef de guerre hésite à quitter le champ de bataille après la victoire.

« Tu veux que je crie encore? demande-t-elle en grimpant sur la banquette arrière.

— Non, ça va. »

Je souris malgré moi. Macha, toute vermeille, fière d'elle-même et incroyablement heureuse, est prête pour d'autres exploits.

« Alors, on va au théâtre animalier ? Ou au restaurant, pour fêter notre victoire ?

— Au restaurant ! » crie ma fille, toute joyeuse. Comme je fais demi-tour, elle me demande : « Quelle victoire, au fait ?

— Ta victoire sur toi-même. »

Sur le chemin, nous entrons dans un magasin de jouets. J'achète un immense nounours rose.

« Macha et Micha », dit-elle, toute joyeuse, en l'asseyant à côté d'elle. Tous les nounours russes s'appellent Micha.

Je rectifie : « Maman, Macha et Micha. »

Elle sourit d'un air entendu.

16

“Ce doit être une réaction de défense du corps : la mémoire efface le plus terrible, purement et simplement.”

Voici la déposition du chauffeur. Le matin, à dix heures, comme d'habitude, il a sonné à la porte de Serge. Mon mari a ouvert immédiatement. Il était déjà habillé. Le chauffeur lui a demandé les clés de la voiture. Serge a dit qu'il était pressé et qu'ils sortiraient ensemble. Comme dans beaucoup de vieux immeubles de Moscou, l'ascenseur s'arrête à l'entresol. Lorsque les portes se sont ouvertes, le chauffeur a laissé Serge passer en premier. C'est ce qui lui a sauvé la vie. La dernière chose qu'il a vue, c'était deux hommes, l'un en bas, l'autre en haut de l'escalier. Il a reconnu celui qui se tenait en bas, pour l'avoir vu plusieurs fois dans le bureau de Serge. Il ne se souvient de rien d'autre. Même pas des coups de feu.

Ce doit être une réaction de défense du corps : la mémoire efface le plus terrible, purement et simplement.

C'est à l'hôpital qu'il a appris la mort de Serge.

Au début, il a refusé de parler en invoquant son état de santé. Mais les juges d'instruction, je devine même qui au juste, l'ont menacé de renvoyer ses gardes du corps s'il n'acceptait pas de collaborer. C'était la mort assurée. Et il s'est mis à table.

Il est encore très faible, il ne se lève toujours pas. Il n'a pas recouvré l'usage de ses jambes. Mais il se nourrit tout seul : on lui a retiré ses cathéters et les médecins considèrent qu'il est en voie de guérison. Un dessinateur judiciaire reste plusieurs heures par jour dans sa chambre : il lui soumet des portraits de suspects.

Moi, je me demande toujours pourquoi ils n'ont pas tiré une deuxième fois, par précaution. Ils l'ont fait pour Serge, mais pas pour son chauffeur. Peut-être qu'ils ont été obligés de partir ? Dans ce cas, il y a d'autres témoins. Pourquoi ne se manifestent-ils pas ?

Je pose sur sa table de chevet une boîte de caviar d'un kilo. Je ne sais pas s'il a le droit d'en manger. Mais c'est la seule chose que je lui apporte. Sa famille ne pourrait pas le gâter comme ça. Sa mère ne me dit toujours pas bonjour. Son regard haineux me suit partout, c'est pourquoi j'évite de me montrer souvent à l'hôpital. D'autant plus que le chauffeur, lui, imite sa mère, et je trouve ça tout à fait insupportable. Ce qui est arrivé n'est pas de ma faute, et en plus, il est en vie, alors que mon mari est mort, lui.

On me montre deux portraits d'hommes croqués au crayon. Je ne connais personne qui leur ressemble, mais je les examine attentivement en essayant de deviner lequel des deux est Vladimir le Rat.

Je me dis que je sais bien peu de chose des activités de mon mari. C'est tout juste si je passais dans son bureau tous les six mois. Les deux dernières semaines avant notre séparation, il me disait qu'il avait des problèmes et il rentrait tard le soir. Mais je pensais que son seul problème était Svetlana.

Je téléphone à Vadim. « Il faut que je te voie.

— Viens. »

Son bureau se trouve dans un ancien hôtel particulier, dans le quartier de la Sretenka. Ce bâtiment est classé monument historique et protégé par l'État mais aussi, pour plus de sécurité, par les hommes de Vadim armés de pistolets-mitrailleurs. Vadim construit des immeubles pour la ville. Il y a vingt ans, il a terminé brillamment ses études de philo à l'Université de Moscou. Et il a commencé à construire, d'abord des pyramides financières, ensuite de grands immeubles en banlieue et, enfin, son propre empire qu'il a appelé « Régine » en l'honneur de sa femme. Les mauvaises langues disent que, du temps où il était collégien, son chien ou son hamster se prénommait comme ça.

Dans son bureau, il y a des peintures murales du XVIe siècle qu'il a fait restaurer. Chaque centimètre du mur est recouvert d'un ornement original. Pour faire ce travail, Vadim a fait venir des restaurateurs du couvent Trinité-Saint-Serge de Zagorsk. Il a le projet de remettre en état toute la maison.

Je m'installe confortablement dans un vaste fauteuil en cuir et lance : « Qui est Vladimir le Rat ? »

J'ai cru un moment que je lui plaisais. Mais peut-être qu'il a simplement ce don qu'ont certains hommes de s'adresser à chaque femme comme si elle était unique.

Vadim répond par une question. Il semble inquiet : « Tu vas bien ? Tu n'es pas en danger ?

— Je devrais me sentir en danger ? (Je hausse la voix.) Tu me caches quelque chose. »

Vadim hausse les épaules. « Pourquoi tu m'as posé cette question ?

— D'abord, dis-moi qui c'est.

— Un type. Serge l'aimait bien. Ils jouaient ensemble au casino. Tu connais Serge. Il ne savait pas s'arrêter. Vladimir non plus.

— C'est tout ?

— Ils se sont lancés dans des affaires ensemble. Ils avaient un projet.

— Quel genre de projet ?

— Pourquoi tu me le demandes ? »

Vadim parle avec beaucoup de douceur et j'ai de nouveau l'impression que je ne lui suis pas indifférente.

« C'est lui... qui a tué... Serge. »

Ma voix se brise deux fois tandis que je prononce cette phrase.

« Qu'est-ce qui te fait penser ça ?

— Est-ce qu'il connaissait un type surnommé le Merlan ?

— Je ne sais pas. »

Je repense à Oleg et me dis qu'il n'avait pas de second commanditaire pour le Merlan. C'était un mensonge à l'état pur.

Vadim commence à perdre patience. « Je t'en prie, raconte-moi tout ce que tu sais ! »

Je m'exclame avec amertume : « Mais je ne sais rien ! À part qu'il s'agit de Vladimir le Rat. C'est toi qui dois me raconter ! »

Vadim ne sait pas grand-chose, lui non plus. Il s'agissait d'une grande entreprise d'État en pleine activité qui était prête à céder les quarante-neuf pour cent de ses actions. À des personnes de confiance, naturellement. L'affaire était pratiquement réglée, il restait des points de détail à négocier. Serge allait devenir actionnaire. Vadim ignore le rôle de Vladimir dans tout cela. Il était dans le coup, c'est sûr.

« Tu penses que Serge a été tué à cause de cette transaction ?

— J'en suis persuadé, dit Vadim.

— Donc, Vladimir avait tout intérêt à ce qu'il disparaisse ?

— C'était un morceau de choix que plusieurs personnes convoitaient.

— Tu ne sais rien d'autre ? »

Je suis déçue.

« Non. »

La secrétaire nous apporte le café.

« En fait, je ne vous avais rien demandé », dit Vadim en la regardant d'un air étonné, mais il se rattrape aussitôt : « Tu veux un café ?

— Non, je dois partir. Merci. (Je me tourne vers la secrétaire. Elle est tout le contraire de Régine. Un charme fou.) Salut, Vadim. Téléphone-moi de temps en temps. »

Arrivée devant la porte, je fais soudain demi-tour. Je regarde l'anti-Régine droit dans les yeux. Elle a compris : elle me décoche un sourire professionnel et sort. Je m'approche de Vadim, lui demande dans un souffle : « Qu'est-ce que tu en penses, pourquoi ils n'ont pas achevé le chauffeur ? »

Je n'ai pas besoin d'en dire plus. Ils sont intelligents, ces garçons qui ont des bureaux somptueux. Sans cela, ils ne pourraient pas bâtir des empires auxquels ils donnent des noms de hamster.

« C'était la peau de Serge qu'ils voulaient », répond Vadim tout simplement.

J'acquiesce d'un signe de tête et sors.

Le Tout-Moscou est parti à la montagne. Ceux qui sont encore là font leurs valises pour déguerpir après le Nouvel An. Ceux qui ont besoin de retrouver les visages connus et la compagnie d'oligarques vont à Courchevel. Tous les autres à Saint-Moritz.

Certains, une minorité, sont partis dans des pays chauds. Pourtant, cette minorité a acheté toutes les places sur tous les vols de l'Aeroflot, si bien qu'il est absolument impossible d'aller aux Maldives, aux Seychelles ou en Floride. Ni de trouver une chambre d'hôtel convenable. Sans parler d'hôtel chic.

Ceux qui sont restés profitent des rues vides : on peut rouler sans embouteillages. Ils se saluent entre eux comme des membres d'une même confrérie. « T'es là, toi aussi ? Parfait ! » Pour le Nouvel An, ils se réunissent dans les mêmes restaurants.

Ceux qui habitent à proximité de la voie rapide Roublev et qui n'ont pas envie d'aller à Moscou se retrouvent à *La Véranda*. C'est là que je m'apprête à passer le réveillon.

On forme un groupe un peu étrange : Katia, Hélène avec son fiancé qui part à Courchevel demain avec son ex-famille, un couple de voisins d'Hélène, deux homosexuels, Mitia et Motia, ça fait classe, et moi. Notre place est au milieu de la salle, sous un vrai bouleau décoré comme un sapin.

Je fais connaissance d'une dénommée Anna assise à notre table. Les jambes sur les genoux de Motia, elle agite un long fume-cigarette. Elle porte des bas à résille. Il y a quelques années, elle a eu la chance d'avoir un enfant avec un oligarque et maintenant, elle peut se permettre d'acheter autant de bas à résille qu'elle veut et de poser ses jambes où elle veut. Seulement, son oligarque l'a quittée, alors qu'elle l'aimait vraiment.

Les invités sont au complet et on sent une atmosphère de fête.

Les serveurs en tenue d'apparat versent le vin qui est compté dans le prix du menu : on peut se resservir à volonté.

Anna jure comme un charretier, elle considère que c'est une preuve de liberté.

En nous voyant, Mitia fait signe à des copains et entraîne Anna à leur table pour qu'elle fasse leur connaissance. Il faut reconnaître qu'Anna a de l'humour : elle reste amuser les amis de Mitia en leur envoyant gracieusement des bouffées de fumée à la figure. Mitia, lui, s'empresse de revenir pour être présenté à Katia et à moi.

Je fais la bise à Kira. Sa chienne n'a pas survécu à l'opération faite en Floride : elle est enterrée dans l'arrière-cour de sa maison à l'intérieur d'une vieille boîte en porcelaine chinoise. Kira est arrivée à *La Véranda* avec un caniche nain qu'elle a coloré en rose vif avec de la teinture Wella pour qu'il soit assorti à sa robe. Le caniche, ou plutôt la « canichette », s'appelle Blondie, toutes les filles du restaurant poussent des cris de joie en la voyant.

Kira annonce qu'Olessia va venir. Elle a été retardée pour cause de scène de ménage. Ce matin, elle a eu l'impression que son mari ne l'aimait plus.

« Pourquoi ? demande Katia.

— Je crois qu'elle a fait un rêve », explique Kira, condescendante.

Katia consulte sa montre avec impatience, car à minuit, le pari qu'elle a passé avec son ex prend fin. Au dernier Nouvel An, elle a parié cinquante mille dollars qu'elle cesserait de fumer pendant un an. Elle s'apprête à allumer une cigarette à minuit une.

« Et si tu arrêtais complètement ? demande Mitia.

— Comment ça, je suis si impatiente de reprendre ! » s'écrie Katia. Elle fait construire une maison sur le mont Saint-Nicolas et ne crache pas sur cinquante mille dollars.

À minuit, un vrai vacarme retentit autour de nous : on a l'impression que toutes les bouteilles de champagne qu'on avait en réserve dans ce restaurant ont été ouvertes. Nous crions, trinquons, nous nous embrassons.

Chacun d'entre nous a des connaissances à une autre table ; ça donne l'impression d'être en famille. Je vais saluer Victoria qui me sourit depuis le début de la soirée. Elle est avec ses enfants et son maître-nageur. Il a une tenue impeccable. Elle lui fait goûter du sauté d'aubergines à la petite cuillère.

« Vous partez en vacances ? » Ma question résonne comme un mot de passe. Je m'attends à ce qu'elle me parle de Courchevel. Là-bas, son jeune et bel entraîneur risque d'avoir du succès.

« Non, répond Victoria en chantonnant comme d'habitude. Nous partirons en février quand tout le monde sera rentré. J'en ai un peu assez de ces grandes soirées.

— Tout le monde prétend en avoir marre, mais personne ne part en février. »

La fille cadette de Victoria arrive en courant et tire l'amoureux de sa maman par la manche. « J'ai soif », dit-elle d'une voix capricieuse. Il lui tend un verre d'eau et arrange ses boucles décoiffées. Elle lui sourit et s'en va en courant, emportant le verre.

Chaque femme rêve d'un beau jeune homme qui la regarde amoureusement. Victoria l'a, elle.

La chanteuse Jeanne Agouzarova arrive, toute couverte de bandages. On ne voit que ses yeux. « Elle est émue de se produire devant un tel public et ne veut pas qu'on la voie rougir », dit Mitia. Elle se met à chanter et tout le monde monte sur les tables pour danser.

Je m'aperçois que Motia fume de la marihuana. Je regarde les serveurs. Leurs visages polis sont impassibles. Je tends ma main vers sa cigarette, mais il secoue la tête et en sort une entière de sa poche. Je me retourne à la recherche d'un briquet. Motia et le serveur allument le leur en même temps. C'est nouveau. Jusqu'à présent, il n'y a que dans les *coffee shops* d'Amsterdam qu'on se précipitait pour allumer mon joint.

Ce sera d'ailleurs l'unique miracle de cette nuit. Jusqu'à cinq heures, le groupe Les Brillants continue de chanter. Anna et moi, nous dansons. Je crois même qu'à un moment, Anna a piqué le micro à l'une des chanteuses. Hélène boit verre sur verre, oubliant complètement qu'elle n'est pas encore mariée.

En regardant son fiancé, je me dis que dans la vie de tous les jours, je ne le vois pas porter une cravate rose ni siroter du whisky pur. J'ai déjà bu deux bouteilles de champagne et j'ai l'impression d'être particulièrement lucide. Il veut paraître autre chose que ce qu'il est, me dis-je. En faisant la cour à Hélène, qui est magnifique, il se voit tel qu'il voudrait être et il s'admire.

Olessia salue tous les hommes en dansotant ; elle a la démarche assurée d'une femme fière de sa belle silhouette. À chaque instant, elle jette un clin d'œil à son mari : « As-tu enfin compris que je suis époustouflante ? »

Le fils cadet du président de l'une des ex-républiques de l'Union cause politique avec son voisin de gauche.

Kira a fait connaissance d'un homme qui porte une chemise rose brillante. Elle se tient à côté de lui en caressant sa rose Blondie.

Katia est allée s'asseoir à la table de l'un des personnages les plus importants de *La Véranda*. C'est un grand mondain connu du Tout-Moscou. Il cache sa calvitie sous une calotte amusante et il impressionne les petits jeunes dans les boîtes de nuit parce qu'il connaît par cœur toutes les chansons, même les toutes récentes.

Tout le monde part en même temps, oubliant foulards, sacs à main, cadeaux, briquets et téléphones portables. Les serveurs ramassent tout scrupuleusement. Ils savent que le soir, les gens commenceront à leur téléphoner pour récupérer leurs biens perdus. Ils remettent tout de suite les objets de valeur au maître d'hôtel qui note les noms des propriétaires. Les serveurs connaissent tous les clients ici.

Un petit embouteillage se forme à la sortie. Quelques agents essaient d'organiser la circulation. À l'occasion du Nouvel An et des étrennes généreuses qu'ils ont touchées, ils ne viennent pas ennuyer les conducteurs éméchés avec leurs alcootests. Tout le monde a trop bu pour comprendre que cette fête à laquelle on s'est préparé fiévreusement pendant un mois entier est finie.

17

“Nous serons la première génération de vieilles femmes heureuses ici. Comme nous avons été la première génération de filles riches.”

Mon téléphone sonne. L’homme au bout du fil se présente comme le frère de mon chauffeur. Pendant les fêtes de fin d’année, j’ai ralenti un peu mon rythme de travail en n’allant plus au bureau qu’un jour sur deux. S’il n’avait pas appelé, j’aurais dormi jusqu’à deux heures. Il est neuf heures du matin.

« Je ne vous réveille pas ? demande-t-il.

— Non », dis-je sèchement en me demandant ce qui a pu arriver. Je n’ai pas été à l’hôpital depuis trois semaines, mais je sais que le chauffeur est tiré d’affaire. L’argent que j’ai laissé la dernière fois devrait suffire pour une dizaine de jours encore.

« Vous nous délaissez. »

Un reproche, on dirait.

« Que se passe-t-il ? »

Je m’assieds sur mon lit, louche vers le vasistas ouvert. Il fait trop froid pour que je quitte ma couverture.

« Vous savez bien qu'il est dans un état grave.

— Je peux vous aider ?

— Nous n'avons personne à qui nous adresser, à part vous.

— Sa famille m'a rejetée pendant six mois. Que se passe-t-il donc ?

— Mon frère sort de l'hôpital, explique-t-il, alors qu'il est encore très faible ; sûr qu'il sera mieux à la maison.

— Que disent les médecins ? »

Je pense à ses gardes du corps.

« Ils ne s'y opposent pas.

— Félicitations, alors.

— Simplement… C'est compliqué… »

Je l'interromps : « En quoi ?

— Il a besoin de soins à domicile et notre appartement ne convient pas du tout et puis, il faut qu'il se nourrisse bien, c'est très important… »

J'ai l'impression qu'il est en train de lire un texte.

« Quand est-ce qu'il sort ?

— Dans trois jours. » Il semble hésiter, peut-être que ce n'est pas encore sûr.

« Je viendrai à l'hôpital demain à trois heures. »

Je raccroche.

Devrais-je leur payer un appartement à eux aussi ?

Ils pourraient partager celui de Svetlana !

Et moi, je pourrais prendre l'enfant de Svetlana ! Qu'est-ce qu'on s'amuserait !

Et si je partais à Courchevel ? Qu'ils vendent le lactosérum sans moi, qu'ils se couchent par terre sous la menace de pistolets-mitrailleurs, qu'ils apprennent à réparer les appareils d'emballage, et…

Je me roule en boule sous la couverture. Je décide de dormir un peu. Dans le salon, on bouge les meubles : on lave par terre. Je tire la couverture sur ma tête, mais n'arrive pas à me rendormir, car le bruit de vaisselle parvient dans mon antre. Comme dans une chambre d'hôtel située juste au-dessus des cuisines. À cette différence que dans un hôtel, le bruit du ressac aurait recouvert le tintement des casseroles.

J'enfile une robe de chambre et descends.

« Rangez-moi tout ça, s'il vous plaît. » Sans même dire bonjour à ma femme de ménage, je montre les seaux, les balais, les serpillières répandus dans toute la maison comme d'habitude. Elle me regarde d'un air étonné.

« Je m'absente tous les jours, lui dis-je d'un ton glacial, vous pouvez nettoyer pendant ce temps. Et quand je suis là, vous n'avez qu'à travailler à la buanderie ou préparer le repas dans la cuisine d'en bas. Je ne dois pas être dérangée quand je suis dans ma chambre. »

Je fais demi-tour et remonte. La femme de ménage se met à ramasser ses seaux en essuyant ses larmes.

Lorsque je redescends, habillée, elle vient vers moi. « Vous n'appréciez pas le dévouement, dit-elle d'un air offensé, les lèvres pincées.

— Si, mais mettez-vous à ma place ! (Je devine la suite.) Après le travail, vous vous retirez chez vous pour vous reposer. Et moi, c'est ici que je viens pour me reposer, vous comprenez ?

— Vous voulez dire que je travaille mal ? (Elle éclate en sanglots.) Je suis debout dès six heures du matin ! Je ne prends pas un instant de repos avant le soir ! Quand la machine à laver est tombée en panne, j'ai fait des lessives à la main pendant une semaine ! »

Je hoche la tête. Je connais d'avance tout ce qu'elle va dire.

« Le temps que j'ai passé à nettoyer votre robe de Nouvel An ! Tout le bas était sale et sur les manches, des taches de vin ou de je-ne-sais-quoi ! »

Je ne dis rien, car la nature de ces taches ne m'intéresse nullement. L'essentiel, c'est que la robe soit propre. Et elle l'est.

« Si vous n'êtes pas contente de mon travail, je ferais mieux de partir ! » dit-elle en ôtant son tablier.

Je peux encore lui faire changer d'avis. M'excuser, lui dire qu'elle est adorable et que je lui suis reconnaissante de tout ce qu'elle fait pour moi. Elle n'est pas si mal, d'ailleurs. Il y a bien pire. Mais je dis d'un ton las : « Bon, si vous ne voulez plus travailler...

— Moi, je ne veux pas ? C'est vous qui ne voulez plus de moi ! »

Je monte dans ma voiture sans même avoir pris mon petit déjeuner.

Je me demande si elle va au moins enlever ces maudites serpillières ; elle est capable de partir en laissant tout en l'état. Il faut que je cherche une nouvelle femme de ménage. Je décide que cela peut attendre ce soir.

Il est impératif que je mange quelque chose. Je passe au bureau.

On ne s'attendait pas à me voir. Mes employés sont assis sur des tables en train de fumer, ce qui est strictement interdit, et de manger des sandwiches. En me voyant ils éteignent leurs cigarettes et me saluent d'un air coupable.

« Apportez-moi quelque chose à grignoter », dis-je en entrant dans mon bureau. Ma nouvelle secrétaire, copie conforme de l'ancienne, m'apporte un plat de pâtes, visiblement sorti du congélateur et réchauffé au micro-ondes. Je le dévore avec plaisir, sans trop penser à quel point c'est mauvais pour la santé.

André passe me voir. Il me tend quelques feuilles lignées.

« Regardez, dit-il, notre chiffre d'affaires a baissé de moitié.

— Ça t'étonne ? J'ai bien dit que bientôt tout le monde se mettrait à vendre du lactosérum. Depuis le Wimm-Bill-Dann jusqu'à l'usine de Koukouevo. »

J'ouvre et je referme frénétiquement les tiroirs de mon bureau.

« S'ils le font, c'est que ça doit bien marcher ! »

Très énervée, j'explique tout ça à André tout en me demandant s'il va faire son rapport à Wimm-Bill-Dann tout de suite ou plus tard. André, je l'ai recruté via Internet comme la moitié de mes employés, il ne me doit rien.

« Qu'est-ce que vous allez faire ? Augmenter le chiffre d'affaires ?

— Certainement pas ! Nous ne pouvons pas rattraper nos concurrents ! »

J'aimerais y réfléchir après les fêtes, en espérant que tout s'arrangera entre-temps. Mais il attend ma réponse.

« Je t'ai déjà dit qu'il faut profiter de nos acquis. Créer une entreprise de livraison. Nous avons le transport, nous avons des contrats avec des magasins. Il faut faire des propositions à des entrepôts d'alimentation, nos prix seront compétitifs. Tu t'en es occupé ? »

Cela fait un bon mois que je lui parle de ce projet.

« Et le lactosérum ? demande-t-il.

— Quoi, le lactosérum ? (Je n'apprendrai jamais à me comporter comme Catherine II, d'ailleurs, je n'ai même pas d'eau sur mon bureau.) Oublie ! Il faut avancer ! Ne regarde pas en arrière ! Je n'ai pas l'intention d'y renoncer, mais ce sera le numéro 159 de notre assortiment. »

André est assis, tête baissée, si bien que les épaules de son énorme veste remontent jusqu'à ses oreilles.

« Tu as contacté les entrepôts ? je demande.

— Pas tous, bredouille-t-il.

— Occupe-t'en dès aujourd'hui. J'ai besoin d'une réponse d'ici deux jours. Il est vrai que tout le monde est en vacances. Tu risques de perdre deux semaines. »

Je m'en veux de n'avoir pas vérifié ce point. Si on veut que les choses soient bien faites, il ne faut jamais déléguer.

« Où en est-on avec les contrats pour la pub ?

— Il faut les renouveler. Ils arrivent à expiration.

— On ne le fera pas. À l'exception des panneaux d'affichage extérieurs. J'espère que tu les as réservés ?

— Bien sûr, s'empresse-t-il de me rassurer. Les bons emplacements partent en quelques jours, il faut les réserver à l'avance. On en a déjà payé une partie. Dans certains quartiers, les prix ont augmenté.

— Renseigne-toi sur les tarifs dans deux agences. À tout hasard. Et apporte-moi toutes les propositions. Je choisirai. Je pense qu'on va garder une vingtaine de panneaux jusqu'au printemps.

— Bon, je vais m'occuper des entrepôts.

— Vas-y. »

Il est déjà sur le pas de la porte.

« Nous avons présenté nos vœux à l'équipe ?

— Bien sûr. Tout le monde a eu des fleurs, des chocolats et une prime. »

Ça, il le gère très bien. Quand un employé est hospitalisé, André lui envoie du bouillon de ma part.

« Alors fais-moi apporter quelque chose à manger, j'ai encore faim. »

Il est midi à ma montre. Je me gare devant l'hôpital, mais je ne sors pas tout de suite, j'écoute la radio. C'est Mylene Farmer qui chante. Notre musique préférée à Serge et à moi. Vêtue d'une tenue d'homme médiéval avec des manchettes de dentelle et des boucles roux vif jusqu'à la taille, elle entonne d'un air impassible quelque chose de pathétique sur la guerre. Derrière son dos, des cavaliers se transpercent à coups d'épée, dégringolent de leur cheval fauchés par des boulets de canon : elle déambule parmi eux, pas plus émue qu'un guide de musée. Jusqu'au moment où elle tombe amoureuse d'un général.

Le chauffeur a l'air d'aller mieux. Il est assis sur son lit, prononce même quelques mots tout bas. Il me sourit. Sa mère, elle, est toujours aussi aimable qu'une porte de prison. Un homme s'avance vers moi : c'est son frère. Je n'ai pas apporté de caviar. Je n'ai rien apporté du tout.

Je salue le chauffeur et lui demande : « Comment tu te sens ?

— Je vais sortir de l'hôpital », dit-il dans un râle. Il n'a plus de tube dans la gorge.

Nous n'avons rien à nous dire. Ils s'attendaient manifestement à ce que je développe une activité débordante en rapport avec son retour chez lui.

« Que disent les médecins ?

— Qu'il est en voie de guérison », répond son frère, tout content.

Leur mère me montre par son attitude qu'elle fait un grand effort pour me tolérer dans cette chambre.

« Vous habitez tous ensemble ? »

En fait, le frère est marié et vit avec sa femme. Mon chauffeur habite avec sa mère dans un deux-pièces. Mais le frère s'apprête à divorcer.

« Pour des raisons familiales », explique-t-il d'un air mystérieux.

Je compose une mine aimable et demande à la maman : « Vous travaillez ? »

Elle explose : « J'ai travaillé pendant quarante ans ! Je suis à la retraite, mais mes anciens collègues n'oublient jamais de me téléphoner pour les fêtes ! Regarde les deux fils que j'ai ! J'ai failli en perdre un à cause de toi ! »

Elle se tait en reniflant. Mon chauffeur se sent mal à l'aise. Mais je comprends qu'un jour ou l'autre il fallait crever l'abcès. Je propose à sa mère de sortir dans le couloir pour parler.

« Je n'ai rien à cacher à mes fils !

— Rétablissez-vous vite », dis-je très poliment au chauffeur, et je sors.

Son frère me rattrape dans l'escalier. « Excusez-la, dit-il, elle a tellement souffert. »

Je hoche la tête. « Comme votre maman ne travaille pas, je présume qu'elle s'occupera elle-même de son fils. Je continuerai à lui verser son salaire jusqu'à ce qu'il soit complètement rétabli. Je payerai les médicaments. Gardez les tickets, je vous prie. » J'écarte sa main. « Au revoir.

— Pourquoi il n'y a plus de gardes du corps ? » crie-t-il dans mon dos.

Ça, je ne le savais pas. En effet, on ne voit plus le gars en uniforme mort d'ennui sur le tabouret devant la porte.

« Je vais me renseigner, dis-je sans me retourner.

— Au revoir ! »

Je m'arrête et le regarde droit dans les yeux.

« Portez-vous bien. »

Il me sourit.

Le frère de mon chauffeur me téléphone tous les jours. Il m'entretient des problèmes de sa famille. Il me propose même son aide. « Si vous avez besoin de quoi que ce soit, n'hésitez pas à me le demander. »

Quand je vois son numéro s'afficher, je ne décroche pas. Il rappelle d'un autre appareil.

« Notre malade vous dit bonjour ! » m'annonce-t-il avec joie comme si son but principal était de me faire plaisir dès le matin. Lorsqu'il m'informe triomphalement que le malade fait ses besoins tout seul, je craque. Je le prie de m'épargner ce genre de détails. Chaque jour, il s'étonne que je ne vienne pas les voir.

« Le malade demande de vos nouvelles », annonce-t-il d'un ton plein de sous-entendus. De temps en temps, il passe à mon bureau récupérer une enveloppe « pour frais imprévus », de plus en plus nombreux. Après cela, j'ai droit à un bref répit, mais au bout de trois jours, il rappelle.

Je demande à Vadim pourquoi il n'y a plus de gardes du corps.

« D'ici à ce qu'on arrête les meurtriers et qu'on les juge, il peut passer un an. On ne va tout de même pas s'amuser à protéger un chauffeur pendant tout ce temps ! » explique Vadim, et ça paraît logique. Il me rassure : « Ne t'inquiète pas. Il n'intéresse personne. »

À part son frère, me dis-je.

Je n'en peux plus. Lorsqu'il entreprend de me présenter sa nièce, je refuse net. Il veut connaître mon avis sur toutes les facs de Moscou : sa nièce va entrer dans le supérieur. Je lui conseille l'industrie alimentaire. Si elle fait de bonnes études, un salaire de deux mille dollars lui est garanti. C'est un secteur qui se développe.

« Combien faut-il payer pour passer le concours d'entrée ? » me demande-t-il, histoire de montrer qu'il connaît les usages.

J'enfonce le clou : « Rien du tout. Pour le moment, il n'y a pas foule. »

J'oublie mon portable au bureau de plus en plus souvent. Il s'inquiète, se vexe. Le malade s'inquiète aussi. Ces derniers temps, même leur maman me transmet son bonjour.

J'en sais long sur l'enfance de mon chauffeur. En fait, à la naissance il avait un bec-de-lièvre. Ses copains se moquaient de lui. Ses parents n'avaient pas d'argent pour l'opération. Il était bon élève, adorait l'histoire surtout, rêvait d'écrire des romans historiques. Mais il n'a pas pu entrer à l'université : il fallait un piston et ses parents n'avaient pas d'argent pour graisser la patte aux examinateurs. Ce frère aimant m'a également raconté qu'il était en permanence enrhumé faute de vêtements chauds, que sa fiancée l'avait quitté car il n'avait pas de quoi lui offrir des fleurs. Bref, il n'y avait d'argent pour rien. Résultat : il avait dû travailler pour nous et s'était pris une balle dans le corps.

Si nous avions eu connaissance de tous ces éléments tragiques de sa biographie, nous n'aurions jamais engagé ce garçon. Mais il ne donnait pas du tout l'impression d'être malheureux. Il avait du succès auprès des filles, on le payait bien, il adorait rouler vite et en trois ans n'a été malade qu'une fois. Certes, tout cela est bien peu pour un homme qui s'apprêtait à écrire des romans historiques.

S'il avait couvert Serge de son corps, on les aurait tués tous les deux. D'abord lui, puis Serge. Il se serait pris la deuxième balle.

Svetlana a accouché d'un garçon. Il pèse trois kilos cinq cent cinquante grammes. Disons que ça mérite un neuf sur dix.

Elle est allée à l'hôpital avant le début de l'accouchement, elle voulait arriver bien en avance. En chemin, les contractions ont commencé. Très faibles. En tout cas, au service des admissions, personne ne s'est affolé.

« On vous fait un lavement ? a demandé une infirmière âgée.

— Je préférerais m'en passer », a répondu Svetlana, encouragée par cette question.

L'infirmière a apporté un pot de chambre et l'a posé au milieu de la pièce. « Seulement, ne faites pas d'effort, a-t-elle dit en sortant.

Svetlana a passé une chemise d'hôpital et elle s'est assise sur le pot. À ce moment-là, un groupe de stagiaires est entré.

« Ici, nous faisons les admissions, a expliqué une femme au regard autoritaire. (Elle a toisé Svetlana.) Vous ne contractez pas le ventre ?

— Non », a bredouillé Svetlana.

Dix paires d'yeux la fixaient d'un air inquisiteur. Elle aurait aimé s'enfuir, mais le pot était plein et elle est restée assise, prête à éclater en sanglots.

Les stagiaires sont partis, la vieille infirmière est revenue pour la conduire au premier étage, dans la salle de travail.

« Bon, a dit un jeune docteur en feuilletant son carnet de grossesse, on a prévu la césarienne ? »

Svetlana a confirmé.

« Mais la dilatation a bien commencé. Vous êtes à trois doigts. Vous accoucherez normalement dans une heure maximum. On essaie ? »

Svetlana a protesté mollement : « C'est que mon col de l'utérus... Le médecin m'a dit qu'il faudrait la césarienne.

— Qu'est-ce qu'il a, votre col de l'utérus? s'est exclamé le médecin, rassurant. Vous accoucherez sans ciller. D'accord ? »

Svetlana a accepté.

Au bout de six heures, les contractions sont devenues insupportables. Elle pleurait sans discontinuer, on lui a mis deux perfusions.

« Je veux une péridurale ! suppliait-elle entre deux accès de douleur.

— C'est impossible, mon petit, a expliqué l'infirmière, il fallait y penser avant, c'est trop tard à présent.

— Je veux une césarienne ! » hurlait Svetlana.

On lui répétait qu'elle accoucherait d'un instant à l'autre, mais il ne se passait toujours rien.

« Appelez mon médecin ! » criait-elle.

Mais la journée de travail était finie, le médecin était parti.

Deux infirmières passaient par là en poussant un chariot vide. D'un coup, Svetlana a arraché ses deux perfusions, a bondi de son lit en retenant son énorme ventre des deux mains et a grimpé sur le chariot avant le début d'une nouvelle contraction, sous les yeux des infirmières ébahies.

« Emmenez-moi ! Je veux une césarienne ! a-t-elle ordonné en montrant la salle d'opérations.

— C'est un scandale ! » s'est indignée l'une des infirmières.

La douleur était déjà de retour : Svetlana s'est recroquevillée en pleurant à chaudes larmes.

La seconde infirmière est allée chercher un médecin.

« Je pense qu'il faut faire une césarienne, a dit l'obstétricien très calmement après l'avoir examinée. Préparez-la pour l'opération. »

Une fois de plus, l'aiguille s'est enfoncée dans la veine de Svetlana, lui apportant le sommeil salvateur. Vingt minutes plus tard, le fils de Serge annonçait sa venue au monde en poussant un grand cri.

« Un garçon. Vivant », a dit la sage-femme sur un ton de routine. Svetlana dormait à poings fermés.

Le lendemain, j'ai appris la naissance du bébé. À peine sortie de réanimation, Svetlana m'a téléphoné. Je voudrais lui acheter des fleurs, mais je ne trouve aucun fleuriste sur mon chemin.

J'ai peur de voir cet enfant. Ressemble-t-il à Serge ? Oui, à coup sûr. D'ailleurs, ce serait mieux. Je me rappelle Macha bébé. Son visage, tel qu'il était à la maternité, s'est effacé de ma mémoire, mais il me reste des photos où elle est aussi mignonne qu'un morceau de chair fraîche. Heureusement, il y a ses grands yeux bleus. Macha avait beaucoup de cheveux. Je me demande si le fils de Serge en a.

Serge était venu nous chercher à la maternité, je m'en souviens. Il était terriblement ému et il a longtemps refusé de prendre dans ses bras ce petit paquet qu'était sa fille. S'il était en vie, il serait à la maternité à l'heure qu'il est. Il éprouverait la même chose. Mais aujourd'hui, ces sentiments n'auraient pas été liés à Macha ni à moi. Il m'aurait été beaucoup plus difficile de supporter cette idée que de rendre visite à Svetlana aujourd'hui.

Je mets des patins en toile cirée sur mes bottes et j'ouvre la porte de la chambre. Svetlana est couchée dans son lit. C'est étrange de la voir sans son ventre. En me voyant, elle se met à pleurer.

« J'ai souffert le martyre », dit-elle.

Je reste sur le pas de la porte.

« Où est l'enfant ? je demande.

— Je ne sais pas. On me l'apporte de temps en temps. J'ai eu si mal ! Le médecin m'a abandonnée et il est rentré, je n'ai pas pu obtenir la péridurale.

— Calme-toi, lui dis-je. Ce sont les nerfs. Je te félicite. »

Elle hoche la tête.

« Tu veux être sa marraine ? me demande-t-elle.

— Je vais le chercher. Tu as besoin de quelque chose ?

— Oui, dit-elle avec un sourire pitoyable. Des chocolats. C'est interdit, mais j'en ai envie quand même.

— D'accord.

— Tu en apportes ? insiste Svetlana.

— Je vais en acheter. Il y a un kiosque ici. »

Derrière une porte, j'entends des vagissements de bébé. J'entre tout doucement.

« Que voulez-vous ? » me demande une jeune fille en blouse blanche en se précipitant vers moi.

Le long du mur, des nouveau-nés sont couchés dans des berceaux transparents semblables à des baignoires. On dirait des extraterrestres dans un laboratoire. Je découvre que j'ignore le nom de famille de Svetlana.

En fait, son enfant porte le même nom que moi.

Je supplie la jeune fille : « Laissez-moi le regarder un instant ! Je mettrai la blouse. »

J'ouvre mon sac pour en sortir mon porte-monnaie. Elle comprend tout de suite mon geste.

« Pas la peine d'enfiler la blouse, dit-elle. Cela ne sert à rien. »

Je vois le fils de Serge.

Dès que je me penche vers lui, il se met à hurler.

Je passe cent roubles à l'infirmière et sors.

Je voudrais tant que personne n'en sache jamais rien.

Il est terriblement important pour moi de rester l'unique maman de l'unique enfant de Serge. Sa seule femme.

Les cris du bébé résonnent à mes oreilles pendant que j'achète les chocolats. Il a dû comprendre qu'il n'était pas désiré. Je ressens une vague pitié.

Je remets à l'infirmière un sac contenant un assortiment de chocolats : j'ai pris toutes les sortes qui étaient en vente dans ce kiosque. Elle le portera à Svetlana. Je n'ai pas envie de remonter.

Je parle de ce bébé à Katia. En la prévenant qu'il s'agit d'un secret absolu.

« Il ressemble à Serge ? demande-t-elle.

— Je ne sais pas au juste. » Je réfléchis. « J'ai l'impression qu'il ne ressemble à personne. »

Katia hoche la tête d'un air satisfait.

« Son existence te dérange ? me demande-t-elle au bout d'un temps.

— C'est celle de Svetlana qui me dérange.

— Et si tu l'oubliais carrément ? »

J'acquiesce, pensive.

« Tu veux venir voir ma maison ? » demande Katia.

Il m'est difficile de refuser.

Je monte dans sa voiture et quelques minutes plus tard nous arrivons au chantier. C'est sur la route Ilinski, juste derrière le *World Class*.

Je monte les marches verglacées. « Tu chauffes l'escalier ?

— Non, Hélène me l'a déconseillé », rétorque Katia.

Chacune d'entre nous a fait construire sa maison et a sa propre idée de ce qu'il faut faire.

« Nous sommes en train de refaire le toit. (Katia me montre les immenses stalactites de forme étrange sur tout le pourtour de la maison.) L'air chaud s'en va. »

La maison est chauffée. Les ouvriers se promènent en bleus de travail légers.

« J'ai acheté un uniforme pour eux, dit Katia.

— Moi aussi, je l'avais fait. »

Je les regarde poser le carrelage. Soigneusement, carreau après carreau, en étalant bien la colle. Des « pros », me dis-je avec plaisir.

Katia me montre son salon qui communique avec la salle à manger et la cuisine. Je la félicite pour les proportions. Ma cuisine à moi est au rez-de-chaussée car je déteste les odeurs.

Dans l'entrée spacieuse, on voit, entortillés, à quinze centimètres de distance comme il se doit, les tuyaux du plancher chauffant. Des plaques de Placoplâtre sont posées entre les barres métalliques.

Katia se jette sur le chef de chantier. « Enlevez-moi toutes ces saletés ! C'est un plancher chauffant ! S'il arrive quelque chose, qui viendra l'ouvrir ? Vous ? » Aussitôt, ils recouvrent les tuyaux de cellophane et posent des repères.

Il y a une chose qui m'étonne. « Tu fais à la fois des radiateurs et un plancher chauffant ?

— Oui, c'est l'entrée, tout de même. La porte s'ouvre sans arrêt.

— Enlève les radiateurs. Moi, j'ai un sol chauffant en granit sur tout un étage. Et pas un seul radiateur. Il fait carrément chaud, tu te rappelles, je suis toujours en tee-shirt. »

Katia réfléchit.

Nous montons au premier.

Dans une grande pièce avec des poutres au plafond, le parquet est déjà mis. Tout est propre. Je demande en montrant le plafond : « C'est quoi, ces crochets ?

— Il y aura une balançoire ici, explique Katia.

— C'est classe !

— C'est la chambre d'enfants. »

Je la regarde d'un air étonné.

Katia s'approche de la fenêtre. « Tu sais, j'ai réellement un problème de stérilité. On pensait que mes trompes étaient bouchées, mais en fait, c'est autre chose. J'ai un traitement. Je prends des cachets tous les jours et on me fait des piqûres. »

Je lui propose : « Tu veux que je te les fasse, moi ? Je fais toujours les piqûres moi-même à Macha. Et les vaccins aussi.

— Pourquoi pas. Je viendrai chez toi un de ces jours.

— Ça s'arrangera, lui dis-je. Tout le monde a des enfants, toi aussi tu en auras. »

Je ne lui demande pas qui est le papa pressenti. À ma connaissance, elle n'a pas d'histoire sérieuse en ce moment.

Nous fermons la porte de la chambre d'enfants. C'est la première pièce que Katia a aménagée « au propre ».

« Si on allait chez Hélène ? propose Katia.

— Et si on allait à *La Véranda* ? J'ai si faim ! À moins qu'on aille en ville ? »

On tranche pour *La Véranda*.

Au bout d'une demi-heure, Hélène nous rejoint.

« J'ai honte de regarder les serveurs en face, dit-elle dans un souffle, ce sont les mêmes qu'au réveillon. »

Nous rions, compréhensives. J'avoue que moi aussi.

« Ce n'est rien, nous rassure Katia, ils ont l'habitude. »

Hélène a l'air d'en douter. « Le maître d'hôtel m'a accueillie avec un sourire trop poli.

— C'est pour que tu n'y penses plus », explique Katia.

Nous commandons du *plov*, un plat géorgien. De la viande de mouton avec du riz.

« Comment va ton skieur ? demande Katia à propos du fiancé d'Hélène.

— Il m'appelle, mais je ne décroche pas. Je ne lui parlerai pas tant qu'il sera à Courchevel. J'en ai si envie pourtant ! »

J'abonde dans son sens : « Ne décroche pas !

— Surtout pas ! renchérit Katia. En ce moment, il se fiche de sa femme et des skis, il ne pense qu'à une chose : "Où est ma petite Hélène chérie ? M'aime-t-elle encore ?" »

Hélène rit, ravie. « J'ai appelé Véronique, mais elle ne le voit jamais. J'aimerais bien savoir comment est sa femme », ajoute-t-elle avec un soupir.

« Bien sûr qu'elle ne l'a pas vu, explique Katia, il ne sort jamais.

— Ça, je ne comprends pas.

— Alors, pourquoi aller à Courchevel ? Il y a tellement d'autres stations.

— On est bien à Cortina, dit Katia.

— Moi, je préfère Sils Maria, réplique Hélène, les vieilles dames sont si charmantes. Quand je serai vieille, je m'installerai là-bas. »

Je la mets en garde : « Le moindre hot-dog y coûte cinq dollars. »

Moi-même, j'ai des *snowblades* de chez Chanel, mais je ne monte dessus que si je ne peux pas faire autrement. Je le faisais, par exemple, quand Serge nous emmenait à la montagne, Macha et moi.

« Je ne pourrai plus mastiquer, répond Hélène. Le prix des hot-dogs me sera aussi indifférent que celui des godemichés. »

Katia, elle, voudrait s'installer à Paris sur ses vieux jours. « J'habiterai rue du Faubourg-Saint-Honoré et j'achèterai toutes les nouvelles collections.

— Moi, c'est au bord de l'océan que je voudrais finir mes jours. Dans une immense maison ouverte aux vents du Sud. Un adolescent basané en turban porterait derrière moi un fauteuil pliant.

— Allez, dit Hélène. Quand nous serons vieilles, à Moscou, ça deviendra vivable. Nous serons la première génération de vieilles femmes heureuses ici. Comme nous avons été la première génération de filles riches.

— Oui, confirme Katia. Rappelez-vous, autrefois, dans les restaurants, on ne voyait que des gens de vingt ans. Vingt-cinq tout au plus.

— Dire que maintenant, dis-je, on ne peut plus aller dans le moindre night-club sans risquer de tomber sur la fille de Véronique et ses copines. On se sent comme des adolescentes à une fête de maternelle. »

Le serveur nous apporte notre *plov*.

Nous décidons de dîner ensemble vendredi. En ville.

18

“J’ai engagé une Philippine comme femme de ménage. Petite, basanée, elle parle anglais et aussi, sans doute, sa langue. Elle m’a demandé de lui fournir une tenue de travail.”

Vladimir le Rat a été arrêté. Enfermé dans une cellule de détention préventive, il refuse de parler.

Je n’oublie pas une seconde qu’il existe un lieu où je pourrais voir l’assassin de mon mari. Je suis contente qu’il y soit.

Mon chauffeur est convoqué pour la confrontation. Mais son état de santé ne lui permet pas de se déplacer. L’avocat du Rat vient voir sa famille. Il ne met pas en doute la mémoire ni la raison du témoin. Il lui propose de l’argent, c’est tout.

Je l’apprends par son frère. « Ce type nous a proposé du fric ! » déclare-t-il avec emphase en entrant dans mon bureau.

De toute leur vie, on ne leur a proposé autant d’argent que ces derniers six mois.

Je demande : « Il vous a menacés ?

— Cette espèce de limace ? (Il fait bouger les muscles de ses larges épaules, histoire de montrer qu'il n'a peur de rien.) Mais pas du tout ! »

André passe sa tête par la porte et s'éclipse en voyant que je suis occupée.

« Vingt mille dollars », ajoute-t-il d'un air pensif.

Moins cher qu'un meurtre, me dis-je. Et je m'écrie avec une admiration naïve : « Vous avez refusé cet argent ? »

Le frère de mon chauffeur me regarde, l'air surpris. « Bien sûr. » Il ajoute, en accentuant chaque mot : « Vous voulez qu'il se retrouve derrière les barreaux, non ? »

Je presse le bouton du téléphone interne et demande qu'on m'apporte du thé. Je m'appuie contre le dossier de mon fauteuil tendu de velours et demande, comme en me rappelant soudain sa présence : « Vous voulez du thé aussi ?

— Volontiers. »

Je hoche la tête. « Et vous, vous ne voulez pas qu'il se retrouve derrière les barreaux ? » dis-je en regardant mon interlocuteur d'un air distrait, comme si j'étais perdue dans mes pensées.

Il gigote sur sa chaise. « Je l'étranglerais de mes propres mains ! » dit-il, menaçant.

La secrétaire entre et s'arrête, désemparée, au milieu de la pièce. Nous sommes deux, or elle n'apporte qu'une tasse. D'un signe de tête, je lui fais comprendre que ce n'est pas pour moi.

« Prenez le mien, dis-je, généreuse.

— J'en apporte encore ? demande la secrétaire.

— Non, merci…

— Eh bien, comment se sent notre malade ? » Je change complètement de ton. Ces derniers temps, nous avons adopté une nouvelle manière de parler.

« Ça va. Il lit beaucoup. Et il regarde des DVD. »

Selon les règles tacites de notre jeu, je dois lui en proposer. « J'ai pas mal de films chez moi. Si vous voulez, je vous en apporte la prochaine fois.

— Ce serait gentil de votre part.

— C'est la moindre des choses. (Je me lève.) Excusez-moi, j'ai du travail. »

Désemparé, il pose sa tasse avec un fond de thé sur la table. Il m'adresse un regard plein d'espoir. Je lui fais un grand sourire : « Au revoir ! Mes salutations les plus chaleureuses à tous les vôtres ! »

Je sors de mon bureau et fais signe à ma secrétaire de raccompagner mon invité. J'entre dans le bureau d'André, referme la porte derrière moi et lui demande dans un soupir : « Alors ? »

Il est tout rouge, tout émoustillé. « Nos prix sont tout à fait compétitifs ! Vous aviez raison ! »

Malgré moi, ma bouche se fend jusqu'aux oreilles.

« Deux entrepôts sont prêts à signer un contrat avec nous. Le premier pour trois cent soixante articles, le second pour trois cent vingt ! Ça en fait six cent quatre-vingts en tout ! »

Il me considère avec respect. Je me sens une vraie femme d'affaires. Dire que j'aurais pu vivre toute ma vie sans même savoir à quel point je suis douée.

« Signe le contrat, lui dis-je, et augmente la part des responsables de la distribution s'ils traitent directement avec le magasin.

— Mais si nous multiplions le nombre de magasins, nous ne pourrons plus assurer au niveau du transport, s'inquiète André.

— Les chargés de la distribution ne devront desservir que leur secteur.

— OK. Mais…

— Qu'y a-t-il ?

— Notre chiffre d'affaires ne pourra que baisser.

— Il n'y a pas d'investissement au départ. Ne lésine pas, allez !

— Je propose qu'on attende un peu », dit André en se grattant la nuque, puis l'oreille.

Je suis étonnée.

« Pourquoi ?

— Nous ne pourrons pas travailler avec tous les entrepôts qui nous proposent des contrats.

— Bien sûr que non. Nos ressources sont limitées.

— Eh bien, attendons les réponses des autres entrepôts. Peut-être qu'ils auront un assortiment plus important.

— D'accord. Mais ne traîne pas. On a réduit la production de lactosérum. Il faut qu'on se rattrape ailleurs ! »

Il sort presque en courant, comme d'habitude.

« Pourquoi tu ne lui as pas donné d'argent ? »

Le soir même, j'ai tout raconté à Hélène et elle me trouve nulle.

« Je ne sais pas. » Le pire, c'est que c'est vrai.

« Il va retirer sa déposition, me dit-elle, convaincue.

— Peut-être pas. L'autre lui a tout de même tiré dessus, tu comprends ?

— Et alors ? »

Elle pousse un soupir. Je sens qu'elle doute. J'imagine la tête qu'elle fait en ce moment.

« Il n'a qu'à faire une bonne action désintéressée une fois dans sa vie, dis-je sans y croire une seconde.

— Je comprends que tu hésites à sortir vingt mille.

— Bah oui. (Pourquoi le nier ?)

— Bon, on verra bien. Mais à mon avis, il n'est pas du tout en train de se dire que le Rat lui a tiré dessus et qu'il l'a manqué par miracle. Il pense : "Je travaillais pour Serge, j'ai souffert. À présent, sa femme m'empêche de gagner un peu d'argent." En fait, c'est comme s'il travaillait pour toi gratis. »

Je finis par comprendre. Ce doit être formidable qu'on fasse pour vous quelque chose sans être payé.

Pour changer de sujet, je demande : « Comment va ton homme ?

— Il me téléphone tous les jours. Je ne décroche pas ! (La voix d'Hélène se fait coquette et sonore.) Il me bombarde de textos. Je suis la reine de sa vie.

— Super ! (Je me réjouis sincèrement pour mon amie.) Tu ne réponds pas ?

— Non, dit-elle d'un ton capricieux.

— Tu as raison. »

La chanteuse Vera Serdioutchka a une chanson comme ça : « Il s'approche, je m'éloigne, il sourit, je me détourne… » Je ne me souviens pas de la suite.

J'ai engagé une Philippine comme femme de ménage. Petite, basanée, elle parle anglais et aussi, sans doute, sa langue. Elle m'a demandé de lui fournir une tenue de travail. J'ai appelé *Majordome*, une agence qui a inondé de prospectus tous les villages sur la voie Roublev. C'est Marina, la femme de Vladis Pelch, qui s'occupe des vêtements du personnel. Elle me propose que ma femme de ménage porte plutôt un pantalon.

« Je suis sûre qu'elle ne s'épile pas les jambes ! » déclare Marina, et toutes les deux, nous examinons les mollets de ma Philippine laquelle, ne comprenant pas le russe, arbore un sourire compassé.

« Si, elle s'épile », constate Marina. Je me dis que les Philippines n'ont peut-être pas de poils sur les jambes, mais je garde ce commentaire pour moi.

Pendant que ses couturières prennent les mesures, Marina boit du café dans une petite tasse en porcelaine ancienne. Ses gestes sont gracieux.

C'est par des amis que j'ai trouvé ma femme de ménage. L'épouse d'un chanteur connu a créé une agence de placement pour les Philippines réputées être les meilleures bonnes du monde, mais notre législation ne permet pas de leur faire un contrat de travail.

Je réfléchis à voix haute : « Je devrais peut-être faire faire une tenue pour ma masseuse ?

— Bien sûr, répond Marina, persuasive. Et vous avez une cuisinière ?

— Non. »

La propriétaire de *Majordome* lève sur moi un regard plein d'étonnement.

« Et qui fait la cuisine chez vous ?

— Moi. »

Je ne sais pas pourquoi je raconte des mensonges. Je hausse les épaules en souriant comme pour m'excuser d'être aussi demeurée. Marina me regarde avec compassion. Nous nous quittons en nous serrant la main.

Je ne vais pas chercher Svetlana et son enfant à la maternité. Dans mon souvenir, cet événement et l'excitation qui l'entourent sont liés à une atmosphère de fête. Le jour où je suis rentrée à la maison avec Macha, il y avait Serge et Vadim, Hélène venue avec son mari – ils étaient encore ensemble –, Véronique seule (elle s'était disputée avec Igor) et ma mère qui gérait et supervisait tout, comme toujours.

Je ne veux pas me retrouver en compagnie de copines de Svetlana pour participer à l'agitation autour de la jeune maman et de son bébé. Je doute que je puisse m'extasier sincèrement sur sa jolie frimousse. Ni m'écrier d'un air attendri : « À qui ressemble cet enfant ? Regardez, il a les yeux de sa maman ! » À tous les coups, une des amies de Svetlana, vêtue d'une veste courte doublée de fourrure artificielle, me demandera : « Vous connaissez le papa de l'enfant ? » Une autre, à Dieu ne plaise, dira d'un air rêveur : « Quel homme c'était ! Je l'aimais beaucoup ! »

« Je t'appellerai, ai-je promis à Svetlana, et j'apporterai des affaires pour le petit. N'achète pas de baignoire, j'en ai une. »

Je n'ai jamais rien jeté ni donné. Serge et moi, nous avons toujours pensé avoir un deuxième enfant.

Il est vrai que dans notre projet, la maman, c'était moi.

Mon téléphone portable sonne. Le numéro ne s'affiche pas. Je n'ai pas envie de répondre. Il est tard, après tout, je pourrais dormir.

Ce doit être Svetlana, me dis-je. Ça commence. Le bébé braille et elle ne sait pas quoi faire.

« Allô. » C'est Hélène. Elle murmure en précipitant les mots. « Mon jules est rentré de Courchevel, j'ai décroché, je lui ai dit que j'étais à une soirée, mais il a débarqué chez moi, il sonne à la porte. Qu'est-ce que je fais ? »

Je n'y comprends rien. « Tu es chez toi ?

— Mais oui ! siffle-t-elle dans le téléphone. Mais je lui ai dit que j'étais à une soirée pour le rendre jaloux et lui, il est venu ! » Son chuchotement se fait cri.

« Alors n'ouvre pas, si tu es censée être ailleurs.

— Mais ma voiture est en bas, je ne suis tout de même pas partie à pied ?

— Et alors ? (Je reste impassible en essayant de lui communiquer mon assurance.) J'ai pu passer te chercher, ou Katia.

— OK, je n'ouvre pas. J'en ai pourtant bien envie ! Il m'a tellement manqué ! »

Moi, je n'aurais pas ouvert non plus. Ouvrir quand l'homme qu'on aime sonne à la porte, ce n'est pas compliqué. Faire preuve de volonté, attendre qu'il soit capable non seulement de défoncer la porte mais de déplacer des montagnes pour vous voir, c'est autre chose.

Le téléphone sonne à nouveau. Il est parti, me dis-je. Et je lance en décrochant : « Alors, la maquisarde ? Tu n'as pas ouvert ? »

Un silence au bout du fil.

« Vous jouez à la guerre ? »

C'est la voix de Vadim. J'éclate de rire. « Oui, je parlais avec une amie.

— Le Rat a été relâché sous caution.

— Pardon ? »

J'en oublie Hélène instantanément.

« Votre chauffeur a retiré sa déposition. Il a dit qu'il n'était pas en possession de ses moyens. L'avocat du Rat a versé une caution et notre homme est dans la nature. (Vadim égrène des phrases hachées, sèches.) C'est notre juge d'instruction qui m'a appelé. Ils sont tous furieux. Leur enquête tourne en eau de boudin. »

Je demande, anéantie : « Que va-t-il se passer ?

— Je ne sais pas. (Vadim pousse un soupir.) C'est leur unique témoin. On a dû le menacer. Ou lui filer du fric.

— Certainement. »

C'est tout ce qu'il me reste à dire.

« Bon, ne t'en fais pas », dit Vadim avec une douceur dont lui seul est capable.

J'envie Régine. Elle peut entendre tous les jours ce « Ne t'en fais pas » à la place d'un sempiternel « bonjour ». « Ne t'en fais pas », le soir aussi, ça vaut bien mieux qu'un banal « Comment s'est passée ta journée ? ».

J'appelle mon « camarade » : le frère du chauffeur. Heureusement que j'ai gardé son numéro de téléphone.

« Comment ça va ? dis-je, ne sachant par quoi commencer.

— On reprend des forces peu à peu », répond-il, évasif.

Un bref silence.

« Ton frère a refusé d'identifier le meurtrier ? »

Il se tait.

J'ai envie de dire « allô » pour vérifier qu'il est toujours au bout du fil. Mais je sais parfaitement que nous n'avons pas été coupés.

« Je veux qu'il reconnaisse le Rat, dis-je d'un ton dur. Sinon je cesserai de vous donner de l'argent, je suspendrai l'aide. »

J'entends dans le téléphone :

« Dieu est votre seul juge. »

Je vois les vingt mille dollars lui brûler la poche. Des billets verts bien craquants. Peut-être emballés, tout juste sortis de la banque.

« N'allez pas imaginer que nous avons accepté l'argent », dit-il.

Je me sens un peu désemparée. C'est toujours désagréable qu'on devine vos pensées.

Je demande, stupéfaite : « Alors, pourquoi est-il revenu sur sa déposition ?

— Nous n'avions rien répondu à l'avocat sur le moment, explique le frère de mon chauffeur, et je le sens dans ses petits souliers. Il nous avait laissé son numéro de téléphone. Nous n'avions pas téléphoné. Nous attendions votre décision. Nous ne savions pas que c'était urgent.

— Et alors ? Je retiens mon souffle, pour mieux entendre.

— Aujourd'hui, nous avons reçu par la poste des photographies de Serge. Une balle dans le crâne. »

Je chavire. « Pardon ? »

Que le nom de Serge voisine avec des expressions du genre « une balle dans le crâne », je n'arrive pas à m'y faire. Chaque fois, c'est un choc. Et toujours, la même douleur poignante.

« Vous avez appelé la police ? »

Je demande ça pour demander quelque chose.

« Mais ce sont justement les photos prises par la police. Elles ont été sorties du dossier. À quoi elle sert, la police ? (Il pousse un soupir résigné.) Peut-être que maintenant, ça ira ? J'ai entendu dire qu'on l'avait relâché. Son avocat nous a appelés, il nous a remerciés. Le fumier.

— Vous pouvez venir me voir à mon bureau demain ?

— D'accord », dit-il, et je sens qu'il reprend du poil de la bête.

Je raccroche. Le téléphone sonne de nouveau. C'est Hélène.

« Il m'a laissé cent et une roses devant la porte ! me dit-elle en extase.

— Tu les as comptées ? »

Je doute. Je me dis que ce doit être très long, de compter cent et une roses. Moi aussi, on m'a déjà offert des bouquets comme ça, mais ça fait si longtemps !

« Naturellement. Il y a cent roses rouges et une jaune. Qu'est-ce que tu en penses ? La rose jaune, ça veut dire quoi ?

— Je ne sais pas. Peut-être, une séparation – Courchevel – et cent retrouvailles ? Ou cent ans ensemble. »

Hélène ronronne de plaisir.

« Ce doit être ça », dit-elle.

Nous nous souhaitons bonne nuit. Longtemps, je reste les yeux ouverts. Je me dis qu'Hélène ne dort pas, elle non plus. Elle réfléchit à ce que signifie la rose jaune.

J'arrive à mon bureau. C'est vendredi. Trois employés distribuent des briques de lactosérum aux doyens de notre immeuble. Le bureau est au rez-de-chaussée. Les personnes âgées se sont plaintes des voitures qui font du bruit. Elles ont écrit à différents comités. Finalement, elles ont accepté de nous supporter contre une brique de lactosérum toutes les semaines.

Le frère de mon chauffeur m'attend dans mon bureau. « Je suis désolée pour tout cela », lui dis-je en entrant. Je me mets à ma table de travail. Je sors les papiers de mon sac et dis soudain d'une voix plaintive : « Mettons-le en prison ! »

Il secoue la tête, me regardant comme si j'étais une folle.

Je me penche vers lui par-dessus la table : « J'engagerai des gardes armés. Ils seront là vingt-quatre heures sur vingt-quatre. Il n'arrivera rien à votre frère. »

Il me dévisage d'un air suspicieux. Je lis la peur dans ses yeux.

J'insiste : « Je vous le garantis !

— Non, répond-il, comme quelqu'un qui refuse de se resservir après un bon repas. Nous en avons soupé. »

J'essaie d'en appeler à sa rancœur. « Mais il a failli tuer votre frère ! »

Rien à faire, ils considèrent que c'est Serge le coupable.

« Après tout, c'est dangereux... (Je tente l'intimidation.) S'il reste en liberté, il aura toujours l'impression que son sort est entre vos mains ! Un jour ou l'autre, il en aura assez. »

Il me jette un regard haineux. Je sors de mon sac mon dernier argument. Une liasse de dix mille dollars. « Je payerai. Je vous dédommagerai pour le préjudice moral que vous avez subi. Vous vous achèterez une nouvelle voiture. Vous irez en vacances en Turquie. »

Il a les yeux rivés sur l'argent que je garde toujours dans ma main. Je sais que les billets réels agissent plus efficacement que les chiffres virtuels. Il se tait. Il a l'air aux abois. J'enfonce le clou : « Vous aurez des gardes du corps. Vous n'aurez rien à craindre.

— Il faut que j'en parle à mon frère. »

Je lui tends l'argent. « Tenez. »

Il hésite. J'insiste : « Prenez-le. Si vous changez d'avis, vous me le rendrez. »

Il prend la liasse avec précaution, ne la range pas. Je lui demande : « Vous travaillez où ?

— Dans une fabrique de meubles. Nous assemblons des armoires. »

Je lui propose avec un joyeux sourire : « Vous voulez peut-être changer de métier ? On pourrait travailler ensemble. »

J'aurais mieux fait de me taire. C'est tout juste s'il ne fait pas tomber l'argent.

« Mais si vous n'en avez pas envie, poursuis-je, rassurante, nous nous quitterons bons amis après avoir mis cette raclure en prison. (Vanetchka, lui, aurait sûrement dit : « Nous nous séparerons comme bateaux en mer. » C'est plus fort que moi, chaque fois que j'ai une expression figée sur le bout de la langue, je pense à lui.) Nous ne nous appellerons que pour nous présenter nos vœux de bonne année. »

Il devrait être flatté de me compter parmi ses connaissances. Il range l'argent.

« Bien le bonjour chez vous, lui dis-je gentiment, demain à neuf heures du matin vous aurez les gardes du corps. Ils vous diront qu'ils viennent de ma part. »

Je lui décoche un sourire lumineux. Il s'attarde sur le pas de la porte.

« Vous gardez toutes les factures ?

— Oui », dit-il en hochant la tête.

J'adopte une mine sévère. « Ne perdez rien. Les médicaments sont si chers de nos jours. »

Il sort.

Je m'approche de la fenêtre. La neige tombe à gros flocons, on dirait un conte de Noël. Le loup ne doit pas rôder dans la forêt en dévorant tout ce qui bouge. Chaque grand-mère doit avoir son Petit Chaperon Rouge.

Je téléphone au directeur de l'agence de sécurité à laquelle Serge faisait toujours appel. « Combien cela coûterait d'engager deux hommes armés pour vingt-quatre heures ? »

Il va tout de suite droit au but. « Tu as des problèmes ?

— Non, mais le témoin qui va identifier le meurtrier de Serge pourrait en avoir.

— J'ai compris. Je n'ai pas d'hommes en ce moment. Mais puisque c'est si sérieux, je m'en charge personnellement... Bon, je me débrouillerai. D'ici deux ou trois jours ?

— Deux, disons. Comme ça tes hommes toucheront plus d'argent et seront motivés.

— Mes gars sont en or ! Tous des anciens de Tchétchénie ! Tu crois que ça durera longtemps ?

— Le temps qu'on l'attrape. S'il n'a pas pris la fuite, ça prendra quelques jours. »

Nous nous mettons d'accord. C'est cent vingt dollars la journée.

Je vais me changer. Nous allons dîner au *Café Vogue* avec mes copines.

« Vous êtes partie ? demande André au téléphone quand je suis déjà dans ma voiture.

— Oui, pourquoi ?

— Je ne vous ai pas dit la mauvaise nouvelle… »

Je l'implore : « Ça ne peut pas attendre lundi ? Il n'y a pas mort d'homme ?

— Non, dit-il en riant comme si j'avais fait une bonne blague. Mais tout de même… »

Je raccroche.

19

“Un pressentiment du malheur s’installe dans mon corps, au niveau du pancréas, comme une tumeur maligne.”

« Tu me fais un massage ? » dis-je à Galia.

Je viens de rentrer et je cherche des yeux ma Philippine. Je n’aperçois aucune trace visible de sa présence.

« Elle est là », me rassure Galia.

Le salon est impeccable et même les photos sur un support torsadé en ébène sont placées dans le bon ordre.

« Elle n’a pas dû nettoyer au-dessous », me dis-je en passant mon doigt sur le bois lisse. Pas un grain de poussière. C’est incroyable ce qu’une bricole de ce genre peut vous rendre de bonne humeur.

Après avoir discuté des qualités et des défauts de la cuisine philippine, nous montons dans ma salle de bains, Galia et moi. Les bougies sont déjà allumées, une serviette est étendue sur la table de massage. Je m’arrête sur le pas de la porte.

« “Massage” se dit “massage” dans toutes les langues », dit Galia en riant.

Les femmes étrangères ont de la chance. Chacune d'elles peut avoir une Philippine à demeure.

Pendant le massage, je m'endors presque. Je rêve d'une maison blanche avec des meubles et des tapis blancs. Le bruit du ressac pénètre par les fenêtres et les portes ouvertes. Je déambule dans les pièces, vêtue d'une robe ample ; des domestiques invisibles devancent tous mes désirs. Je suis totalement désœuvrée, j'adore m'ennuyer, je jouis de la certitude que cela continuera demain, et après-demain, et toujours.

« Tu es déjà partie ? crie Katia dans le téléphone.

— Non, je m'habille. »

Je prends sur l'étagère le premier jean qui me tombe sous la main.

Si on veut trouver un endroit à la mode, il faut aller au nouveau restaurant ouvert par Alexandre Novikov.

À la *Brasserie Vogue*, l'escalier n'est pas chauffé, exactement comme dans la maison de Katia. Heureusement, un jeune homme me tend la main pour que je ne glisse pas sur le verglas. Je voudrais lui sourire en signe de reconnaissance, mais je ne sais quelle attitude adopter : maternelle, du haut de mon grand âge, ou coquette, car il est très séduisant. Finalement, je ne souris pas du tout et, décontenancée, compose une mine hautaine, puis entre dans le restaurant.

« Quelle garce », se dit-il sans doute.

Le restaurant est plein. Dans la première salle, qui s'appelle « Brasserie », des jeunes filles endimanchées font semblant de jouer aux dés. Il y a des tables d'échecs et de dames, toutes occupées aussi.

Je traverse la brasserie, laissant errer mon regard par-dessus les têtes. Il n'y a personne que je connaisse. Tant mieux. Hélène, Katia et Olessia m'attendent dans la partie restaurant. Olessia est bronzée : elle était à la montagne. La majorité des gens ici le sont également. Depuis quelque temps, avoir bonne mine est à la mode.

Je m'étonne de ne pas voir Véronique.

« Nikita est malade, explique Katia, il n'a pas supporté le changement de climat après Courchevel. »

Je commande un carpaccio de poisson et un verre de vin blanc frappé.

« Quoi de neuf sur les pistes ? » demande Hélène en se tournant vers Olessia.

Celle-ci fait des minauderies. Elle a les lèvres pincées.

« Je me suis bien amusée. Il y avait le Tout-Moscou, comme d'habitude.

— Et tu as bien skié ? » demande Katia, sachant qu'Olessia ne sait pas skier et qu'elle passe tout son temps au café.

« Pas trop mal. Mon mari est content de moi », répond-elle avec une dignité extraordinaire.

Nous bavardons ainsi jusqu'à ce qu'on nous apporte les entrées.

« Ça alors ! dit soudain Katia dans un souffle. » Puis elle murmure à l'oreille d'Hélène : « Ne te retourne pas. »

Le fiancé d'Hélène apparaît sur le pas de la porte en tenant sous le bras une femme un peu ronde avec des taches de rousseur.

« Tiens donc ! Hélène est tout émoustillée. Il ne nous a pas vues ?

— Je ne crois pas, dis-je en les observant se mettre à table très cérémonieusement.

— Il m'a encore déclaré sa flamme pas plus tard que ce matin ! dit Hélène en riant.

— Qu'est-ce qui te rend si heureuse ?

— Il a dû l'inviter ici pour parler divorce. D'abord, il va la faire boire pour faire passer la pilule. Vous l'auriez entendu me faire la cour ce dernier mois ! Il pleure presque en me disant son amour ! Il m'a offert une bague. J'ai oublié de la mettre. Deux carats et demi.

— Pas vrai ! s'écrie Olessia.

— Si, dit Hélène avec un sourire d'autosatisfaction.

— Elle est belle ? demande Katia.

— Très. De l'or rose.

— Pas mal », dis-je.

Nous buvons un coup.

« Regarde, il va parler à quelqu'un. »

Olessia montre le fiancé d'Hélène qui salue une de ses connaissances.

« Venez ! dit Hélène en me saisissant par la main. On fait semblant d'aller aux toilettes ! »

Je me faufile entre les tables derrière elle ; elle s'arrête et j'entends sa voix, mystérieuse : « Salut ! »

Je souris aussi à son amoureux : après tout, nous avons passé le réveillon ensemble. Il glisse un regard distrait sur Hélène, puis sur moi, cherche des yeux quelqu'un derrière mon dos, sourit on ne sait à qui et se tourne de nouveau vers sa connaissance : « Disons, ce week-end, ça te va ? »

Hélène devient écarlate. Je saisis un regard scrutateur de la femme aux taches de rousseur, prends Hélène par la main et la tire du côté des toilettes tout en souriant à la cantonade.

« Tu as vu ? » s'écrie-t-elle.

Je vérifie qu'il n'y a pas d'oreilles qui traînent.

« C'est sa femme, lui dis-je.

— Il ne m'a même pas dit bonjour ! Sa femme ou sa mère, qu'est-ce que cela peut me faire ! C'est avec moi qu'il couche tous les jours ! Et elle n'est plus sa femme ! »

La porte s'ouvre, apparaît une jeune fille avec un téléphone portable.

« Oui ! Je suis à la *Brasserie Vogue* ! C'est plein de monde. Oui, il y en a qui sont mignons. » Elle nous regarde d'un air suspicieux et va s'enfermer dans la cabine. « Viens, je t'attends. »

Hélène pleure en silence.

« Apporte-moi mon ticket de vestiaire, il est resté sur la table, demande-t-elle. Je n'y retourne pas. »

Je pars avec elle.

Au bout d'une heure, il lui téléphone. Elle ne décroche pas. Hoche la tête en silence. Il rappelle.

« Il doit se cacher aux pissotières, dit Hélène avec dégoût en finissant son sixième vermouth avec des glaçons. Je ne veux pas de déclarations d'amour prononcées dans une pissotière. »

Ce mot lui plaît bien. Elle le prononce encore plusieurs fois.

Je pense qu'en s'endormant, elle enverra mentalement son fiancé aux pissotières.

J'ai sorti de la cave une valise avec les affaires de Macha. J'ai trié les petits pyjamas, les bonnets, les moufles. Une casquette en jean pour trois mois : nous l'avons achetée à Paris avec Serge quand j'étais enceinte. Et ce petit pantalon rigolo avec des lutins, qui vient d'un magasin bon marché, c'est ma belle-mère qui nous l'a offert. Je pense que Macha ne l'a jamais porté. À présent, il me paraît adorable.

« Qu'est-ce que tu fais ? » demande Macha en jetant un coup d'œil curieux à l'intérieur de la valise. Comme tous les enfants, elle s'intéresse à l'époque où elle était bébé.

« Je regarde un peu tout ça, dis-je, évasive.

— Tu veux les donner à quelqu'un ? »

La perspicacité des enfants m'étonnera toujours.

Je m'assieds par terre et prends Macha dans mes bras. Elle a un petit frère, me dis-je, et elle sera sans doute heureuse de l'apprendre.

La plupart des vêtements sont roses : je les mets de côté pour choisir ceux qui sont d'une autre couleur.

« Tu n'aimes pas le rose ? demande Macha en essayant d'enfiler un minuscule bonnet en tricot.

— C'est pour un garçon, j'explique. Tu voudrais un petit frère ?

— Non, répond-elle sans la moindre hésitation.

— Tant mieux alors. »

Je mets dans ma voiture la baignoire, le chauffe-biberon, le stérilisateur, le landau, un sac entier de tétines, un pèse-bébé électronique et un couffin. Je range les vêtements dans un sac.

« Nous allons au club demain ? demande Macha.

— Bien sûr. »

Elle me salue d'un signe de la main et court voir une amie qui habite dans la maison voisine.

Chez Svetlana, je trouve sa mère. Assise dans la cuisine, sur l'unique tabouret, elle boit du thé en faisant beaucoup de bruit avec ses lèvres.

Je jette un coup d'œil au berceau. La petite frimousse de singe toute fripée ne suscite chez moi aucun sentiment.

Il est difficile de penser qu'un jour, cet être ressemblera à Serge.

« Il est adorable, n'est-ce pas ? » demande Svetlana, pleine d'affection.

Je la dévisage attentivement. Elle doit le penser sincèrement. J'acquiesce : « Oui, il est très mignon.

— Le portrait craché de Serge. Tu ne trouves pas ? »

Je suis en train de réfléchir à ce que je dois lui répondre quand j'entends la mère de Svetlana s'exclamer, heureuse, dans la cuisine : « Svetlana, mon petit ! Il y a le pèse-bébé dont tu rêvais !

— Oh ! (Svetlana sursaute.) Je l'allaite, je dois le peser.

— Électronique ! hurle sa mère comme si nous nous trouvions au quatrième étage et la cuisine au rez-de-chaussée.

— Ça existait, à ton époque ? » me demande Svetlana tout étonnée.

J'ai l'impression d'être la mère d'un mammouth. Je marmonne : « On me l'avait apporté de l'étranger. »

Les deux femmes s'agitent autour des affaires, se mettent à faire la lessive et oublient complètement ma présence.

Le bébé se réveille et se met à pleurer. Je le prends dans mes bras. Il me paraît plus léger que les poupées de Macha. Tenir un nouveau-né : une sensation totalement oubliée.

Svetlana me le prend et lui donne le sein. Son téton immense, violet, est aussi grand que le visage du nourrisson. Je vais dans la cuisine.

La mère de Svetlana fume en essayant d'envoyer la fumée par le vasistas ouvert. La fumée reste, elle tente de la chasser de sa main, la répand dans la cuisine.

J'essaie d'imaginer Serge dans le rôle de son gendre. Pour commencer, elle aurait dû arrêter de fumer.

« Elle m'impressionne, dit-elle en parlant sans doute de sa fille. Elle gagne du fric, elle fait un enfant… »

Je doute que dans une situation pareille, ma mère m'aurait manifesté autant d'admiration.

« Hein ? » dit-elle sur un ton mi-interrogatif, mi-exclamatif ; je crains qu'elle n'attende de moi que je partage son enthousiasme. Elle doit me prendre pour une copine de sa fille. « En ce moment, elle achète un appart, ça coûte les yeux de la tête… » Le mégot s'envole par le vasistas. « Elle a toujours été comme ça, même gamine : si elle décide quelque chose, pas moyen de lui faire changer d'avis. Pourtant, la vie est dure. (Elle regarde dans ma direction : je devrais tomber d'accord avec elle. Elle soupire, pleine de compassion.) Et puis, elle n'abandonne pas sa mère, Dieu merci. »

Dans la chambre, on entend un vagissement.

« Elle est tombée amoureuse et elle a eu un enfant. Toute seule. Ça, c'est de l'amour ! Et qu'est-ce qu'on y peut s'il est mort… »

Je rectifie : « Il a été tué.

— Notre petit Serge s'est endormi », annonce Svetlana en boutonnant sa robe de chambre.

J'ai envie de crier : « Non, pas Serge, pitié ! Ce prénom n'a rien à voir avec cet enfant, cette cuisine, cette horrible robe de chambre ! »

« Bon, je dois y aller. »

Je les salue et je sors. Dans la voiture, j'appelle Hélène : « Comment tu vas ?

— Ça va.

— Il t'a appelée ?

— Aucune importance. Oublie-le. Moi, je ne pense plus à lui. »

Elle parle avec conviction, d'une voix un peu triste. Je la crois tout de suite.

« Tu as raison. T'en auras plein d'autres ! Il y aura une file d'attente !

— Oui. »

Le frère de mon chauffeur me téléphone.

« Nous avons fait notre déposition, annonce-t-il. Vos gardes sont là.

— Parfait.

— Lundi, ils auront un mandat d'arrêt.

— Merci. »

Je me réveille au milieu de la nuit. Je sens une douleur dans le flanc gauche : j'ai l'impression qu'on y a enfoncé un crochet et qu'on est en train de le tourner. Je ne peux pas me lever. Je reste recroquevillée. Je descends à grand-peine jusqu'à l'armoire à pharmacie. J'avale un comprimé de Doliprane.

Deux heures plus tard, j'en reprends un. Je ne peux rien faire que pleurer. La douleur ne me lâche pas.

Le jour se lève. Mon paquet de Doliprane est fini, j'en ai pris beaucoup trop. Je téléphone aux renseignements. « Que dois-je faire pour appeler une ambulance ? »

Ils peuvent m'en envoyer une. On me transporte à l'Hôpital central du Kremlin. J'ai une pyélonéphrite. Je frissonne. Ça s'appelle une infection. J'ai trente-neuf six de fièvre. La fièvre se maintiendra pendant quatre jours. Je souffre tellement que je n'hésiterais pas une seconde à me couper une jambe de mes propres mains si cela pouvait me soulager.

On me propose de m'enlever un rein. J'entends la voix du médecin : « Sinon, nous allons perdre la petite. » Ils me donnent quarante minutes. Si ça ne va pas mieux, on m'opère.

Au bout de quarante minutes, la fièvre retombe. Je m'endors d'un sommeil réparateur, libérateur.

Jeudi, je commence à me sentir mieux. Ma mère, qui est restée auprès de moi tout ce temps, peut repartir chez elle. Vendredi, je réclame télévision et téléphone.

Longtemps, personne ne répond au bureau. Ils auraient mieux fait de ne pas répondre du tout. André est parti. On dit qu'il est allé chez Wimm-Bill-Dann.

Je ne saurai jamais quelle était la mauvaise nouvelle qu'il n'a pas eu le temps de m'annoncer : probablement que l'usine de lait de Lioubertsy, avec laquelle nous travaillions, avait été fermée par une commission sanitaire.

« C'est à cause de votre lactosérum ! hurle le directeur au téléphone. Il y a des gens que ça dérange !

— Vous avez un fax ? me demande le comptable. Je vous envoie les chiffres. Nous perdons des sommes énormes ! »

Je regarde autour de moi. Il y a un lit, une table de chevet et dessus, une télé. Pas de fax.

« Je voudrais sortir, dis-je au docteur faisant tout pour paraître en pleine forme.

— Pas de problème, répond-il, d'ici deux mois. Et pendant trois semaines, vous devez garder le lit. Vous revenez de loin, je vous le dis au cas où vous ne le sauriez pas. »

Je reste allongée une bonne semaine encore. La vie de l'hôpital bien réglée me remonte le moral. Le pire qui puisse arriver ici, c'est de voir un cafard dans les toilettes.

La journée commence et se termine par des prises de médicaments. Les malades accueillent les visiteurs avec joie, fouillent dans les sacs à provisions, téléphonent chez eux, assis dans le couloir dans des fauteuils en cuir confortables ; ils ne sont jamais pressés. J'ai une envie folle de sortir d'ici. J'ai l'impression que la vie me file entre les doigts.

Le comptable me téléphone chaque jour. Certains employés ne viennent plus. Je lui demande de ne plus m'appeler aussi souvent. Le chiffre des pertes s'est stabilisé et je peux le calculer moi-même.

Hélène me rend visite. Je lui propose une chaise, me rappelant combien il m'était pénible de rester debout devant le lit du chauffeur. Elle a rompu avec son fiancé.

« Je n'ai pas de chance. J'ai demandé à mon ex d'augmenter ma pension, avec l'euro tout est devenu beaucoup plus cher, et lui, il me dit qu'il a des difficultés en ce moment. (Elle soupire.) Lui, il a des difficultés, mais sa nana, elle, n'en a pas. (Véronique a vu le bijou de chez Van Cleef qu'il lui a offert à Noël.) Et à moi, il m'a offert un stylo de chez Bulgari. Que veux-tu que j'en fasse ? »

Je prends la défense de l'ex-mari d'Hélène : « Il t'a laissé la maison.

— Je ne souhaite de mal à personne, mais je voudrais qu'il essaie de vivre avec les deux mille dollars qu'il me donne, dit-elle d'un ton vindicatif. Salaud. Si j'étais un homme et lui une femme, je ne lui donnerais rien du tout. »

J'éclate de rire. « Même si c'était toi qui étais partie ?

— Bien sûr, dit-elle, convaincue. Il m'aurait bien pourri la vie avant que je ne le quitte, pas vrai ?

— Tu es injuste, dis-je dans un soupir.

— Je sais bien. Simplement, je n'ai pas assez d'argent pour vivre. »

Maman a amené Macha. Elle ne me quitte pas des yeux, elle est prête à rester ici avec moi.

« Tu as mal ? me demande-t-elle. (Ce qu'elle est touchante !)

— Non. Je dois juste rester couchée.

— Ta Philippine, se plaint ma mère, réclame des aliments qu'on trouve uniquement chez Stockmann.

— Apprends-lui à faire des raviolis. »

Je lui ai appris à préparer le borchtch à la crème. Elle a été malade pendant trois jours. Elles sont si fragiles…

Katia passe me voir aussi. Elle termine son traitement.

« Je dois faire des piqûres tous les jours ! Je n'en peux plus ! s'indigne-t-elle.

— Pourvu qu'il y ait des résultats, lui dis-je.

— Je ne peux pas rester longtemps, je vais au commissariat pour changer mon passeport. Tu sais, ces nouveaux passeports ?

— Ouais. J'ai une copine qui en a profité pour modifier sa date de naissance.

— C'est vrai ? » Les yeux de Katia se mettent à briller. « Je le ferais bien, moi aussi. Je me rajeunirais de cinq ans. Combien elle a donné pour ça ?

— Je ne sais pas. Donne cent dollars.

— Pour un truc pareil, je donnerais même deux cents ! »

Je suis en train de boire un bouillon léger, comme le veut mon régime. Le téléphone sonne. C'est la mère de mon chauffeur. Je mets du temps à reconnaître sa voix. D'abord, je n'entends que des sanglots, des hurlements, des râles : on dirait un agonisant à qui on a coupé l'oxygène. Un pressentiment du malheur s'installe dans mon corps, au niveau du pancréas, comme une tumeur maligne. Cette nuit, on a détruit leur voiture. Sa carcasse calcinée se trouve devant leur porte.

Le chauffeur a fait sa déposition vendredi. Le mandat d'arrêt a été signé le lundi suivant. Mais le Rat court toujours, il a quitté son domicile.

« On nous menace au téléphone ! sanglote-t-elle. Ils ont dit qu'ils me casseraient les doigts un à un, jusqu'à ce que nous retirions la déposition ! »

Elle finit par me communiquer son angoisse. Je me recroqueville dans mon lit, je me sens si désarmée que j'ai envie de me blottir sous ma couverture.

« Essaie de le convaincre ! sanglote-t-elle à l'autre bout du fil.

— Qui ? dis-je, effrayée : je ne vois vraiment pas comment je pourrais convaincre le Rat.

— Mon fils ! Il ne veut pas retirer son témoignage ! »

Ma chambre d'hôpital a beau être minuscule, tout d'un coup, j'y respire plus librement. Je ne suis plus seule. Loin d'ici, entouré de médicaments tout comme moi, il y a un homme qui pense comme moi. C'est mon chauffeur. Sans le savoir, il m'a soutenue au moment où j'en avais le plus besoin.

Je me rappelle la colère qu'il a piquée une fois au casino contre le gardien du parking qui a été grossier. Encore un peu, il l'aurait frappé. À l'époque, j'ai raconté cette histoire à mes amis en me moquant gentiment de lui. On parle ainsi d'un enfant qui veut trinquer avec les adultes alors qu'il n'a que de l'eau dans son verre.

À présent, je l'imagine serrer les poings, je vois son visage cramoisi, je l'entends dire à sa mère : « Non. Il ne m'aura pas. » Ou quelque chose de ce genre.

« Calmez-vous, dis-je dans le téléphone, et ne sortez pas de chez vous. Tant que vous restez là, vous êtes en sécurité. »

Je demande à parler à son fils.

« Allô, dit-il calmement.

— Voulez-vous que je renforce la garde ?

— Non. Ils ne viendront pas chez moi. Il y a un homme dans l'appartement et un sur le palier. Une fois par jour, quelqu'un passe vérifier si tout va bien. »

Je hoche la tête. Bien sûr, il ne peut pas le voir.

« Je trouverai une solution ! lui dis-je.

— Je sais », dit-il, et je crois le voir sourire.

Je me lève et me mets à marcher tout doucement, avec mille précautions. La peur de la douleur me plie en deux.

« Hé, vous allez où ? » m'interpelle grossièrement l'infirmière dans le couloir, tout étonnée.

On est en février. Je ne sais pas où sont mes vêtements.

Je m'adosse au mur et me laisse glisser à terre comme une goutte de confiture sur un bocal en verre. À ceci près que je ne laisse pas de traces. On me rattrape, des infirmières me conduisent à mon lit en me tenant sous les bras.

Le téléphone sonne. Chaque coup de fil me fait imaginer les pires horreurs. Des voitures qui flambent, la porte de l'ascenseur qui s'ouvre, des coups de feu. Le visage convulsionné d'une vieille femme à qui on casse les doigts. Pour faire cesser ce cauchemar, je décroche.

C'est ma comptable. Après maintes excuses, elle m'annonce que la banque a déjà envoyé deux lettres de rappel. Les prélèvements n'ont pas été honorés et ils vont m'envoyer les huissiers. Est-ce que je souhaite qu'elle m'apporte ces lettres ?

Non. Je la remercie poliment.

Ai-je d'autres questions ? Oui. « Le moral de l'équipe ?

— Tout le monde vous attend », dit-elle, évasive, et elle me demande si elle peut payer les employés.

— Naturellement. » J'avais complètement oublié que le sept de chaque mois je devais sortir les salaires, pour que les gens puissent nourrir leur famille et s'acheter des vêtements chauds. Et peut-être aussi un objet de luxe, par exemple une vraie poêle Tefal.

Il y a une chose qui m'inquiète : « Où en sont les non-salariés ? Ils n'ont pas travaillé. Payez-leur une avance sur les collaborations futures. »

Je la sens gênée.

« Ils sont presque tous partis. La production a stagné et ils ont besoin de gagner leur vie. Et puis, il n'y a plus de direction. André a dit en partant… »

Je l'interromps : « Peu importe ce qu'il a dit. Ne partez pas, vous, pour le moment, d'accord ? »

Elle me rassure, mais je ne la sens pas très optimiste.

J'ai l'impression que le monde m'a jetée à la poubelle.

Depuis ce lundi, je marche. C'est plutôt déconseillé. Je me tiens le dos en marchant. Pour quitter l'hôpital, je dois signer une décharge. Véronique vient me chercher.

« Tu as besoin d'un chauffeur », me dit-elle, et elle a raison.

Une de ses amies a ouvert une agence de gardes du corps femmes, *Nikita*. La plupart ont leur permis.

« Pourquoi faudrait-il que je prenne une femme ?

— Comme ça, ta voiture ne puera pas. Tu peux en embaucher une qui ne fume pas. »

Je réfléchis. Véronique appelle son amie et lui annonce qu'elle amène une cliente.

La patronne de *Nikita* a du chien. J'ai l'impression qu'elle est lesbienne. Elle m'explique son idée : « Tout le monde en a marre des chauffeurs idiots. Un type qui a du plomb dans la cervelle engage lui-même un chauffeur, mais une femme c'est autre chose. Elle a fait ses études, a élevé ses enfants, puis elle a divorcé et voilà qu'elle a déjà la trentaine ou presque. Elle est intelligente, mais qui peut l'apprécier ? Comment mettre en valeur ses capacités ? »

Je la rassure : mon chauffeur aura toute latitude pour manifester ses talents. On me montre des photos.

« D'habitude, nous ne le faisons pas », explique-t-elle en voyant mon air surpris. Il est vrai que leur charme ne réside pas du tout dans leur physique.

Je me laisse convaincre et engage une dénommée Alexandra. Pour une période d'essai.

« Achète-lui un tailleur de chez Gauthier, propose Véronique quand nous remontons dans la voiture. J'en ai vu un à Italmode : une chemise chiffonnée avec une cravate et un pantalon large. »

Je n'ai pas vu Véronique depuis qu'elle est rentrée de Courchevel. Elle me raconte ses vacances comme on raconte d'habitude un séjour à mille sept cents dollars la journée, sans compter le prix du téléphérique : d'un air un peu hautain, un peu condescendant, en jonglant avec des noms de stars et d'oligarques qui passent d'épisode en épisode comme les pâtes de la casserole à la passoire, de la passoire à l'assiette. Les péripéties extérieures varient légèrement, mais le contenu reste le même : réceptions, amours, fourrures, et cette vipère de Xénia (Marina, Natacha, peu importe) qui a toujours un look splendide...

Alexandra apparaît chez moi le lendemain matin. Je la regarde avec curiosité : cheveux courts, gestes brusques et une étrange habitude de faire claquer ses talons comme les officiers blancs dans les vieux films soviétiques. Autrefois, elle travaillait dans la police. Elle avait le grade de sergent.

« Tu as ton permis de port d'arme ?

— Oui. Sauf pour le pistolet-mitrailleur, naturellement. »

Nous nous approchons du commissariat.

« Si je ne suis pas de retour dans une demi-heure, appelle-moi. Si je ne réponds pas, compose ce numéro, demande Vadim et dis-lui que j'ai été retenue au poste. »

Je leur fais encore moins confiance qu'à Oleg, autrefois.

En regardant le visage concentré d'Alexandra, je pense à son CV d'où il ressort qu'elle n'a jamais eu ni élevé d'enfants, jamais divorcé.

« Vous avez une petite mine, me dit le juge d'instruction, celui qui, il y a six mois, ne comprenait pas pourquoi je voulais savoir si mon mari était mort sur le coup.

— Je sors de l'hôpital. »

Je ne sais pas du tout pourquoi je lui explique ça.

L'autre, celui que Vadim a désigné comme étant le « nôtre », entre dans le bureau. Je me tourne vers lui. « L'assassin menace mon chauffeur. Nous avons payé des gardes du corps. Mais on continue de les harceler au téléphone.

— On ne va pas mettre leur téléphone sur écoute. Des idiots qui appelleraient de chez eux, ça n'existe plus. Tout le monde regarde la télé. »

De l'eau coule du plafond. « Notre » juge d'instruction prend la bassine installée par terre à l'endroit de la fuite et sort la vider dans le couloir. J'attends qu'il revienne.

« Votre Vladimir le Rat a quitté son domicile. Nous avons fait circuler les avis de recherche. Il ne reste plus qu'à attendre, il va bien se manifester. »

Il met la bouilloire sur le feu. À cause de cette atmosphère maison, le Rat et les doigts cassés me paraissent irréels et invraisemblables, du moins tout cela est très loin, je n'arrive même plus à penser au danger.

« Mais ce qui peut arriver aussi, dit "notre" juge d'instruction avec un geste de renoncement, c'est que nous le trouvions, et que le témoin craque juste avant le jugement. Ou en pleine audience. Et nous serons de nouveau dans la m… »

Il me regarde en se demandant sans doute si on peut se permettre un gros mot devant moi. Je suis de leur côté, bien sûr, pourtant je suis contente de lui entendre dire ce

« de nouveau ». Ça doit leur arriver souvent, me dis-je avec une joie mauvaise. Je l'interromps : « Il ne faut pas que ça vous empêche d'arrêter le Rat. »

Ce sentiment doit être une peur atavique, un relent de l'époque soviétique : la police descend en droite ligne du KGB. Si ces enquêteurs se retrouvent si souvent dans la m…, eh bien, le jour où ils voudront me coller une affaire à moi, ils s'y retrouveront aussi.

« Comment voulez-vous qu'on rétablisse l'ordre dans ce pays ? » dis-je avec les intonations d'un Pozner dans l'émission populaire « Notre temps ».

Dans la voiture, je glisse au bord du sommeil. Je demande à Alexandra de me conduire chez moi : on doit venir me faire une piqûre.

Galia est restée sans travail. Après la pyélonéphrite, je n'ai droit ni au sauna ni au massage. Je lui donne un congé et la laisse repartir chez elle en lui faisant promettre qu'elle reviendra dans un mois. Son départ me semble une véritable catastrophe, mais trois jours plus tard, je ne pense plus du tout à elle.

« Loin des yeux, loin du cœur » : ces adages stupides me trottent tout le temps dans la tête. Tiens, comment va Londres, ce serait bien de le savoir ? C'est-à-dire, Vanetchka ?

Les mains dans les poches, Alexandra casse avec le pied des blocs de neige qui se sont accumulés devant ma porte. Assise dans ma voiture, je l'observe à travers le pare-brise. D'après le mouvement de ses lèvres, elle est en train de jurer. Non pas parce qu'elle en veut à cette neige, mais parce que ça fait partie de l'image qu'elle veut donner d'elle. Un garçon manqué. « Il faut que je lui parle », me dis-je en cherchant des arguments pour la convaincre en fin de compte d'être plus féminine. « Si j'avais voulu engager un homme, je ne t'aurais pas prise toi. (J'avais l'intention de commencer par ça.) Les hommes, quand ils ont besoin d'une femme, recherchent aussi un être tout à fait différent d'eux, délicat, élégant, en un mot, féminin ! »

J'attends qu'elle jette son mégot et qu'elle monte dans la voiture. Une odeur de tabac bon marché me prend à la gorge. Je lui demande :

« Quelle est ton orientation sexuelle ? »

Cela me semblait une bonne entrée en matière et je m'apprête à entamer la deuxième phase de mon monologue lorsque le sens de sa réponse me parvient.

« Fifty-fifty », avoue-t-elle.

Je me sens carrément désarçonnée. Elle me regarde dans le rétroviseur en attendant la suite.

Heureusement, mon téléphone sonne. Je réponds à ma comptable que je serai au bureau dans une demi-heure.

« Pourrait-on récupérer tout ce qu'on nous doit pour payer une tranche à la banque ? » Je suis assise à mon bureau. À présent que la moitié des employés a fichu le camp et que l'autre moitié me scrute d'un air compatissant, le décor me semble un peu trop luxueux, trop voyant. Comme si j'avais mis une combinaison de ski de chez Chanel alors que je ne sais pas skier. Cela m'est arrivé une fois. J'étais persuadée que vingt minutes me suffiraient pour apprendre.

« Voici les comptes. Nous avons rassemblé tout l'argent qu'on nous devait. Hier, j'ai payé les impôts : nous sommes en février. »

Tout va s'arranger. Je m'apprête à mettre sur pied rapidement une entreprise de livraison. Au moment où André a fui, tout était déjà prêt. Le bénéfice ne sera pas astronomique, mais suffira à rembourser les dettes et payer les salaires. Je cherche sur mon bureau les contrats signés avec des entrepôts. Je demande à la secrétaire de ne pas me passer les appels. J'ai décidé de ne rentrer chez moi qu'une fois le problème résolu. Mais d'abord, je dois passer un coup de fil.

Depuis un certain temps, je me sens responsable de la famille de mon chauffeur. Je m'inquiète sincèrement pour lui, demande s'il a pris ses médicaments. Je veux qu'il guérisse. Il décroche lui-même et me fait son rapport comme sur un champ de bataille. À la fin, il ajoute : « On ne voulait pas vous inquiéter. On vous croyait toujours à l'hôpital. »

Je lui fais promettre qu'il m'informera dorénavant de tout ce qui lui arrive.

Je raccroche et fais le numéro du directeur de l'agence de sécurité. Je me retiens comme je peux, mais à la fin je me mets à hurler. Cela m'est bien plus facile que d'imaginer ce qui s'est passé dans l'appartement du chauffeur.

« On a brûlé leur porte ! Tu m'avais dit que tes gars étaient bien ! Des gardes du corps, ça ? Le dernier des idiots peut les assommer ! Je te rappelle qu'il s'agit d'un homme malade et d'une vieille femme ! »

Il se justifie mollement. Le garde du corps a en effet été assommé par un homme qui montait l'escalier avec un chien. Croyant que c'était un voisin, il l'a laissé s'approcher. L'homme a mis le feu à la porte de l'appartement. Selon les instructions, le second homme n'avait pas le droit de sortir pour éteindre le feu. Il est resté à l'intérieur pour protéger ses clients. Il a fait venir des hommes armés par téléphone. Les voisins ont appelé les pompiers.

« C'est de l'intimidation, me dit-il. Personne n'a été blessé ? Je vais renforcer la garde : deux hommes de plus, à mes frais. D'accord ? Pendant deux jours.

— Trois, dis-je. Et tu répares les dégâts.

— Ça, non. D'autant plus qu'un de mes hommes a une commotion cérébrale. »

La secrétaire passe me voir. Elle bredouille d'un air effrayé quelque chose comme : « Vous allez bien ? » Je la congédie d'un geste. « Je vais très, très mal. »

Vadim dit la même chose.

« Ce fumier cherche à les intimider.

— Appelle la police ! Ils peuvent bien faire quelque chose ! On doit pouvoir localiser ce type, il sort, il mange, il vit ! »

Il appelle. On lui promet d'envoyer des avis de recherche dans toutes les gares et les aéroports. Une souris ne pourrait s'échapper, disent-ils. Je me rappelle la bassine par terre : sans doute, l'eau coule-t-elle toujours du plafond, avec le même « ploc ! ploc ! » monotone. Je demande à Vadim :

« D'après toi, je suis en danger ?

— Je ne crois pas. Mais si tu veux, je t'envoie des gardes. »

Je soupire.

« En fait, j'en ai déjà un. Une jeune femme. Mais elle n'a pas d'arme.

— Une jeune femme ? (Vadim glousse.) Achète-lui un pistolet d'autodéfense. À quelques mètres, ça vous explose un homme. Mais il faut un permis, comme pour un revolver à gaz.

— Elle en a un. »

Je regarde les contrats avec les entrepôts. J'ai envie de me transformer en Scarlett O'Hara pour avoir le droit de remettre ça à demain. À la fin de la journée, j'ai l'impression d'être transformée en punching-ball. Affalée sur la banquette arrière de ma voiture, je fume du haschisch. Alexandra ne bronche pas, c'est comme si je mangeais une pomme.

« Où allons-nous ? demande-t-elle avec entrain.

— À *La Galerie*. C'est au coin du boulevard de la Passion et de la rue Troubnaïa. »

J'ai besoin de voir des gens dont les maisons ne sont pas hypothéquées et dont personne ne cherche à tuer le chauffeur, à part peut-être eux.

J'aperçois Hélène. Moscou est une ville immense, mais nous gravitons dans un cercle vicieux.

« Mon homme est parti en mission, dit-elle dans un souffle, mais assez fort pour que tout le monde puisse l'entendre. Alors, je fais la fête !

— Ton homme ? » dis-je d'un air étonné.

En fait, ils se sont installés ensemble. Quand elle l'a quitté, lui a quitté sa femme. Il s'est passé bien des choses pendant que j'étais à l'hôpital.

Je lui propose de fumer un pétard. Nous montons dans ma voiture pour quelques bouffées. Alexandra sort pendant ce temps : elle a du tact.

« Qui est-ce ? demande Hélène.

— Mon chauffeur.

— C'est classe. »

Katia, Olessia et Kira avec son caniche nous attendent à table. Kira a teint sa chienne en mauve parce qu'elle voulait mettre une robe de la même couleur. Mais elle avait donné la robe à nettoyer. Du coup, sa tenue n'est pas assortie aux poils de Blondie.

« Il ne faut pas les teindre trop souvent, c'est mauvais pour leur santé », explique Kira.

Hélène et moi, nous lui disons combien nous regrettons cet incident. Nous continuons à nous lamenter alors que les filles parlent déjà d'autre chose.

« Vous avez fumé ? » demande Katia.

Toutes les trois, nous allons aux toilettes et, après avoir abondamment parfumé l'air avec trois flacons de parfum, nous prenons encore une taffe chacune.

Olessia monopolise l'attention de Kira.

« Mon gynécologue me dit : si tu veux, je te refais ta virginité, tu seras comme une gamine. Bon, je n'ai pas voulu qu'il le fasse complètement.

— Bien sûr, dit Hélène avec un grand sourire, tu n'es pas idiote.

— Mais un peu, oui. Vous ne me croirez pas, j'avais l'impression d'être une collégienne. Seulement mon salaud est rentré très tard. Je ne lui ai rien dit, histoire de lui faire une surprise. Avoir des sensations nouvelles. Sauf qu'il est arrivé ivre ! Nous nous sommes mis au lit et, vous savez quoi ? (Elle prend un air tragique.)

— Quoi ? demandons-nous en chœur.

— Il était tellement saoul qu'il a cru avoir défloré une jeune fille. Il m'a prise dans ses bras et m'a demandé pardon. Puis, m'a promis des cadeaux avant de s'endormir. »

Nous rions tellement que je finis par en avoir mal au ventre ; j'étouffe, mais nous ne pouvons plus nous arrêter.

« Ce n'est pas drôle ! dit Olessia.

— C'est sûr », dis-je en bégayant.

Le serveur apparaît. Nous cachons nos visages rieurs dans la carte et faisons des signes pour qu'il approche.

« On n'a pas encore choisi ! dit Hélène, pliée en deux.

— Si, si, apportez-moi des rouleaux de printemps, commande Olessia d'un air hautain, comme si elle n'était pas avec nous.

— Pour nous aussi », dit Kira en parlant d'elle et de Blondie.

Un peu calmée, je commande une choucroute pour deux. Je n'ai pas droit au vin pendant au moins un mois.

Nous fumons un autre joint et partons au *First*. L'ex de Katia est en train de danser au milieu de la salle, entouré de ses gardes du corps. Ces derniers dansent aussi, sans même faire semblant de s'amuser.

« Il faut que je fume un coup », dit Katia, et nous nous dirigeons vers les toilettes, cette fois-ci avec Kira et Blondie.

Dans la cabine, je demande à Katia : « Ça ne te stresse pas qu'il soit là ?

— Si tu veux, on peut aller au *Cabaret*, propose Hélène.

— Je déteste le *Cabaret*, dit Kira.

— Non, ça ne me gêne pas. »

Katia avale la fumée et la garde longtemps dans les poumons.

« Peut-être qu'il ne nous verra pas, dit Kira en prenant le joint des mains de Katia.

— N'espère pas, dit Hélène. Il voit toujours tout. C'est son travail.

— Joli travail, danser. »

Je tire la chasse : une manœuvre de diversion.

« Tu es comme ma mère. Elle travaille jusqu'à six heures et si on lui demande de rester vingt minutes de plus, elle s'indigne pendant trois jours. Tandis que lui, il travaillait vingt-quatre heures sur vingt-quatre. Mais si en rentrant il se plaignait d'être fatigué, elle lui disait toujours : "Enfin, vous n'avez pas transporté des pierres, tout de même !"

— Tiens, tu le défends toujours, fait remarquer Kira.

— Je propose qu'on le prenne en pitié, ajoute Hélène.

— Faisons-lui un cadeau, dis-je.

— Donnons-lui de l'argent, tout simplement », renchérit Katia.

Nous sortons des toilettes à la queue leu leu, l'air de rien. Deux filles échangent un clin d'œil en nous voyant.

Des connaissances à nous sont en train de boire du champagne à une table en demi-lune. L'un des hommes commence à faire la cour à Kira. Il l'appelle Colombine. Nous accueillons chacune de ses paroles avec un éclat de rire qui parfois recouvre la musique. Lorsqu'il prononce « Colombine » pour la dixième fois, tandis que Blondie, il l'appelle Artemon, je sors de la salle en tirant Katia par la main. Nous nous enfermons de nouveau dans les toilettes pour fumer notre joint et je téléphone à Alexandra. « Je peux t'appeler Alex ? » La musique est à fond. Elle est d'accord. Je lui demande de prendre dans ma boîte à gants une bombe de cirage noir Salamandre et de nous l'apporter.

En revenant, nous demandons à Kira la permission de caresser sa chienne. Elle nous passe Blondie et va danser avec son soupirant. Blondie se débat, elle ne veut pas se faire teindre avec du cirage Salamandre. Mais nous sommes fermement décidées à la transformer en Artemon.

Lorsqu'elle réussit à se libérer, il ne lui reste de mauve que sa patte gauche. Elle court vers les danseurs. Nous essayons de la rattraper en faisant tomber les flûtes et en renversant du champagne sur nos vêtements. Elle saute par terre. Je hurle : « Attrape-la ! » en bousculant tout le monde sur mon passage.

« Attrape la chienne ! » s'égosille Katia dans le feu de la poursuite.

C'est l'oligarque de Katia qui finit par l'attraper.

« Artemon ! dis-je avec un sourire joyeux.

— Blondie ? s'écrie Kira, effrayée.

— Salut », dit Katia en regardant les mains sales de l'oligarque.

Nous passons à sa table pour boire du champagne et j'oublie que je dois suivre un régime.

« Géniale, ta coupe. » Il touche la tête de Katia. Elle ne dit rien pour qu'il ne découvre pas la raison de nos incursions fréquentes aux toilettes.

Il essaie de lui parler. Elle ne répond pas. Ça dure jusqu'à minuit.

Il la fait raccompagner par ses gardes du corps. Olessia, Kira et Artimon sont déjà parties.

Je monte dans la voiture d'Hélène ; nous suivons Alexandra, qui conduit la mienne. Devant le poste sur le périphérique, je l'appelle : « Quand tu verras des agents, commence à zigzaguer. Hélène a un peu bu. »

Avant d'arriver au poste, elle se met à slalomer ; les agents se précipitent vers elle comme des oiseaux de proie en sifflant et en agitant leurs matraques.

« Qu'est-ce que je dois faire ? demande Hélène en observant toute cette agitation.

— Avance tranquillement. Tu n'as rien à craindre. »

Du côté de Barvikha, Hélène et moi, nous nous disons au revoir et je remonte dans ma voiture. « Je t'appellerai Alex, ne l'oublie pas. »

20

“Regarde cette idiote. […] Sa robe vient de l’avant-dernière collection de Vivienne Westwood.”

Allongée dans mon lit, je réfléchis : le deux-pièces dans lequel j’ai grandi n’était pas plus grand que ma chambre à coucher actuelle. Il faisait trente mètres carrés. Cuisine et salle d’eau comprises. J’imagine des cloisons, aménage un débarras et un dressing (je ne me rappelle plus s’il y en avait un) et obtiens une jolie maison de Barbie. J’y installe deux enfants (mon frère et moi), papa et maman. C’est plutôt chouette pour les enfants. Puis je me mets à la place de maman – le ménage est vite fait –, ensuite de papa – et je file à un match de foot. Mes capacités d’imagination ne s’arrêtent pas là : j’essaie de me mettre dans la peau d’un chien qui habiterait cette maison de Barbie, deux pièces, cuisine, salle d’eau, le tout logeant dans ma chambre à coucher. Je n’y arrive pas. Pas plus qu’avec un chat. Fumer du haschisch inhibe l’imaginaire.

Je descends. Tout est impeccable, le thé est servi dans la salle à manger.

« Tu veux déjeuner ? » me demande gentiment Alex. Elle feuillette un magazine, assise sur le canapé.

Je m'informe : « Tu as vu la Philippine ? »

Elle fait « oui » de la tête. Il n'y a que pour moi que ma femme de ménage reste invisible.

Je déjeune dans un silence complet, puis Alex me conduit au travail. L'entorse au régime que je me suis permise hier ne m'a pas rendue malade, j'en conclus donc que je suis parfaitement guérie. Mais par précaution, j'avale une double dose de médicaments.

Rien ne va. Mon idée de créer une entreprise de livraison s'écroule comme un château de cartes. Les entrepôts avec lesquels je voudrais travailler ont trouvé d'autres partenaires depuis longtemps. Les magasins ont rompu leur contrat.

Je suis comme une petite fille qui a voulu mettre du rouge à lèvres et qui s'est salie partout. Je me balance dans mon fauteuil tendu de velours. Je me sens moi-même aussi molle qu'un fauteuil. Mon cerveau est recroquevillé dans ma boîte crânienne. J'ai l'impression qu'il dort. Tout mon corps, depuis mon cerveau atrophié et jusqu'aux ongles vernis de mes orteils, est plongé dans une sorte de prostration.

La journée de travail est terminée depuis longtemps, je reste seule dans mon bureau. Comme les exhibitionnistes jouissent de leur nudité, moi je jouis de mon mal-être. Ce n'est pas bien, mais c'est agréable. J'ai l'impression de dormir les yeux ouverts. J'ai peur de bouger, car il suffit d'un petit geste pour chasser cet engourdissement. Je voudrais que cette journée passe. Demain tout s'arrangera, me dis-je.

On frappe à la porte. J'ai encore oublié Alex. Elle m'apporte mon téléphone : c'est le chauffeur. Et elle allume la lumière.

Sa mère a une crise d'hypertension. Il faut l'hospitaliser. Ils n'ont rien pour l'emmener, la voiture a brûlé. Pourrais-je leur envoyer quelqu'un ? Non. C'est trop dangereux. Elle doit rester à la maison.

« Ça, il faut que tu comprennes, dis-je à cet homme malade et terrorisé, votre appartement est peut-être surveillé. Nous ne pouvons pas prendre ce risque. Je vous envoie un médecin. Il restera auprès d'elle tant que cela sera nécessaire. »

Il se tait. J'aurais préféré qu'il hurle et qu'il m'insulte, moi, le Rat, nous tous.

Il se tait. J'ai envie d'être à ses côtés, de le soutenir dans sa lutte épuisante pour une existence tranquille, humaine. Ou, peut-être, voudrais-je que lui me soutienne ?

Je téléphone à mon médecin. Il me promet de faire tout son possible. Pendant tout ce temps, Alex reste dans mon cabinet. Pauvre gamine, me dis-je. En deux jours de travail, elle m'a vu fumer du haschisch, a dû zigzaguer devant un poste de police, et voilà maintenant cette vieille femme malade qu'on peut tuer à tout moment et moi qui me balance dans mon fauteuil pendant des heures.

Je lui demande : « Tu as mangé quelque chose ?

— Oui, avec tout le monde. » Elle fait un signe en direction de la réception.

« Attends-moi. On va rentrer. »

Je décide d'aller voir Véronique. Je me mettrai, jambes repliées, dans son fauteuil, dans son bureau sombre aux rideaux tirés, et je m'isolerai du monde. Peut-être même qu'on pourra pleurer un coup ensemble. Soudain, Igor surgit dans mon esprit tel un lapin dans les appareils de jeu, quand on a gagné la partie. Il doit être déjà rentré.

Il vaut mieux que j'aille chez Hélène. Je me mettrai devant sa cheminée et je regarderai la danse folle des flammes en sirotant du vin rouge dans un verre immense. On passera en revue tous les types et on les trouvera minables. Comme la vie, d'ailleurs. Il n'y a que ce feu et ce vin qui ont un sens.

À son « allô », je comprends qu'elle n'est pas seule. Mais oui, elle vit une histoire d'amour. Comme c'est inconfortable quand un homme apparaît soudain dans la vie d'une amie. Si je vais chez elle, je me sentirai comme un acteur qui entre en scène sans avoir lu la pièce.

Je raccroche sans avoir dit un mot. La perspective de m'enfouir dans les coussins moelleux du Provazi de Katia devant la télé me paraît plus réjouissante. Son esprit lucide réduira tous mes malheurs à une équation. Une multiplication, une division, une racine carrée, un pourcentage : elle retombera sur le nombre Pi et me persuadera que tout est résolu.

Elle s'apprête à partir pour une soirée au *Don-Stroï* avec son oligarque. « Il ne m'a laissé qu'une heure et demie pour me préparer ! s'indigne-t-elle, et sa voix tremble d'excitation. Qu'est-ce qu'il me veut, d'après toi ?

— Il veut de l'amour. Les généraux, une fois qu'ils ont conquis toutes les terres possibles et imaginables, rentrent chez eux. »

Je lui épargne ma réflexion sur les causes de tout ça : une totale absence de principes. Plus la personne est riche, plus sa position dans la société est élevée, et plus elle s'autorise de choses. Rares sont ceux qui trouvent en eux une colonne vertébrale qui les aide à éviter ces écarts. Et qui la gardent toute leur vie. Généralement, ce point d'appui, c'est la famille. La maison, la femme, les enfants, le chien. L'ordinateur, la belle-mère, la chaîne sportive à la télé.

Je me sens abandonnée. Comme si les chemins de l'humanité entière menaient vers le sud et le mien vers le nord. Ou l'inverse. Je ne comprends pas pourquoi cela m'est arrivé à moi.

« Parce que tu es forte, m'explique Vanetchka, que j'ai appelé à Londres. Chez nous, on t'aurait nommée premier ministre. »

Ce n'est pas la première fois que j'entends ça. Les autres, on les plaint et moi, on me dit : « Tu es forte. » Les autres boivent du vin blanc agrémenté de déclarations d'amour, moi je dois sauver la peau de mon chauffeur et de sa mère. Et leur faire retrouver une existence normale. Mes amies vivent de belles histoires d'amour et moi, je mijote un nouveau meurtre. Une vraie tueuse en série.

Le téléphone d'Oleg est sur répondeur. Je lui demande de me rappeler d'urgence.

Je n'ai pas envie de rentrer. Dans le silence nocturne, la décision que j'ai prise ne me laissera pas dormir, je passerai la nuit à faire les cent pas.

Alex est ravie de changer de programme. Elle roule avec beaucoup de précaution à travers la ville nocturne en tournant sans arrêt le bouton de la radio. Chaque fois qu'une chanson me plaît, elle passe à une autre. Je ne dis rien, surmontant mon agacement à grand-peine.

L'entreprise *Don-Stroï* donne une de ses grandes soirées. Ils doivent investir autant dans les cocktails que dans l'achat de matériaux de construction.

Je n'ai pas de carton d'invitation : je demande à Katia de venir me chercher. Nous voilà assises à table avec son oligarque et des amis à lui dont chacun a déjà travaillé pour lui ou rêve de travailler pour lui. De temps en temps, quelqu'un vient le saluer. Les filles assises à d'autres tables nous regardent, envieuses. Nous baignons dans la lumière de sa gloire.

J'entends murmurer derrière moi : « Tu as cherché à me joindre ? » C'est Oleg. Il a serré la main à tous les hommes à notre table, l'air très digne, et il a complimenté Katia pour sa coupe de cheveux.

« Je ne m'attendais pas à te voir ici », lui dis-je en toute sincérité lorsque nous nous retrouvons tous les deux au fond de la salle.

Il hausse les épaules. « Moi, par contre, j'étais sûr de te trouver ici. »

C'est mon tour de hausser les épaules. Avec dédain. « Je veux tuer Vladimir le Rat », lui dis-je.

Nos épaules se mettent à bouger aussi souvent que si nous dansions une danse folklorique juive, par exemple Hava Naguila.

Les siennes expriment l'indifférence.

J'insiste : « Tu m'aideras ?

— Je ne peux pas. (Il secoue la tête : il ne reviendra pas sur sa décision. Je lis dans ses yeux un regret sincère.) En ce moment, je ne peux pas prendre le risque d'être impliqué dans cette affaire.

— Pourquoi ? »

Un haussement d'épaules mystérieux. « Parce que. (Une pause.) C'est urgent ?

— Très. » Je réponds comme à la poste, en envoyant un télégramme.

« Je ne peux pas. »

L'avis de saisie du bien immobilier pour non-paiement des traites est déjà arrivé sur le bureau de l'huissier. On m'apporte une mise en demeure. Je dois signer. Apparemment, je n'ai plus qu'à faire mes malles.

Ma maison, qui coûte trois millions et demi de dollars, sera saisie pour couvrir une dette de cent vingt mille. C'est d'une incroyable stupidité.

Je dois appeler Vadim pour lui emprunter cet argent. Mais comment le rendrai-je ? Et s'il refuse ? Me remettrai-je d'une humiliation pareille ?

Je pense à mon directeur commercial, André. Un insecte que je n'ai pas écrasé à temps parce que j'avais la flemme de bouger le pied. À présent, ses larves dévorent mon potager. Je ne lui en veux même pas, j'éprouve une sorte de mépris indifférent.

Bien sûr, Igor, le mari de Véronique, pourrait me prêter cette somme. Je m'imagine aller chez lui : il me regardera d'un air moqueur, les pieds sur la table. Mieux vaut vendre la maison.

Il y a aussi l'oligarque de Katia. On doit lui adresser ce genre de demandes plusieurs fois par jour.

Il y a Vanetchka qui, en vertu de sa mentalité anglaise, ne conçoit même pas qu'on puisse prêter une somme pareille !

Il y a mes diamants. Mais à qui les vendre ?

Emprunter, c'est reconnaître mon échec. La trahison d'André, c'est un échec aussi. Je n'aurais pas dû laisser une seule personne tout gérer.

Je marche de pièce en pièce, ma Philippine s'obstine à rester invisible.

Si Serge était en vie ! Je suis fatiguée de devoir prendre des décisions ! Avec lui, je pouvais faire l'autruche, enfouir la tête dans le sable. Il aurait trouvé une solution. Si Serge était en vie, à l'heure qu'il est, il serait en train de bercer son fils, tout en regardant Svetlana avec affection et reconnaissance. Peut-être qu'il l'aimait pour de vrai ?

À peine suis-je habillée que la Philippine apparaît sur le pas de la porte pour dire « Au revoir » ; elle arbore un sourire poli. Avec sa robe et son long tablier de chez *Majordome*, elle ressemble aux héroïnes des films mexicains.

Je n'ai pas prévenu Svetlana de ma venue. Je me dis que j'aurais dû acheter un jouet au bébé, mais c'est trop tard. Svetlana est toute dépenaillée. Je doute qu'elle ait fait sa toilette aujourd'hui. Le bébé hurle à tue-tête dans le berceau de Macha.

« Tu peux rester avec Serge quelques heures ? » Elle me regarde d'un air suppliant.

« Que se passe-t-il ? » Cette perspective me fait un peu peur.

« Il a un petit rhume, je ne dois pas le sortir. » Elle est au bord des larmes.

Je me demande pourquoi elle n'essaie pas de calmer le petit. J'essaie de comprendre. « Tu dois faire une course ?

— Non. (Elle éclate en sanglots.) Je n'en peux plus ! Je suis enfermée entre quatre murs ! (Elle regarde autour d'elle d'un air traqué.)

— Calme le bébé.

— Non ! (Svetlana hurle : elle se jette sur le lit défait et se met à frapper les coussins.) Qu'il hurle ! Cela m'est égal ! Il hurle vingt-quatre heures sur vingt-quatre ! »

Je sors le petit de son berceau avec maintes précautions. J'ai la sensation de tenir une poupée, une parfaite imitation de nouveau-né. « Allez, bébé, je marmonne, tandis que mes mains cherchent les gestes oubliés, calme-toi, tout va bien. » Je tourne dans la pièce. Le bébé finit par se taire. Il pose sa tête sur mon épaule en toute confiance. « Regarde, maman a un coup de cafard. Elle est si jolie, ta maman ! Prépare-toi ! dis-je à Svetlana.

— Pour aller où ? » me demande-t-elle à travers les larmes. Sa couverture a glissé à terre, ses cheveux sont emmêlés, ses yeux sont enflés. Elle offre un triste spectacle.

« On va voir papi et mamie », dis-je à ma propre surprise.

Svetlana pousse un petit cri et me regarde d'un air incrédule.

Je l'encourage : « Allez, allez ! Seulement, rafistole-toi un peu. »

Ça lui prend une demi-heure. Une fois que nous sommes installées sur la banquette arrière avec le petit Serge dans son couffin, je lui demande : « Ta mère n'était pas censée t'aider ?

— Elle est chez mon frère. Elle fait de l'hypertension à cause des cris. »

À chaque instant, elle tente d'arranger quelque chose dans le couffin du bébé. J'ai envie de lui dire : « Ne t'inquiète pas. Il leur plaira. » Mais je me tais.

C'est ma belle-mère qui ouvre la porte. En me voyant, elle lève les bras, heureuse.

« Comment allez-vous ? je lui demande affectueusement.

— Hé ! (Elle fait un geste de renoncement. Je vois une larme briller au coin de son œil, mais elle se détourne aussitôt.) Et quel est donc ce joli bébé ? »

Tandis que Svetlana défait l'accoutrement de Serge, j'entraîne ma belle-mère dans la cuisine. Son mari est là, en train de regarder la télé. Il se précipite vers moi : « Quelle surprise ! »

Je ferme la porte derrière moi. Ma belle-mère me regarde, perplexe. J'ai l'impression que, toute ma vie, j'ai vécu pour cet instant, pour leur dire qu'ils ont leur petit Serge et mourir.

« C'est votre petit-fils. Il s'appelle Serge. »

Je ne suis pas sûre que j'arrive à sourire.

Le père de Serge embrasse le petit et Svetlana à tour de rôle. Sa mère s'assied sur le canapé près de moi, elle me tient par la main et des larmes de bonheur coulent sur son visage.

« Ho-ho-ho ! crie le grand-père en lançant son petit-fils au plafond.

— Merci », me dit ma belle-mère en me caressant la tête.

Je finis par sourire quand même.

Ils ont beaucoup de questions à poser à Svetlana. Je pars, en prétextant une affaire urgente.

Hélène parle au téléphone. Elle m'ouvre la porte sans interrompre sa conversation.

« Des échecs, un astrologue une fois par semaine, un esthéticien tous les mardis, la danse le jeudi, l'initiation à la cuisine brésilienne le mercredi. Le samedi, une soirée littéraire, tout le monde réciterait des poèmes… Puis, la gym… »

Je l'interroge en passant dans le salon : « Une école maternelle ? »

« Bon, je te rappellerai, poursuit mon amie, mais réfléchis en attendant. Ils boiraient du thé en papotant. C'est la variante mondaine du banc devant l'immeuble. Sur la base d'un abonnement annuel. À bientôt... »

Elle se tourne vers moi et prononce d'une traite : « Katia file le parfait amour avec son oligarque, mais sa mère ne le supporte pas trop. Je lui ai proposé d'organiser un club pour les parents. Il suffirait qu'on se cotise entre nous. Ma mère n'a rien à faire non plus. Elles s'y réuniront et elles penseront un peu moins à nous.

— Super ! (Je me dis que ma mère le fréquenterait aussi.) Vraiment, Katia file le parfait amour ?

— Oui, elle déménage chez lui. »

À en juger d'après les affaires d'homme répandues un peu partout, quelqu'un vient de s'installer chez Hélène aussi. Elle intercepte mon regard. « Nous pensons nous marier, déclare-t-elle d'un air solennel.

— Super ! » dis-je. Si je lui raconte que ma maison sera vendue aux enchères, elle me prendra en pitié. Je me sentirais mieux. Peut-être même que nous pourrons pleurer ensemble. Mais cela veut dire que Katia l'apprendra. Elle en parlera à Kira, qui le dira à Olessia. Demain, tout le village le saura. Chaque fois que je sortirai, je ne pourrai m'empêcher de penser qu'on me regarde en me plaignant : la malheureuse businesswoman !

Je préfère me taire. Je choisis un CD : Pink.

« Nous devrons construire une maison ! Il n'a plus rien, il a tout laissé à son ex. Un vrai requin, cette bonne femme ! Heureusement qu'elle n'a pas pris la voiture.

— Il t'a déjà demandée en mariage ?

— Non, mais il m'a demandé ce que j'en pensais.

— Et toi ?

— J'ai dit que je réfléchirai. Imagine, il ne déjeune pas le matin ! J'ai une sacrée veine. »

Elle fait quelques pas de danse félins au son de la musique. « Nous fêterons notre mariage à l'hôtel *Métropole.* Je voudrais lui offrir quelque chose d'extraordinaire ! Tu as une idée ?

— D'habitude, ce sont les hommes qui offrent...

— Et alors ? Moi aussi, je voudrais lui faire un cadeau. » Elle secoue la tête, têtue. « Tu sais, il veut que je renonce à la pension que me donne mon mari.

— Super !

— Qu'est-ce que tu as à dire "super" tout le temps ? »

Le téléphone sonne.

« Allô, dit Hélène d'une voix capricieuse. (Mais aussitôt, son intonation change, se fait protectrice.) À papa ? Et tu ne veux pas me dire bonjour d'abord ? (Dans les secondes qui suivent, elle cesse d'être aussi bienveillante.) Non mais, tant que tu ne me diras pas bonjour... (Elle se tourne vers moi.) Tu te rends compte, elle a raccroché. C'est sa fille. Elle a douze ans. »

Le téléphone sonne de nouveau.

« Allô. Non mais, je t'ai bien expliqué qu'il fallait d'abord me dire bon... Elle a raccroché. Son portable doit être éteint. »

Je prends sa défense : « Tu aurais dû lui dire que son père n'est pas là. C'est une enfant, après tout !

— Une enfant ? s'indigne Hélène. J'ai entendu la respiration de sa maman derrière ! Elle la monte contre moi ! Je n'ai pas à te dire bonjour, qu'elle me sort, passe-moi papa ! »

Le téléphone sonne de nouveau. Hélène hurle littéralement : « J'écoute ! »

Son visage change, ses yeux se remplissent de larmes. Elle hoche la tête d'un air résigné, puis hausse de nouveau la voix : « Je ne vais pas supporter la grossièreté de ta fille ! Elle ment, je ne lui ai pas crié dessus ! Je lui ai demandé très poliment ! C'est toi qui cries ! Je t'interdis de me parler sur ce ton ! »

Hélène jette le téléphone et éclate en sanglots. « J'en ai ma claque ! Il faut lutter pour tout ! Pour tout ! Même pour un minimum de respect ! Tu te rappelles quand il ne m'a pas dit bonjour au restaurant ? (Ses yeux brillent comme des phares sur une route creusée de nids-de-poule.) Si un homme est capable d'agir comme ça, après il te hurle dessus, il ne t'épargne aucune humiliation ! »

J'ouvre la bouche pour lui dire que ma maison sera vendue pour dettes, mais à cet instant le téléphone sonne de nouveau.

« Décroche, dit Hélène. C'est lui. Dis-lui que je pleure et que je ne veux pas lui parler.

— C'est Katia. Elle nous invite à dîner chez elle, avec sa famille. »

Hélène prend du temps pour s'habiller, moi je me maquille devant la glace. Ce n'est pas tous les jours qu'on dîne avec un oligarque.

La maman de Katia, une sexagénaire qui cherche à paraître plus jeune, nous accueille vêtue d'un jean avec, sur les fesses, une immense inscription en cristaux Swarovski : « RICH ».

« Vous vous êtes vues dans le dernier numéro de *Vogue* ? » demande-t-elle, désapprobatrice. Dans la rubrique « chroniques mondaines », Katia et Hélène se tiennent enlacées à la soirée de Moët & Chandon en souriant vers l'objectif. La légende dit : « Deux mondaines ».

« Moi, je trouve ça plutôt bien, dit Hélène d'un air satisfait.

— Moi aussi, à condition qu'on mentionne vos nom et prénom. Et votre métier », s'indigne la maman de Katia.

Mais Katia est contente, elle aussi. « Regarde cette idiote. (Elle me tend une revue avec la photo de la jeune femme avec laquelle vient de partir le mari de l'une de nos connaissances.) Sa robe vient de l'avant-dernière collection de Vivienne Westwood. J'en ai eu une comme ça, moi aussi.

— C'est moi qui en ai hérité, dit la maman de Katia avec une feinte humilité. Je porte toujours des vêtements dont personne ne veut. »

Je louche vers son jean à six cents dollars et les mots de compassion se figent dans ma gorge. Nous nous plongeons dans les potins mondains du dernier *Vogue*.

« Roustam a une nouvelle nana, commente Hélène en cherchant des visages connus.

— Qu'est-ce qu'elle a comme manteau, la Kourbatskaïa ? »

Katia a littéralement le nez sur la photo, on a envie de lui proposer une loupe.

« C'est Maroussia qui l'a cousu. Regardez, les nichons d'Ouliana vont tomber de la page ! (Hélène est tout émoustillée.) Imaginez une pub : on ouvre la revue et les seins d'Ouliana vous tombent sur les genoux ! »

Le dîner avec l'oligarque se passe bien. Nous sommes charmées par son esprit vif et ses manières décontractées. Une seule fois, l'atmosphère amicale s'assombrit un instant à cause de la mère de Katia.

« C'est ta copine ? Je veux dire, ton ex ? » demande-t-elle avec une feinte naïveté en désignant l'écran de la télévision. Un nouveau savon est présenté par l'actrice à cause de laquelle la vie personnelle de Katia a chaviré il y a quelques années.

« Je n'ai jamais eu d'autre copine que votre fille », répond-il avec un large sourire.

Je me dis que les oligarques doivent en effet se sentir mieux avec les actrices et les stars qui ont, elles aussi, une haute opinion d'elles-mêmes ; aussi doivent-ils se mettre en quatre pour se faire apprécier, pas du tout comme avec nous autres les cœurs simples du village de Barvikha.

Katia regarde sa mère et se demande à combien lui reviendrait un club pour parents. C'est une chouette idée, en effet. À condition de ne pas la confondre avec celle d'hospice pour vieillards.

« Tu sais, me dit Hélène lorsque nous nous appelons pour échanger nos impressions sur la soirée de Katia, ma mère aussi, quand je lui ai offert des boucles d'oreilles pour son anniversaire, m'a dit : "C'est un objet magnifique ! Mais si tu ne m'avais pas dit qu'il y avait des diamants, je ne les aurais jamais trouvés !"

— Normal, nos mères tiennent ça de nous, dis-je pour défendre les amateurs de gros diamants.

— Bien sûr, soupire Hélène, mais parfois on a juste envie d'entendre un "Merci"… »

À deux reprises, le téléphone a sonné et, les deux fois, on a raccroché. Je range la chambre de Macha. La nounou est malade, j'ai dû rester à la maison. Je trie ses jouets, ses cahiers, ses albums, ses sacs, ses gommes, ses petits carnets. Une bonne moitié part aussitôt à la poubelle.

Les enfants ne se séparent jamais d'eux-mêmes de leurs objets.

Comment fera-t-elle pour se séparer de cette maison ?

J'y pense sans y penser : j'ai du mal à croire qu'on me chassera d'ici, que cette cour, ces chambres, cette adresse ne seront plus à moi. J'ai l'impression que quelqu'un veut m'emprunter ma voiture. Pour une journée. J'en ai un petit pincement au cœur : et s'il la raye ou qu'il se la fait voler ? Mais ce n'est qu'une journée, après quoi tout rentrera dans l'ordre.

De nouveau, le téléphone sonne, mais ça coupe aussitôt.

Qui cela peut-il être ?

Et si c'était le Rat ? La peur, c'est quand on s'en fiche de la mine qu'on a. Quand les mains deviennent moites. C'est quand on n'a besoin que d'une chose : mettre un paravent entre soi et le danger. À n'importe quel prix. En utilisant n'importe quoi. N'importe qui. Tout de suite. C'est dans cette première seconde que se commettent toutes les trahisons. C'est à ce moment-là qu'il faut tordre le cou à sa peur pour retrouver ses capacités de raisonnement.

Le Rat ne peut pas s'intéresser à moi. À moins qu'il soit un schizophrène fini ou un maniaque.

Je passe un coup de fil à Vadim. « Tu crois qu'ils ont l'intention de le capturer, ce Vladimir le Rat ? lui dis-je, agacée. Je crains pour la famille de mon chauffeur ! On a brûlé leur voiture.

— J'ai peut-être un moyen d'agir. Je vais essayer de les secouer, promet Vadim.

— Sinon, toute la famille va s'installer au poste. »
L'ami de mon mari conclut : « Tu devrais te détendre. »

Seigneur ! Fais que ma maison ne soit pas confisquée !
Qu'est-ce que je raconte ! Cette fichue banque n'est tout de même pas Dieu le Père !
Seigneur, donne-moi la force de supporter ça !
Non, ça ne va pas non plus. Chacun porte la croix qu'il est capable de porter. Il vaut mieux que je ne l'aie pas, cette force.
Seigneur, fais un miracle !

21

*“Le mari de Kira est parti avec une autre.
Je suis étonnée qu’elle n’ait pas
repeint Blondie en noir.”*

Des collections d’été apparaissent dans les magasins. Ça sent le printemps. Tout le monde se met au régime et commence à faire du sport. Assise au café du club sportif *World Class* de Joukovka, j’hésite entre différentes salles. À gauche, la musculation, à droite la salle de gym. Je décide de commencer mon programme de remise en forme par la piscine.

Olessia fait de même. Assise au bord du bassin, elle réfléchit à voix haute sur les moyens d’obliger son mari à sanctifier leur union par une cérémonie religieuse. Elle espère qu’alors il ne pourra plus la quitter.

« Je devrais peut-être lui dire que le prêtre me sermonne chaque fois que je vais à l’église, parce que nous vivons dans le péché ? me demande-t-elle tandis que je fais des brasses en m’appliquant à bien respirer.

— Oui, dis-je sur l’expiration.

— Ou que nos enfants payeront pour nos péchés. C'est vrai, n'est-ce pas ? ajoute-t-elle lorsque j'entame ma quatrième longueur.

— Pas mal ! » J'arrive à garder le rythme, mais je commence à me fatiguer.

« Ou bien je pourrais acheter une robe à dix mille dollars ? On ne pourra quand même pas la jeter ! Il faudra bien qu'on fasse la cérémonie à l'église.

— S'il comprend que c'est à cause de l'argent dépensé, l'idée perdra son sens ! » Je décide de reprendre mon souffle avant de continuer.

Olessia se laisse glisser dans l'eau. Elle s'allonge sur le dos et fait la planche en bougeant légèrement ses jambes. Je demande : « Kira va à la piscine aussi ?

— Oui, répond-elle en remuant légèrement ses orteils.

— Et que fait-elle de sa chienne pendant ce temps ?

— Je ne sais pas. » Olessia me regarde avec étonnement.

« J'y vais, lui dis-je.

— Tu as bien nagé ? me demande Alex dans la voiture d'une voix tonique.

— C'était génial », lui dis-je entre les dents.

Katia m'accueille les bras ouverts. « J'ai peur d'en parler, dit-elle avec un sourire radieux, mais nous vivons une de ces histoires d'amour ! Et il veut un enfant.

— Et moi, j'ai faim. J'ai fait du sport.

— Bravo ! (Sa voix exprime l'admiration.) Moi, je ne peux pas en faire en ce moment. Je fais tout pour tomber enceinte. J'ai déjà acheté des tests de grossesse, une vingtaine. Pour ne pas avoir à le faire après. »

La femme de ménage de Katia nous sert un gratin de pommes de terre. Depuis que j'ai ma Philippine, j'apprécie une nourriture toute simple.

« Après avoir fait l'amour, je reste dix minutes les jambes en l'air, raconte Katia, d'ailleurs nous ne le faisons que sur prescription médicale : on me fait d'abord une échographie pour vérifier si j'ai des chances de tomber enceinte. Ce n'est pas très romantique, se désole-t-elle, mais je pense que des histoires romantiques, il en a eu assez dans sa vie. »

Je me dis soudain qu'avec ma pyélonéphrite, je n'aurais peut-être pas dû aller à la piscine. Je demande à Katia : « Tu n'aurais pas cent vingt mille à me prêter, par hasard ?

— Dollars ?

— Oui.

— Non, je ne les ai pas.

— Dommage.

— Je trouve aussi, à vrai dire. Mais j'espère que ça va bientôt changer. »

Au dessert, nous mangeons du gâteau Caprice, une sorte de praliné.

Le copain de classe d'Oleg a péri dans un accident d'avion. Le pilote est mort avec lui. L'avion privé s'est écrasé dix minutes après le décollage.

Autrefois, je ne faisais pas confiance à Oleg. J'enlevais même mes bijoux dans la voiture avant de le rencontrer. Pourquoi ai-je imaginé qu'il avait changé en devenant riche ? Il n'y a pas que les pauvres qui convoitent l'argent d'autrui.

Qu'avait-il dit ? « Je ne peux pas me permettre en ce moment d'être impliqué dans cette affaire. »

Je fais son numéro et tombe sur le répondeur.

« Oleg, je voudrais te présenter mes condoléances. Heureusement que tu n'étais pas dans cet avion. À bientôt. »

Si je pouvais rester chez moi ! Avec des livres et la télé ! Creuser un fossé tout autour et le remplir d'eau froide. De temps en temps, j'abaisserais le pont-levis pour qu'on m'apporte du caviar frais. Seulement, bientôt, je n'aurai plus de maison. La banque l'aura confisquée.

Katia a eu une Porsche Cayenne SUV pour la Journée internationale des femmes. À présent, elle s'attend à ce que son homme lui offre des fleurs de chez Van Cleef. Des boucles d'oreilles et une bague.

Hélène a quitté son fiancé et abandonné tout espoir de se marier. À présent, lorsqu'elle parle des femmes, elle ne peut pas s'empêcher de compter leurs années de mariage. Par exemple : « Voici Olga. Regardez sa jupe. Elle est mariée depuis neuf ans. Elle a deux enfants. » Cela veut dire que sa jupe est bien.

Le mari de Véronique est rentré à neuf heures du matin. À sept heures, ils auraient dû partir pour l'aéroport. Ils allaient en Égypte faire de la plongée sous-marine. À huit heures et demie, Véronique a dit à sa femme de ménage de défaire les valises et a envoyé les enfants se recoucher.

Olessia, elle, ne sait pas quoi inventer pour se marier à l'église. Sa dernière trouvaille : se faire hospitaliser, faire croire qu'elle est à l'article de la mort et que seul le mariage religieux pourrait la sauver. Nous refusons d'envisager ce scénario.

Le mari de Kira est parti avec une autre. Je suis étonnée qu'elle n'ait pas repeint Blondie en noir. Ils ont vécu ensemble onze ans. Il a supporté vaillamment ses amants et ses chiens. À la fin, il a trouvé le courage de tomber amoureux.

Assises sur la terrasse au restaurant *Chez Mario*, nous mangeons des pâtes aux truffes blanches (à trente dollars le gramme) en buvant du Martini frappé dans des verres qui ressemblent à des tutus de danseuse renversés.

« Je pourrais payer quelqu'un pour qu'on la mutile, propose Kira après son quatrième Martini.

— Regardez, c'est Iskander ! On dit qu'il a divorcé. »

D'un geste prompt, Olessia sort sa poudre et son rouge à lèvres.

« Pourtant, il ne figure pas sur la liste des dix célibataires les plus convoités de Moscou publiée par *Harper's Bazaar*, affirme Hélène, sûre d'elle.

— Il a cédé sa place à Serkine, celui qui chante : "À quiii compareeer ma Mathillllde..."

— Il n'en a simplement pas besoin, dis-je avec un soupir, il peut épouser n'importe quelle femme dans ce restaurant et dans cette ville. D'ailleurs, il n'a même pas besoin de l'épouser.

— C'est ça ! réplique Kira, têtue.

— Bah, bien sûr ! Si un beau matin tu vois devant ta porte une Bentley décapotable avec des rubans roses, tu résisteras ? Lui, il peut t'en offrir une sans problème ! Et si ça ne te suffit pas, le lendemain il t'achète une maison à Marbella. Qu'est-ce que tu ferais ? »

Kira soupire, rêveuse. À son sourire je comprends qu'il n'en faudrait pas autant pour la faire plier. Je renchéris : « Et ainsi de suite. En fait, il est à plaindre. Vous imaginez à quel point il s'ennuie avec nous ? »

Kira revient sur terre. « Les filles, je propose qu'on punisse cette garce.

— Comment ? demande Hélène.

— On pourrait lui faire peur, propose Katia.

— Ou lui jeter de l'acide sulfurique à la figure, dit Olessia.

— Non, il devinerait que ça vient de moi, réplique Kira.

— Et alors ? (Véronique offre une nouvelle tournée de Martini à tout le monde.) L'essentiel, c'est qu'elle ne l'approche plus.

— Les filles… (Hélène regarde autour d'elle.) Il ne faut pas qu'on soit plus de trois, parce qu'on fait peur aux hommes. Personne ne nous envoie de champagne, ça en dit long !

— Il faut aller à New York pour ça, remarque Véronique. Vous avez vu *Sex and the City* ?

— Chez nous, soupire Kira, ce serait plutôt *No Sex in the City*. On devrait en faire une série télé. Les clients de ce restaurant en seraient les personnages principaux.

— Hé, les filles, vous vous souvenez, il y a quinze ans… » Olessia lève les yeux au ciel, rêveuse.

« Il y a quinze ans, il y avait du sexe, dit Hélène d'un air convaincu.

— Mais on n'avait pas d'argent, fait remarquer Katia.

— Qui pourrait lui téléphoner pour lui faire peur ? » les interrompt Kira. Là-dessus, elle commande un tiramisu.

Chez Mario, on sert les meilleurs tiramisus de Moscou. On y trouve aussi la meilleure société.

« Je vais le demander à Borissytch. » Véronique cherche son téléphone, mais il n'est pas dans sa poche. Hélène lui propose le sien et Véronique commence à retourner son sac. « Tiens, s'exclame-t-elle en se figeant, comme c'est émouvant, tu as des préservatifs dans ton sac ! C'est une sensation que j'ai oubliée depuis longtemps.

— Cherche plutôt le téléphone, la presse Kira.

— Allô ! Borissytch ! Il faut que tu rendes un petit service à ma copine, sinon Igor saura que je ne suis pas allée à cette soirée parce que tu étais ivre mort. »

Elle lui explique de quoi il retourne. Lui demande d'être absolument terrifiant. Elle lui fait passer un petit test : « Qu'est-ce que tu comptes lui dire, par exemple ? (Véronique fait une grimace et éloigne le téléphone de son oreille.) Ce que tu peux être grossier, Borissytch. Non, non, tout va bien. Tu me rappelles tout de suite après. »

Nous commandons d'autres Martini.

« Je vends ma maison, dis-je.

— Non, pas possible ! s'étonne Véronique.

— J'en ai marre d'habiter Barvikha. » Ma phrase ne sonne pas tout à fait comme je le voudrais. J'essaie de me rattraper et adopte un ton hautain et paresseux : « Ces bouchons permanents ! Et Poutine qui ne déménage toujours pas. En plus, on m'en offre un très bon prix.

— Combien ? demande Kira.

— Trois millions et demi.

— Moi, je ne vendrais la mienne pour rien au monde, dit Olessia.

— Moi non plus, soupire Katia.

— Pour moi, c'est juste une opération immobilière. On m'en offre un bon prix, je vais donc la vendre et en acheter une autre.

— Mais alors, à Barvikha aussi, car tu ne pourras plus vivre ailleurs. »

Borissytch rappelle. Il fait son rapport. La fille a écouté en silence et elle a raccroché.

« Ce n'est pas grave. Ça lui apprendra. La prochaine fois, elle hésitera peut-être à prendre le mari de quelqu'un, dit Kira, menaçante.

— Une idiote ! » s'exclame Olessia en riant.

Je me demande si demain matin cela leur paraîtra toujours aussi drôle.

Le portable d'Hélène sonne.

« C'est mon mec, dit-elle en regardant le numéro. Si je ne décrochais pas ? Qu'il aille se faire... Qu'il téléphone à sa femme. »

Elle répond, levant la tête d'un air hautain.

« Allô ? Bien sûr que je ne suis pas chez moi. On vient de m'appeler d'urgence pour une opération. Ne t'ai-je pas dit que j'étais devenue chirurgienne ? »

En sortant, je me retrouve nez à nez avec Oleg. Il est entouré de gardes armés comme le seigneur de la mer au milieu de ses preux, dans le célèbre poème de Pouchkine.

« Quel beau gars ! dis-je, sarcastique.

— C'est qui ? demande Katia.

— Un type qui a une compagnie de nickel. Ou une usine dans l'Oural. En tout cas, pas moins, c'est sûr. »

Oleg me sourit comme à une vieille connaissance.

Je lui fais un petit signe de la main.

« Nous vendons la maison, dis-je à Macha pendant le dîner.

— Pourquoi ? » Elle lève sur moi un regard étonné.

« On est obligées.

— Hourra ! » s'écrie-t-elle en jetant sa serviette en l'air.

C'est mon tour de m'étonner : « Qu'est-ce qu'il y a de si réjouissant ?

— Ça veut dire que nous partirons d'ici et que je ne devrai plus aller à l'école avec Nikita.

— Je ne savais pas que c'était un problème pour toi. »

Macha se tait un petit moment. « C'est la maîtresse qui nous a appris à prendre la vie du bon côté, même quand il nous arrive des choses dures. » Macha me dévisage attentivement.

« Et tu trouves que vendre sa maison, c'est très dur ? » Je me ressers de la salade de choux frais et en propose à ma fille. Elle n'en veut pas.

« Oui, parce que tu as les yeux tristes. » Macha est trop jeune pour être capable de manger tout en parlant de choses sérieuses. Son assiette reste intacte. « Ne t'inquiète pas, murmure-t-elle, tout ira bien. Je l'avais demandé au Père Noël. À la place d'une dînette en porcelaine pour Barbie. Je lui avais demandé aussi que nous soyons tous en bonne santé. »

Je n'étais pas au courant pour la dînette. À Noël, je lui ai offert un nouveau magnétophone. Je croyais qu'elle en avait envie. « Tu ne m'en as rien dit. » Je ne puis concevoir que le Père Noël n'ait pas apporté à Macha le service qu'elle convoitait.

« Je l'ai vu chez Winnie. Mais je me suis interdit d'y penser. Je savais ce que j'allais demander au Père Noël.

— Et si je te l'offrais pour la Journée des femmes ? »

Ses yeux se mettent à briller. « La dînette ou juste le service à thé ? »

Je fais semblant de réfléchir. « Disons, la dînette ?

— Hourra ! crie Macha de nouveau. J'ai bien dit que tout irait bien ! Avec la dînette, il y a aussi une vraie lampe de chevet, se rappelle-t-elle. Minuscule comme ça.

— Et d'autres choses, j'en suis sûre », dis-je avec le sourire.

J'accompagne Macha à l'école. Le soleil brille à travers les fenêtres immenses du salon. C'est le premier jour du printemps.

Les gens fêtent la première neige et le printemps avec le même enthousiasme. Il y a là un côté tragique. En fait, ils se réjouissent que la vie bouge. Même si tout le monde sait que ça finit mal.

Je mets du rap à fond, j'ai des enceintes puissantes.

Où se cache ma Philippine ?

Je danse avec les rayons du soleil, puis avec mon reflet dans les vitres, puis avec les tambours, puis avec la voix du soliste. Enfin, je danse seule car je n'ai pas besoin de partenaire.

Je me sens parfaitement libre. Je suis seule dans l'immense maison vide. Je peux sauter sur les canapés. Et je le fais.

Je peux enlever mon tee-shirt et rester « topless ».

Mais tout de même, quelque part… Aucune importance ! J'enlève mon tee-shirt et l'agite au-dessus de ma tête en imaginant que je suis une pop star.

Thank you very much, ma chère Philippine, pour cette sensation enivrante de n'être vue par personne, de n'avoir personne dans les pattes, pas de bassines qui traînent, pas de recettes qu'on vous vante.

Je baisse la musique et vais prendre un bain.

Mon téléphone affiche trois appels en absence. C'est mon médecin. « J'ai essayé de vous joindre toute la matinée.

— J'écoutais de la musique, je n'ai pas entendu mon téléphone… »

Il faut que je retourne à l'hôpital pour un bilan. Bien sûr, je vais mieux, mais il faut s'assurer que ma convalescence se passe bien. Sinon, il ne répond de rien.

« Merci », lui dis-je.

Au printemps, il est plus facile de prendre des décisions. Sans doute parce que la nuit tombe plus tard. Et quand il fait jour, on a moins peur.

Allongée dans ma baignoire, je vois des arbres. Seigneur, comme je n'ai pas envie de partir d'ici ! Le Rat ne doit plus fouler cette terre. Il ne doit plus voir les arbres. Ces arbres sont pour des élus. Je le hais.

Je déteste que le téléphone sonne quand je prends mon bain. C'est Véronique. Igor lui a fait une scène terrible. Le mari de Kira l'a appelé. « Imagine, dit mon amie en sanglotant, cette idiote d'Olessia a tout raconté à son mari. Sur le thème : tu vois comme je suis sympa, je supporte tout, moi. Il y en a qui louent les services d'un bandit et menacent de défigurer leur rivale avec de l'acide sulfurique. »

Je devine : « Et lui, il a immédiatement appelé le mari de Kira, c'est ça ? La solidarité masculine…

— Évidemment. Et le mari de Kira a appelé le mien. Igor était fou furieux. Mais je ne trahirai pas Borissytch, je risque d'avoir encore besoin de lui.

— C'est une idiote », dis-je.

Je pense à Alex. Elle serait sans doute capable de tuer le Rat. Pour de l'argent. Elle a un visage si volontaire.

Il y a aussi le frère de mon chauffeur. Un être intéressé jusqu'au bout des ongles. Mais il serait capable de me faire chanter après.

Alex a un pistolet. C'est moi qui le lui ai acheté. À trois pas, ça vous transperce un bonhomme. On pourrait simuler l'autodéfense.

Le temps de me laver les cheveux, je comprends qu'Alex ne tuera personne.

C'est extraordinaire, le rôle qu'Oleg joue dans ma vie. Je ne peux vraiment pas me passer de lui.

« Qu'est-ce que je dois faire si je veux tuer quelqu'un ? » Je pose cette question à Katia qui m'appelle pour savoir ce que je pense de la gaffe d'Olessia.

« Il faut que tu consultes un psychiatre, me répond-elle. C'est Olessia qui t'a donné cette idée ?

— Non, c'est le président américain qui m'énerve. » Qu'est-ce que je raconte ?

« Ah ! » Après une pause, Katia ajoute : « Moi aussi, à vrai dire, il m'énerve. »

Elle n'arrive pas à tomber enceinte par voie naturelle. Elle a donc opté pour une insémination *in vitro*. « C'est une procédure terrible, raconte-t-elle, il faut aller chez le médecin un jour sur deux – je suis suivie par Torganova, c'est la meilleure –, et tous les jours on me fait des piqûres dans le ventre et dans la fesse, c'est censé modifier le corps jaune. J'ai même pensé engager une mère de substitution qui subirait toutes ces procédures à ma place, ajoute-t-elle en soupirant. Les volontaires ne manquent pas, tu sais ! Louer un utérus, c'est juste dix mille dollars. Tu dois mettre à la disposition de la fille un logement et lui assurer un garde du corps. Des fruits, des livres, de la musique classique. Pratique, non ? Mais mon homme n'est pas d'accord. Et il ne cède pas là-dessus. Il me dit : je ne veux pas qu'une paysanne inconnue transmette ses gènes à mon enfant. Alors qu'il est prouvé depuis longtemps que rien n'est transmis par le sang de la mère. Mais il n'y a pas moyen de lui faire entendre raison. »

Katia soupire encore.

J'essaie de la consoler : « Ce n'est pas grave. En contrepartie, tu auras bientôt un petit ventre. Avec un bébé dedans. Qu'est-ce que tu veux, au fait ?

— Je ne sais pas. Plutôt une fille. On peut lui acheter plein de vêtements.

— Un garçon, ce doit être bien aussi. Et ton homme, qu'est-ce qu'il veut ?

— Cela lui est égal, il veut un enfant, c'est tout. Tu te rends compte qu'il a accepté un spermogramme ?

— C'est quoi, ce truc-là ?

— Je me suis tellement marrée ! Nous sommes arrivés là-bas, il y avait plein de femmes enceintes, des photos d'enfants partout. Je lui avais promis que personne ne le remarquerait, mais il a ses gardes du corps, alors tu imagines. Tout le monde nous regardait, je lui ai donné la clé et je lui ai montré l'endroit où ça se passait. J'ai cru qu'il allait me tuer. Mais non, il a juste souri et il m'a entraînée avec lui. C'est une pièce qui fait deux mètres sur deux et il y a un numéro de *Playboy* sur un tabouret. Tu sors de là avec une éprouvette, tout le monde te regarde. Aucune intimité.

— Et alors ?

— Nous attendons les résultats. Tout dépend de la mobilité des spermatozoïdes. »

Je passe à Winnie. La dînette en porcelaine pour Barbie coûte à peine moins cher que mon service en porcelaine de Saxe que je sors pour les grandes occasions. Je regarde des lampes de chevet de deux centimètres de haut. Avec un abat-jour en vraie soie et un fil électrique avec une vraie prise. J'en achète une.

Barbie me coûte plus cher que ma fille.

Au rayon « Layette », j'achète quelques pantalons et un petit ensemble pour Serge.

J'espère que Svetlana s'est ressaisie. Dire qu'elle me parlait de ses « grands projets ». Elles sont toutes pareilles, elles ne savent que parler. Le pauvre bébé s'étouffait à force de pleurer.

Elle m'annonce qu'elle veut déménager chez les parents de Serge. Me demande de l'aider à transporter ses affaires.

Bien sûr que je l'aiderai.

Cela fera bientôt un an que Serge a disparu. Je réunirai des amis pour cette occasion. Svetlana et moi serons assises des deux côtés des parents de Serge. Plus loin, il y aura nos enfants. Je préférerais ne pas y être. Je pourrais d'ailleurs inviter tout le monde au restaurant et oublier Svetlana.

Ma belle-mère est très excitée, toute joyeuse. Elle se prépare à accueillir son petit-fils.

En voyant leurs préparatifs, leur agitation, leurs visages heureux, je me dis que ma méfiance à l'égard de Svetlana n'était rien d'autre que de la jalousie. Une réaction de bonne femme. Il fallait que le petit Serge vienne au monde ne serait-ce que pour redonner vie à ces deux vieux anéantis par le chagrin.

« Incroyable, ce qui nous arrive », dit ma belle-mère comme en s'excusant.

Je lui montre que je la comprends.

« Il faut qu'elle se marie. Elle est toute jeune. »

Je la regarde d'un air étonné.

Elle me répond par un regard dans lequel je lis toute la sagesse d'une femme de soixante-dix ans. « Nous, on élèvera Serge. Notre petit-fils. » Elle ne peut contenir un sourire attendri. « Nous avons acheté une poupée pour Macha, tu peux la lui donner de notre part ? »

Je ne me serais pas vexée s'ils n'avaient rien acheté.

Le bonheur délivre de toute obligation.

Dès que j'aurai trouvé un moyen d'expliquer tout cela à Macha... Je veux dire, à propos de Serge, je l'amènerai.

Ma belle-mère me dit au revoir avec un sourire affectueux.

Je dois appeler mon voisin, l'avocat, me dis-je. Il faut qu'il me représente dans mon litige avec la banque.

Je vais au *Baltchoug* : je dîne avec Vanetchka. Je suis contente de le voir. Notre amitié a résisté à la rude épreuve que l'on appelle « rapport sexuel décevant ».

Il me comble de compliments. Je l'accueille avec un sourire mystérieux. « Tu pourrais tuer un homme ? » Je viens de remplir mon assiette d'entrées. Dans ce restaurant, on peut se servir à volonté. Il y a peu de monde, c'est étrange. Le choix est immense et les prix pas excessifs.

« Non, je ne pourrais pas. » Vanetchka a devant lui des brocolis cuits qu'il a saupoudrés de toutes les épices possibles et imaginables. On aurait dit qu'il les arrosait pour les faire pousser dans son assiette. « Ma bonne éducation m'en empêcherait. Mais toi, je te crois capable de tout. »

Je lève un sourcil, feignant l'indignation. « Tu fais allusion à une certaine cabine de douche dans le vestiaire des hommes ?

— Aussi. » Il sourit d'un air malicieux.

Je lui jette ma serviette. C'est ainsi que nous avons défini notre attitude à l'égard de ce qui s'est passé. La tension a disparu.

« Demain, c'est mon anniversaire. J'organise un petit cocktail pour des amis proches. Tu viendras ?

— Oui. Merci. » Je baisse la tête d'un air cérémonieux.

Victoria apparaît sur le pas de la porte. En me voyant, elle s'approche et décoche un grand sourire à Vanetchka. « Tu es seule ? (Je pense à son entraîneur.)

— Pas tout à fait », répond-elle, évasive.

Je lui présente Vanetchka. Il sait plaire. Victoria débite des lieux communs sur Londres et les designers anglais. Elle nous dit au revoir, s'en va et m'appelle aussitôt sur mon portable. « Ne lui dis pas que c'est moi. Écoute, avec les filles, on a loué une suite, si tu veux, rejoins-nous. »

Je m'informe : « Pour quoi faire ? »

Victoria se met à rire. « Pour qui, tu veux dire ? Il y a des garçons ! Le top du top ! Tu ne le regretteras pas, ils sont beaux comme des dieux ! Le plus âgé a vingt-deux ans. Aucun Noir, ne t'inquiète pas. »

D'où tient-elle que je suis raciste ?

« Merci, je passerai peut-être, dis-je, et je souris à Vanetchka. Une copine m'invite à prendre le thé.

— Achetons des gâteaux ici. "Ce sont les mets qui embellissent une maison et pas les murs." »

Il a du mal à articuler cette phrase, on voit qu'il vient de l'apprendre.

« Dis, combien d'adages connais-tu ?

— Un livre entier. Quand je suis à Moscou, je le lis avant de m'endormir. Et je retiens ce qui m'a plu. »

Je ne vais pas rejoindre Victoria. Même si je suis un peu curieuse. J'imagine les lignes de cocaïne sur la glace qu'on a apportée de la salle de bains ou carrément sur la table basse, et des éphèbes bronzés nus ; je ne sais pas pourquoi, je les vois danser le cancan sur le lit. Ou plutôt la danse des grands cygnes.

Au volant de ma voiture, je me sens vraiment seule. Une rabat-joie, une trouble-fête.

« En plus, il faut que je m'occupe de mon épilation. »

J'appuie sur le champignon d'un geste décidé. J'ai devant mes yeux une image d'orgie dans un film sur l'Empire romain.

J'aimerais bien savoir l'âge de Victoria.

Elle doit avoir la quarantaine passée, me dis-je avec respect. Il faudra que je le raconte à Hélène.

C'est la réunion des parents à l'école. L'institutrice, une femme d'un certain âge, distribue des tâches. J'ai le choix entre laver les vitres ou acheter le matériel pédagogique.

Dans un premier temps, j'ai envie de grimper sur l'appui de fenêtre, de me couvrir les cheveux avec un foulard et de prendre un chiffon. De laver toutes les vitres de la classe en offrant mon visage au soleil du printemps. Après réflexion, je m'inscris pour l'achat du matériel pédagogique. J'enverrai Alex.

« À présent, je vais vous parler du travail de vos enfants pendant les deux premiers semestres. »

La maîtresse prend le cahier de classe. Maintenant que je connais son optimisme foncier, je la regarde d'un œil nouveau.

« Dans l'ensemble, c'est plutôt pas mal », dit-elle en refermant son cahier.

Mais peut-être que Macha me parlait de sa prof d'éducation sportive, me dis-je, fermement décidée à l'inscrire à la British School dès l'année prochaine.

Avant la réunion, j'ai mis mon portable sur vibreur. À présent, il remue dans ma poche comme un petit animal. Un numéro que je ne connais pas.

La maîtresse dicte la liste des poèmes que les enfants doivent apprendre par cœur pendant les vacances.

« Allô », dis-je dans un souffle tout en notant : *Borodino*, de Lermontov. C'est étrange, je crois que nous, on apprenait ce poème en sixième. Je reconnais la voix de mon ancien directeur commercial. « Je ne vous dérange pas ? demande-t-il.

— Non. »

Je ne sais pas pourquoi, j'écris *Borodino* une deuxième fois.

« Je vous appelle de la part de la compagnie…

— Je vous écoute. »

Je l'ai dit un peu trop fort. La maîtresse me regarde par-dessus ses lunettes et répète bien distinctement : « De Pouchkine… »

« Vous pouvez parler ? »

J'adresse un sourire reconnaissant à l'institutrice et me penche sur ma feuille.

« Eh bien… (André parle très vite comme d'habitude.) Nous voudrions acheter votre logo. Cela nous paraît plus intéressant que de créer un nouveau produit. Votre marque a du succès. Nous vous offrons cent mille.

— Trois cents », dis-je en essayant de ne pas remuer les lèvres, car la maîtresse me dévisage.

Borodino, écris-je pour la troisième fois, et la maman assise à côté de moi me jette un regard suspicieux.

« Je crois que vous devriez rencontrer la direction pour discuter tous les détails. L'essentiel était d'avoir votre accord de principe. »

Je me demande pourquoi on lui a confié ce coup de fil. Il a dû dire qu'il me connaissait et qu'il avait de l'ascendant sur moi ? Sans doute quelque chose de ce genre.

Je lève la main pour sortir.

Dans une classe, je me sens toujours comme une petite fille. Je quitte la classe avec un sourire en guise d'excuse et referme la porte derrière moi.

Macha joue dans la cour de l'école avec ses amies. Je la prends dans mes bras et la fais tourner. Elle rit aux éclats.

« Macha, lui dis-je en reprenant mon souffle, tu as eu raison de faire confiance au Père Noël. Tout va très très bien. Nous ne vendons plus la maison ! »

Elle saute à cloche-pied et, moi, je souris : à ma fille, au soleil, à la vie. C'est donc cela qu'on appelle « respirer à pleins poumons ». Mais aujourd'hui, il y a sans doute d'autres expressions, par exemple : « Elle était si heureuse que même ses prothèses mammaires respiraient. »

22

“Dans ce restaurant, les serveurs portent des vêtements de chez Armani. Cela justifie, en partie, les prix.”

Le printemps ruisselle sur ma tête depuis les toits des immeubles ; les magasins, dont les vitrines ont été rénovées, donnent envie de changer de garde-robe. Katia, Hélène et moi allons voir les collections de printemps et d’été. C’est Alex qui conduit. Dans les boutiques, c’est la cohue.

Toutes les tailles standard des marques Bluemarin et Italmode sont parties dès la fin février. Hélène supplie les vendeurs de lui apporter quelque chose de la réserve. Les vendeurs gardent toujours les meilleurs articles pour « leurs » clients.

Je saisis quelques robes d’été à fleurs et commence à loucher du côté des jeans. Katia essaie une veste de chez Valentino. J’attends avant de passer en cabine, en espérant que la veste ne lui convienne pas : je pourrais alors m’en emparer.

« Pas mal, hein ? demande Katia en tournant devant la glace.

— Oui », lui dis-je sans enthousiasme. Mon honnêteté me perdra.

« Je la prends », décide Katia.

Nous faisons passer tous nos achats sur la carte de fidélité de Katia, grâce à laquelle nous avons vingt-cinq pour cent de réduction. Merci à la propriétaire d'Italmode. Katia dit que s'il existe des requins gentils, c'est bien elle.

Ensuite, nous allons au centre commercial Moscou.

Hélène essaie la dixième paire de chaussures de chez Chanel, Katia et moi nous regardons les sacs.

« Nous avons reçu de nouvelles barrettes, propose la vendeuse, ainsi que le maquillage de Cruise Collection. Je vous conseille d'y jeter un coup d'œil. »

Katia essaie des lunettes de soleil et se tourne vers moi.

« Pas mal, lui dis-je.

— Moi, ce genre de lunettes ne me va pas.

— Imagine que la mobilité de ses spermatozoïdes est nulle. » Katia déambule en lunettes de soleil parmi les étagères remplies de sacs.

« Cela veut dire quoi ? » J'ai du mal à comprendre.

« Cela veut dire qu'il ne peut pas avoir d'enfants. »

Je pousse un « ah ! ».

Katia porte son doigt à ses lèvres et je comprends qu'Hélène ne le sait pas.

« Que vas-tu faire ? » Je prends sur une étagère un sac noir, plutôt pour détourner l'attention.

« Si nous n'avons pas d'enfant, il me quittera, dit Katia avec amertume en enlevant ses lunettes. De nouveau.

« Vous pensez qu'elles iront avec mon Dolce & Gabbana ? »

Hélène essaie des chaussures à pois avec des talons immenses. « Lagerfeld devient fou », c'est ainsi que je qualifie ce modèle dans mon for intérieur.

« Elles sont mignonnes, dit Katia avec un sourire poli.

— Sincèrement, les autres, là-bas, sont mieux. » Je montre des chaussures à bride longue.

Hélène partie, je demande à Katia : « Il y a des traitements ?

— Oui. Qui durent toute la vie, soupire Katia. Je vais prendre ce sac. » Elle tend le sac à la vendeuse, qui fait un signe de tête satisfait.

« Qu'est-ce que tu vas faire ? » Je me précipite à l'autre bout de la salle où je viens d'apercevoir des tongs Cruise.

« Je vais faire un enfant, répond Katia lorsque je reviens.

— Comment ?

— Il existe une banque du sperme. J'ai déjà pris rendez-vous. Il ne le saura jamais. »

Je hoche la tête en silence : « jamais », c'est ça.

« On va regarder Gucci ? demande Hélène, toute contente.

— Tout ce que vous voulez sauf Gucci », dit Katia, et je tombe d'accord avec elle.

Après avoir dépensé douze mille dollars à nous trois, nous allons déjeuner à *La Villa*. Je regarde Katia en me disant que je devrais lui parler. Mais je ne trouve pas les mots. Il ne lui a sans doute pas été facile de prendre cette décision. Elle le fait pour sa famille. Pour elle-même. Pour l'homme qu'elle aime. Qu'est-ce qui est mieux pour lui ? Ne pas avoir d'enfant ou en avoir un sans jamais savoir qu'il est d'un autre ? Et puis, qu'est-ce que cela veut dire,

« d'un autre » ? S'il l'élève, le voit grandir ? S'il est prêt à tout sacrifier pour cet enfant ?

Je me demande si j'aurais pu agir comme Katia. Pour le savoir, il faut tomber amoureuse de quelqu'un qui ne peut pas avoir d'enfant. J'espère que cela ne m'arrivera jamais. En tout cas, jusqu'à présent, je n'ai pas eu ce problème.

Je parle de Svetlana à mes amies.

« Pourquoi fais-tu tout cela ? » s'étonne Hélène.

Nous commandons des raviolis. Dans ce restaurant, les serveurs portent des vêtements de chez Armani. Cela justifie, en partie, les prix.

« Pour mes beaux-parents : ils étaient restés complètement seuls et voilà qu'ils ont un petit-fils. (Je lève les mains au ciel.) Ils reprennent vie, tout simplement !

— Et Svetlana ? demande Katia.

— Elle a été un peu légère dans cette histoire. Mais elle me fait pitié.

— Pitié ? dit Katia, moqueuse.

— C'est une fille comme une autre, après tout. En ce moment, elle s'installe chez les parents de Serge. » Ce n'est pas à mes amies que mes répliques sont adressées, mais à moi-même.

« Une fille comme une autre ? s'indigne Hélène. À sa place, tu serais venue voir la femme de ton amant ? Tu lui aurais demandé de l'argent ? » Elle est presque en train de hurler.

« Pour rien au monde ! (C'est Katia qui répond à ma place.) Elle aurait plutôt fait des ménages, mais je suppose qu'elle se serait débrouillée autrement. »

Je hoche la tête. « Ce que vous ne savez pas, c'est que je suis en train d'acheter un appartement pour elle. Enfin, je lui donne de quoi faire son premier versement.

— Mais pourquoi ? » Hélène me regarde comme si j'étais folle.

« Je ne le sais pas moi-même.

— Elle s'est bien débrouillée, cette petite. Dire qu'elle va s'installer chez les parents de Serge. Dans leur immeuble, n'y a-t-il pas une piscine, une salle de musculation, des gens de bonne société ? » demande Katia en repoussant la carte des desserts.

Je commande de l'ananas. « Et si elle était tout simplement tombée amoureuse ? Et qu'elle s'était retrouvée enceinte ? Et lui, il a été tué. Alors qu'elle rêvait d'un enfant... » J'ai envie de terminer en disant : « Elle n'avait qu'à se pendre », mais je m'abstiens.

J'aime bien *La Villa*. Comme les garçons portent des costumes de chez Armani, les clients, eux, devraient mettre des jeans troués. Mais personne ne le fait. Tout le monde essaie d'être plus chic que les serveurs. Mission impossible : côté élégance, ils sont imbattables.

Je passe chez Brioni, au centre commercial Slave : je cherche un cadeau d'anniversaire pour Vanetchka.

Il y a de beaux pyjamas à mille deux cents dollars. Épater cet Anglais par la générosité russe ? Il risque de ne pas comprendre.

« Auriez-vous une breloque ? »

La vendeuse ne daigne pas me répondre, elle pense que c'est une blague.

Dans la boutique d'à côté, on vend des revues et des poupées russes. Je crois lui en avoir déjà offert il y a une dizaine d'années.

« Vous n'auriez pas une jolie édition de proverbes russes ?

— Malheureusement, non. On m'en demande souvent. »

Souvent ? Et si je faisais moi-même une édition de ce genre ? Non, la vendeuse a dû le dire par pure politesse.

Je mange un plat de *unagi* en buvant un panaché : ça désaltère. Au centre commercial Slave, il y a un restaurant japonais, le plus connu de Moscou. Son propriétaire (qu'on a affublé d'un surnom indécent) a ouvert le même à Londres. J'essaie de trouver un lien logique entre ces deux restaurants, Vanetchka et un bibelot japonais que je pourrais lui acheter. Mais ça ne marche pas.

Je décide de lui offrir Svetlana en guise de cadeau d'anniversaire. Si elle a plu à Serge, elle devrait lui plaire aussi. Cela veut-il dire qu'elle et moi, nous avons le même type ? Je ne vois rien de commun entre nous.

Je lui passe un coup de fil en finissant mon panaché. « Tu peux trouver quelqu'un pour garder le petit ? »

Il se trouve que sa mère est chez elle. Sa tension est redevenue normale.

« Parfait. Je passe te chercher dans une demi-heure. Fais-toi belle. »

Je me demande pourquoi elle m'obéit. Parce que je lui donne de l'argent ? Parce que je suis la femme de Serge ? Ou parce que je suis celle que je suis ? Il est vrai que j'ai toujours eu de l'ascendant sur les gens.

Vanetchka a loué une petite salle avec un immense balcon et un bar au sixième étage de l'hôtel *Baltchoug*. Du balcon, on a une vue magnifique sur la Moscova et naturellement, tous les invités préfèrent rester là. Des serveurs affables apportent à tout le monde des cocktails forts, si bien que nous n'avons pas peur d'attraper froid.

La table a été poussée contre le mur. Il reste assez de place pour danser.

La plupart des invités sont des étrangers en poste à Moscou. Plusieurs d'entre eux sont venus en compagnie de filles russes.

Je me sers des hors-d'œuvre et je vais sur le balcon. Je cherche Vanetchka pour lui souhaiter bon anniversaire.

« Je reste à l'intérieur, me dit Svetlana dans un souffle. Si je prends froid, je n'aurai plus de lait.

— C'est une pute ? me demande-t-il à l'oreille.

— Pas du tout. C'est une femme bien.

— Étrange. D'habitude, à Moscou, on m'offre toujours des prostituées.

— On n'a que ce qu'on mérite », lui dis-je fièrement. Hier, avant de m'endormir, j'ai feuilleté un livre de proverbes et locutions figées.

« Pardon ? » demande Vanetchka, étonné.

Je le laisse avec Svetlana et sors sur le balcon. Je décide de fêter aussi un jour mon anniversaire dans cette salle. J'allumerai encore plus de bougies. Et j'engagerai un violoniste qui se tiendra près du bar. Et je servirai plus de caviar. J'inviterai quelques stars de la télé pour qu'elles déambulent parmi les invités, sinon ce n'est pas une vraie fête. Des VIP aussi (les gardes resteront devant la porte). Mes amies, dont la moitié sont brouillées entre elles. Je m'arrête là. Tout cela suffirait à ce que cet endroit perde tout son charme.

Vanetchka me demande s'il doit raccompagner Svetlana chez elle.

« Uniquement si tu en as envie. »

Je lui fais la bise et je pars sans même lui demander ce qu'il a décidé.

« C'était une soirée très agréable. »

Je viens de comprendre pourquoi Svetlana m'obéit. Parce que dans le cas contraire, je verrais en elle une rivale et je ne m'occuperais pas d'elle. Je sais aussi pourquoi je l'aide. Je suis en train de prouver à Serge que je suis mieux qu'elle, que je suis au-dessus de la jalousie. Mais elle ne me le pardonnera pas.

La matinée est maussade. Habituée à l'hiver avec ses intempéries, je ne le remarque pas tout de suite.

Ma voiture est toute crasseuse : on pourrait l'utiliser dans un thriller, par exemple, *Course-poursuite dans la gadoue*. Je décide de la faire laver pour commencer ma journée.

Comme d'habitude, Moscou s'affaire : on dirait qu'ici, les gens veulent gagner tout l'argent du monde. De longues files d'attente devant tous les garages. Les routes sont embouteillées.

Le temps d'arriver chez Svetlana, j'ai oublié la raison de ma visite. Elle déménage chez les parents de Serge. Je lui ai promis de lui donner un coup de main. Elle a deux valises, le petit Serge en a cinq. Chacune deux fois plus grosse que les sacs de Svetlana. Elle erre dans l'appartement en ramassant tantôt un tube de crème, tantôt un petit vase.

« Tu n'en auras pas besoin », lui dis-je en la voyant regarder l'immense pendule murale.

Son appartement ressemble à une chambre d'hôtel qu'on quitte à six heures du matin alors qu'on est rentré à quatre et qu'on n'a pas eu le temps de faire ses bagages.

Le bébé dort dans son berceau. Nous attendons qu'il se réveille. Svetlana commence à transporter les affaires dans ma voiture. Je déambule dans les chambres. J'ai sommeil.

Comme elle revient chercher d'autres sacs, je lui demande : « Vanetchka t'a raccompagnée hier soir ?

— Oui », répond-elle, l'air de dire que cela ne me concerne pas.

J'ai envie de lui crier que je l'ai quitté il y a quelques années. Pour qu'elle ne se monte pas trop la tête. Mais je m'abstiens.

Mon regard tombe sur un album de photos dans une armoire ouverte. Je ne peux plus en détourner les yeux. Il y a sans doute des images de Serge là-dedans. Des scènes d'une autre vie à laquelle je n'ai pas accès.

La porte claque derrière Svetlana.

Je glisse l'album dans mon nouveau sac et tire précautionneusement la fermeture Éclair.

La chambre de Serge est transformée en chambre d'enfant. Svetlana, elle, a investi le bureau.

L'appartement douillet aux rideaux foncés de mes beaux-parents s'est rempli de jouets multicolores et de biberons. Ça dépare un peu leur intérieur, mais personne ne s'en préoccupe, au contraire, tout le monde trouve ça touchant.

Je voudrais mettre en garde ma belle-mère, mais je ne sais pas ce que je crains exactement. Je ne vais tout de même pas lui dire de cacher ses économies !

Dans la voiture, ma main cherche l'album photos. Mais je décide de le regarder à la maison. Je voudrais avoir mon temps pour contempler ces images. Résolue à me faire mal jusqu'au bout, je m'apprête à examiner chaque détail, chaque sourire. Je les graverai dans ma mémoire, dans ma conscience, dans mes cauchemars. Un supplice terrible.

Je presse l'accélérateur. Avenue Koutouzov, je n'hésite pas à prendre un sens interdit.

Je suis vraiment maso, me dis-je. Sans doute éprouve-t-on la même douleur en ouvrant une porte derrière laquelle on trouvera son mari en train de faire l'amour avec une autre. Mais nulle femme au monde n'est capable de passer devant cette porte sans la pousser.

Il n'y a aucune photo de Serge dans l'album. Je suis même déçue. Il n'y a que quatre clichés en tout. Sur l'un d'eux, on voit un homme dont le visage me semble vaguement familier, mais même en l'examinant de près, je n'arrive pas à le reconnaître.

Les négociations avec la compagnie qui m'achète ma marque de lactosérum prennent quelques jours.

Nous transigeons sur deux cent cinquante mille. Je suppose que j'aurais pu demander plus. Mais je me hâte d'accepter avant qu'ils ne changent d'avis.

Je dois engager un avocat qui pourra clore la procédure judiciaire et racheter l'hypothèque.

Je décide de ne plus jamais acheter à crédit.

Quant aux bureaux, j'avais un bail de courte durée qui a pris fin, je n'ai donc rien à faire.

Tout va bien, si ce n'est que je n'ai rien gagné. Mais ce n'est pas pour m'enrichir que je vendais mon lactosérum. J'avais besoin de me distraire, je voulais apprendre à ne plus penser à Serge. J'y suis arrivée, ou presque.

À présent, je pense davantage à son chauffeur et à son enfant. Je dois sauver le premier et prendre soin du second. Après quoi, je pourrai m'occuper de moi.

Cette année, je ne me sens pas concernée par le printemps. L'épanouissement de la nature n'éveille rien dans mon âme. Je trouve cela étrange, vexant même. Je me dis : et si c'était la vieillesse ? Il paraît qu'elle vous tombe dessus sans crier gare. Cette idée ne me fait pas peur. Si c'est le cas, je suis prête à l'accepter, car la vieillesse doit avoir aussi ses bons côtés, comme dirait ma fille. Par exemple, on n'a plus besoin de mâcher. Mais non, ce n'est pas vrai, aujourd'hui tout le monde a un dentier. Les petits-enfants prennent soin de vous. Mais moi, je n'ai pas de petits-enfants. On n'a plus à se maquiller. Du reste, je ne me maquille pas.

La vieillesse n'a aucun avantage. Je prends sur un cintre une robe bariolée de la dernière collection de Dolce & Gabbana. « Il faudra la garder, me dis-je. Sur mes vieux jours, je la mettrai de temps en temps pour me donner du cœur au ventre. »

Je vais à une vente de montres Chopard dans le passage Tretiakov. Je dois retrouver Hélène et Olessia : ce sont elles qui ont les invitations.

Katia est tombée enceinte et elle reste à la maison : elle a une forte carence d'œstrogène dans le sang. Elle doit garder le lit. Son oligarque et sa mère sont auprès d'elle.

Hélène et Olessia ont du retard. Je fais le pied de grue devant l'entrée, ce qui est plutôt désagréable. Une connaissance, Mariana, passe devant moi d'un pas pressé, en espadrilles sur la neige. Elle tient son invitation à la main. De l'autre main, elle s'accroche au bras d'un homme dont le visage me semble familier.

« Tu n'as pas d'invitation ? » me demande-t-elle.

Son compagnon m'étudie sans la moindre gêne.

Je réponds avec un sourire : « Si, je suis sortie fumer une cigarette.

— Depuis quand tu fumes ? » marmonne Mariana en se faufilant entre les gardes qui se tiennent à l'entrée.

Si Hélène tarde encore, je finirai par allumer une cigarette. Les serveurs apportent des canapés et du champagne. Dans les vitrines, on voit scintiller des diamants.

J'appelle Mariana. « Dis, tu étais avec qui ?

— Je ne le connais pas, nous nous sommes rencontrés hier à la station-service. Mais je crois que sa voiture est son unique bien. Pourquoi, il te plaît ?

— Je l'ai déjà vu quelque part. »

Où l'ai-je croisé ? Sans doute aussi à une station-service.

« Ah oui ? C'est peut-être un séducteur connu et moi, je m'apprêtais à l'envoyer paître. »

« Regarde le collier de Xénia Sobtchak ! » dit Hélène en me poussant du coude.

Debout devant la vitrine, nous faisons semblant de regarder une nouvelle montre avec des émeraudes.

Un garçon apporte du champagne sur un plateau. Plusieurs mains se tendent vers les flûtes.

« Je crois qu'on peut y aller », décide Olessia.

Elle a raconté à son mari qu'elle avait rêvé de lui : il était allé à la chasse et s'était fait tuer par un ours. Son mari est un grand chasseur. Elle lui a parlé de ses blessures sanglantes qu'elle avait vues en rêve. « Cela présage une maladie très, très grave », lui a-t-elle dit. Son mari est un hypocondriaque comme la plupart des hommes. Aussitôt, il a eu un malaise et s'est mis au lit. Il n'est pas allé travailler.

« Je suis sortie, raconte Olessia une fois dans la rue, et le soir, en rentrant, je lui ai dit que j'étais allée consulter une célèbre voyante. Elle m'a expliqué que pour échapper à la mort, il devait se marier avec moi à l'église. Il était prêt à croire n'importe quoi. Ça va donc se faire.

— Tu es folle, dit Hélène.

— Je l'aime, c'est tout. Vous ne pouvez pas comprendre, les filles. (Olessia est vexée.) À propos, pour la Journée des femmes, il m'a offert un bracelet de chez Cartier. Et toi, tu as eu un cadeau ?

— Nous n'avons personne pour nous faire des cadeaux, répond Hélène. Nos faiseurs de cadeaux se sont fait bouffer par un ours. »

Je laisse échapper : « Qui les a confondus avec le mari d'Olessia. »

Nous téléphonons à Katia.

« Tu as besoin de quelque chose ? demande Hélène. On peut passer.

— Merci, à deux nous nous en sortirons. »

J'aimerais bien être de nouveau enceinte. Et que l'homme que j'aime m'apporte en serrant les dents tantôt une pomme, tantôt à boire, tantôt un grain de raisin, puis emporte le tout, car je n'en aurais plus envie.

« Bientôt, il fera bon, dit Hélène, on pourra partir en Turquie.

— Je n'aime pas la Turquie.

— Tu t'y es mal prise pour tes vacances, c'est tout.

— Qu'est-ce que j'aurais dû faire ? demande Olessia.

— Il faut draguer les animateurs du groupe », explique Hélène.

Je pense à une histoire qui a fait beaucoup de bruit l'été dernier. Plusieurs jeunes femmes sont allées en Turquie, en voyage organisé. L'une d'entre elles a ramené son animateur à Moscou. Elle lui a loué un appartement. Son mari l'a appris. Elle a tout mis sur le dos de son amie. L'amie en a accusé une autre. Les maris se sont fâchés entre eux en défendant chacun sa femme. (Quelle honte, tout de même !) Les femmes, elles, ont eu l'honneur sauf. Seulement, je pense qu'on ne les laissera plus aller en Turquie.

« Ça, c'est pour Victoria. » Je leur raconte l'histoire du *Baltchoug*.

« Tu ne savais pas ? s'étonne Olessia. Elles y louent une chambre tous les mercredis. »

Nous avons l'air assez pittoresques en robe de soirée au milieu de congères. Mais nous en avons assez de bavarder dans la rue.

« Alors, on va faire la fête ? propose Hélène en bâillant.

— On peut aller à *La Galerie* », dit Olessia.

D'un coin de l'œil, j'aperçois un objectif qui nous fixe et je souris. C'est le photographe de *Harper's Bazaar*. Il a noté nos noms pour une chronique mondaine. Hélène a dit qu'elle était designer.

« Sinon, la mère de Katia sera choquée, dit-elle.

— Vous croyez qu'ils vont publier nos photos ? demande Olessia d'un air rêveur. Je les donnerai à mon mari pour le rendre jaloux. »

Une photo… Une idée effleure mon esprit, mais je n'arrive pas à la saisir. Nous décidons de nous séparer. Nous n'avons rien réservé à *La Galerie* et il n'y a aucun autre endroit où nous voudrions aller.

Un exemplaire de *La Plage*, de Garland, traîne dans ma voiture. Je rentre pour lire.

Me mettre au lit avec un livre, quel plaisir ! Je me prends une immense assiette avec des biscuits et du chocolat coupé en carrés, j'allume la torchère, je descends chercher le Coca que j'ai oublié dans la cuisine, me glisse de nouveau sous les couvertures et tourne la première page sans me presser.

Je me demande si Mariana m'a vue dans la salle. Elle pourrait vraiment penser que je n'avais pas d'invitation. Ce n'est pas que cela me préoccupe vraiment, mais tout de même…

Où ai-je déjà vu son soupirant ?

Une intuition soudaine me fait bondir du lit ; le calme de cette soirée vole en éclats. Mes doigts tremblent tellement que j'ai du mal à presser les touches du téléphone.

« Mariana ? Dis, comment s'appelait le type qui était avec toi ?

— Oh ! s'écrie Mariana en riant. Je vois qu'il t'a tapé dans l'œil. Oublie-le, je l'ai déjà planté, c'est un filou…

— Comment s'appelle-t-il ? dis-je perdant patience.

— Vladimir, répond Mariana, déconcertée. Quant à son nom, je n'ai pas osé le lui demander. Sûrement un nom un peu passe-partout. »

Je jette par terre les vêtements rangés sur les étagères, je retourne tous les sacs, je casse un vase sans même le remarquer : je cherche l'album de Svetlana.

Le voici.

Il s'ouvre directement sur la photo en question. J'ai l'impression que tout mon corps n'est qu'une paire d'yeux. Des yeux immenses, effrayés. Ils fixent le visage souriant d'un homme aux joues roses. Je ne l'ai pas reconnu tout de suite, car sur le portrait-robot on ne voyait pas son teint porcin. « Vladimir », a dit Mariana et tout s'est remis en place.

Je retourne dans ma chambre en courant, comme une folle, je saute par-dessus le lit, saisis le téléphone. C'est ma belle-mère qui répond.

« Comment allez-vous ? »

J'ai l'impression d'entendre ma propre voix de l'extérieur. J'ai du mal à croire que je peux parler calmement, dans l'état où je suis.

« Notre petit Serge a mal au ventre. Il souffre tellement ! Ce doit être les gaz, nous avons tout essayé, nous lui avons fait des lavements, nous l'avons massé.

— Et Svetlana ?

— Elle est sortie avec une amie. Mais nous nous débrouillons très bien, grand-père et moi. »

Je ne peux pas rester bras croisés en attendant que Svetlana revienne. Je téléphone à Vadim. « Tu es où ? » Ma voix se brise, devient cri.

« Que se passe-t-il ? » Lui est au contraire d'un calme parfait.

« Je viens te voir ! Je dois te montrer une photo ! C'est Vladimir le Rat ! Il est blond, les cheveux coupés en brosse ? Il a les joues roses ?

— Je crois que oui…

— Tu es où ?

— Je… » Sa voix se fait hésitante. « Je suis au sauna… C'est moi qui vais venir…

— Non, je ne peux pas attendre! Donne-moi l'adresse! »

Le sauna est au village de Gorki. J'enfile un long manteau de fourrure par-dessus le pyjama et dix minutes plus tard j'y suis.

Un garde taciturne en gilet pare-balles me conduit à l'entrée du sauna. Vadim s'y trouve déjà.

« Excuse-moi de t'accueillir comme ça. »

Il est vêtu d'un long peignoir.

Moi, je ne lui présente pas mes excuses. Pourtant, il fait si chaud que j'ai enlevé ma fourrure.

« C'est lui? »

Je mets devant ses yeux la photo de l'album.

« Oui », fait Vadim en hochant la tête.

J'éclate en sanglots. Vadim est complètement désemparé. Je m'assieds par terre sur ma fourrure et je pleure comme une Madeleine.

Vadim ne m'a jamais vue dans un état pareil.

« Il me regardait, tu comprends, le meurtrier de Serge… Il va à des soirées en ville, en toute tranquillité… Peut-être qu'il aurait voulu faire ma connaissance… »

J'ai honte. Une vraie crise d'hystérie devant un homme que je connais à peine. Je suis en pyjama par-dessus le marché. Mais je ne peux plus m'arrêter. J'ai l'impression de pleurer pour la première fois de ma vie.

Derrière une porte en bois fermée, j'entends un hurlement de femme étouffé. Une tête d'homme apparaît dans l'entrebâillement et se cache de nouveau.

« Calme-toi », dit Vadim. Il est gêné. Aussi bien par mes pleurs que par ces cris.

Le type s'encadre dans la porte en refermant sa robe de chambre.

On va me prendre pour une prostituée, me dis-je en portant mes mains à mon visage mouillé de larmes. Un geste automatique, au fond cela m'est complètement égal.

« Renata, dit l'homme, complètement ivre, me prenant pour la femme de Vadim, je prends un bain de vapeur avec ma sœur et j'ai invité Vadim… »

Vadim se lève, repousse son copain, qui se débat, et referme la porte derrière lui.

« Excuse-moi », me dit-il d'un air très sérieux.

Je fais signe que ça va mieux. Je remets mon manteau. J'ai très envie de pleurer. Mais l'endroit est mal choisi.

« Je te raccompagne ?

— Non », dis-je dans un souffle.

La porte claque dans mon dos. Les deux mains sur le volant, je regarde mes larmes couler dessus en y formant de petites flaques. Le garde, impassible, me dévisage à travers la vitre. Je mets la musique à fond. Je ne sais pas combien de temps s'écoule ainsi. Je ne ressens aucun soulagement.

Je mets le moteur en marche. Bien sûr, il n'est pas très pratique de rouler en pyjama, mais si je ferme mon manteau on ne verra rien.

Je vais jusqu'à chez mes beaux-parents et sonne à l'Interphone. L'enfant s'est calmé et il s'est endormi. Svetlana n'est pas encore rentrée.

Je reste l'attendre dans la voiture. C'est Vanetchka qui la ramène. Mon cœur défaille. Cela ne dure qu'un instant. C'est moi qui l'ai voulu, après tout. Pourvu qu'il n'ait pas l'idée de monter ! me dis-je.

Svetlana descend et fait des signes à Vanetchka, jusqu'à ce que sa voiture disparaisse au tournant. Nous entrons dans l'immeuble en même temps. « Tiens, salut ! » dit Svetlana, étonnée.

Les portes de l'ascenseur se referment derrière nous. Je sors la photo. « Qui est-ce ? » Je suis absolument sûre qu'il s'agit d'un soupirant. Peut-être même que c'est le père de son enfant. Je suis préparée à ce que Svetlana ne réponde pas et je me mets en colère d'avance.

« C'est mon frère. (De nouveau, elle me regarde d'un air étonné.) Que se passe-t-il ?

— Ton frère ? (J'ai l'impression d'avoir prononcé ce mot en pensée seulement, mais à en juger d'après le bond que fait Svetlana, j'ai dû le hurler à gorge déployée.) Ton frère ? »

Je la serre contre le mur. L'ascenseur tremble.

« Ta putain de famille ! »

Elle me repousse. « Qu'est-ce qui te prend ? »

Je lui assène une gifle de toutes mes forces. Mon manteau s'ouvre. Svetlana contemple mon pyjama un instant, puis elle se jette sur moi. « Qu'est-ce que tu me veux ? Tu es folle ! » hurle-t-elle.

Il y a longtemps que je ne me suis pas battue. La cabine d'ascenseur, avec une immense glace sur tout le mur, devient un ring : je cogne et n'ai pas l'intention de m'arrêter. Nous nous tirons les cheveux en silence, jusqu'à ce que l'ascenseur s'arrête à l'étage. Svetlana se tourne pour sortir. De toute la force de ma rage, je lui assène un coup entre les deux yeux.

« Raconte ! Raconte tout ! » Ma voix est éraillée, je hurle.

« Raconter quoi ? » Elle a le souffle court.

« Ils se connaissaient ?

— Serge et mon frère ? Oui. Ils ont même travaillé ensemble.

— C'est toi qui les as présentés ?

— Oui, bien sûr.

— Alors ?

— Alors quoi ? crie Svetlana, et elle se met à pleurer.

— Que s'est-il passé avec ce travail ?

— Est-ce que je sais, moi ? Je crois qu'ils ne sont arrivés à rien ! D'abord, il a eu beaucoup d'argent, il m'a même offert une veste en vison, mais maintenant, il n'a plus rien… »

Je hais Svetlana : parce que je n'arrive pas à la croire. Depuis l'instant où je l'ai vue au restaurant, je ne lui fais pas confiance. Pourtant, le bon sens me dit qu'elle ne ment pas. Elle n'avait pas de motif. Son frère en avait un, lui.

« Donne-moi son adresse. »

Elle fait un pas en arrière.

« Pourquoi ? »

Je me mets à hurler de nouveau : « Donne-moi son adresse !

— Il vit dans mon appartement en ce moment. Tu peux m'expliquer ce qui se passe ?

— Ton fils a mal au ventre : ce sont des gaz. Et eux, ils sont âgés. Tu vas les aider, d'accord ? »

Nous appelons de nouveau l'ascenseur, car toutes les deux nous avons besoin d'une glace. Mon pyjama en soie est déchiré, mais je m'enveloppe dans ma pelisse. Je rassemble mes cheveux en une queue-de-cheval. Svetlana est toute dépenaillée. « T'as qu'à leur dire que tu es tombée, et que tu as failli passer sous une voiture. » Elle essuie le mascara qui a coulé. Je lui demande, moqueuse :

« Comment va Vanetchka ? » Elle prend un air hautain et ne répond pas.

À peine au lit, je m'endors. J'ai eu juste le temps d'enlever mon pyjama. Le matin, lorsque j'ouvre les yeux, j'ai l'impression de n'avoir pas dormi.

Une photo du Rat traîne par terre.

« Je vais le tuer », me dis-je calmement, d'une voix monocorde.

Le téléphone sonne : c'est Vadim.

« Ce type, c'est le frère de Svetlana, lui dis-je.

— Son frère ? demande-t-il, bouleversé.

— Oui, oui, son frère ! (Je sens de nouveau les larmes me monter aux yeux.) Tu dois la connaître ? »

Il ne dit rien.

« Bien sûr que tu la connais ! (Je crie, triomphante.) D'abord, vous couchez avec n'importe qui et ensuite, leur famille vous élimine ! C'est de la vermine, tout comme vos gonzesses d'ailleurs !

— Tu veux que je vienne ?

— Non ! Va retrouver ta pute du sauna et regarde son passeport ! Elle a peut-être un frère ? Ou un papa ? À moins qu'elle n'ait un pistolet dans son sac à main ? Ta montre vaut plus cher que toute sa vie ! Tu n'as pas peur ? »

Il raccroche.

Je jette le téléphone contre le mur.

Je vérifie : il fonctionne.

Quelques minutes plus tard, Vadim me rappelle. « Il faut donner sa description à la police. Tu connais son adresse ? Il n'est pas certain qu'il soit retourné à son domicile.

— Et alors ? Nous sommes déjà passés par là ! Au procès, le chauffeur retirera sa déposition. Et ils n'ont aucune autre preuve. »

Vadim me demande comment va le chauffeur.

« Ça va. Il marche, tout fonctionne. Mais il ne peut bouger qu'à l'intérieur de son appartement. Je n'ai tout de même pas les moyens de lui procurer tout un détachement pour escorter sa famille dans ses déplacements à travers Moscou.

— Donc, tu ne veux pas prévenir la police ? s'étonne Vadim.

— Non. »

Je téléphone au chauffeur. « J'ai trouvé le Rat », dis-je sèchement sans même le saluer.

On dirait qu'il attendait ce coup de fil. « Que dois-je faire ?

— Rien. Juste attendre encore un peu.

— Moi, je peux attendre. C'est maman qui… »

Je le rassure : « Vraiment un tout petit peu. »

J'emprunterai le pistolet à Alex. À trois pas, ça vous troue un homme.

Je descends dans la salle à manger. Comme toujours, Alex est assise sur le canapé avec une revue. « Tu as ton arme sur toi ? »

Je pose cette question l'air de rien, en levant le couvercle de la théière.

« Du thé vert à la fraise, je viens juste de le faire. Oui, je l'ai sur moi. »

Je hoche la tête.

« Laisse-la-moi. Et… Tu es de sortie aujourd'hui. »

Alex me regarde très attentivement. « Merci. Je voulais faire laver la voiture. Tu as roulé cette nuit ? »

Je m'en vais en bredouillant quelque chose.

Il me semble, je ne sais pourquoi, que je dois me vêtir de noir de pied en cap : jean noir, pull noir, veste et tennis noires.

Je dis à Alex que je ferai laver la voiture moi-même. Elle me suit d'un regard inquiet.

Je roule sur un chemin inondé de soleil. Je me sens offensée. J'ai pitié de moi-même, j'ai envie de pleurer. Car tous les autres vont au travail, à un rendez-vous galant, au restaurant, chez des amis. Du moins, c'est l'impression que j'ai.

Je sens le pistolet dans ma poche, chaque millimètre carré de métal m'écrase. Au feu rouge, je le tâte. Je me dis que je devrais m'exercer au tir.

La plage du mont Saint-Nicolas me paraît l'endroit idéal. Du moins, au mois de mars. Il n'y a pas une bouteille vide à cinquante mètres alentour. Je sors de mon coffre une bonbonne de liquide antigel. À tout hasard, je la vide. Je construis un petit socle de neige. Pose la bonbonne dessus. Prends le pistolet avec mes doigts gelés. Sa panse ronde et son canon court logent parfaitement dans ma main.

Je tire.

Je sens une forte secousse dans mon bras. La balle a traversé la bonbonne en la projetant de côté, assez loin ; le coin du kiosque où on vend les billets l'été a volé en éclat.

Mon épaule me fait mal. J'ai l'impression d'avoir une entorse.

Exercice réussi.

La voiture finit par démarrer, non sans mal – il y a de la neige –, et je parviens à rejoindre la route de Roublev. À chaque instant, je tue le Rat de sang-froid.

Le voilà qui se tient devant moi en me dévisageant comme hier soir. Je lève lentement le bras tendu, calcule la distance et presse la détente. Un instant, je savoure ce qui s'est passé, puis de nouveau, il est devant moi. Je lève lentement le bras...

Le téléphone sonne.

Je n'ai pas envie de répondre avant de tirer une nouvelle fois, mais la sonnerie me distrait, je jette le pistolet sur la banquette arrière et sors mon portable.

C'est Katia. « Tu es où ? dit-elle d'une voix triste.

— Dans la voiture.

— Tu vas où ?

— Rue Babouchkine... »

Un instant de silence.

« Et toi, qu'est-ce que tu deviens ? » J'essaie de paraître naturelle.

« Ma mère a un cancer.

— Quoi ? »

Katia se met à pleurer au téléphone.

« Arrête, tu dois rester calme, tu attends un enfant. » Je comprends que je suis en train de dire une bêtise. Qui a dit qu'un embryon de six semaines était plus important qu'une mère ?

« Il est là, ton homme ?

— Il est en déplacement. »

La vie est plus importante que la mort. Les amis, plus importants que les ennemis.

Il ne m'échappera pas, ce Vladimir le Rat. Il est condamné. Depuis la seconde où il a décidé de tuer mon mari. À cause de ces actions imbéciles. Elle a dit qu'il n'avait pas d'argent. Donc, cela n'a rien donné. Mais Serge est mort, lui. Des dégénérés comme ce Vladimir devraient rencontrer la femme de leur victime avant d'agir.

La mère de Katia se meurt. La seule chose que Katia peut faire pour elle, c'est apporter des antalgiques à l'hôpital. Mais c'est justement là qu'il y a un problème. Les anesthésiants sont vendus uniquement sur ordonnance et en des quantités tout à fait insuffisantes. L'argent n'y change rien. « Pas possible ! » Je n'arrive pas à le croire. Nous sommes chez Katia. Elle lève les bras au ciel, de désespoir. « On ne peut rien faire. C'est complètement absurde.

— Et si tu paies trois fois le prix ?

— Même dix fois ! Impossible. »

J'ai peur.

« Tu sais ce qu'elle a dit, une semaine avant de l'apprendre ?

— Qu'a-t-elle dit ?

— La vie est comme un mauvais livre : seuls le début et la fin sont importants. »

En d'autres circonstances, j'aurais été gênée par le pathos de cette phrase.

Katia se met à pleurer. « C'est une fin affreuse ! Tu n'y as pas été ! Tu n'as pas vu… Et je ne peux rien faire, tu comprends ? Je pourrais louer l'hôpital tout entier avec les médecins et les aides-soignantes pour un an, dix ans ! Tu comprends ? Mais je ne peux pas soulager ses souffrances ! »

Je lui verse de la valériane et finis par la boire moi-même. « Ne m'en donne plus, dit-elle, j'en suis déjà à mon deuxième flacon, en quelques jours.

— Et ta grossesse ?

— J'ai une insuffisance hormonale. Mais je n'ai plus mal au ventre, c'est bon signe. »

Elle se remet à pleurer. « Et elle, elle a mal... Peut-être en cet instant même. »

J'attends que Katia sombre dans le sommeil pour rentrer chez moi. Il est quatre heures du matin.

Je m'endors dans ma salle de bains, en chien de fusil, à même le carrelage rose. Trois heures plus tard, j'ouvre les yeux. J'ai envie de prier.

Je me dis désespérément qu'il faut me lever, prendre le pistolet, aller rue Babouchkine, tuer le Rat. Cette idée hante mon esprit, elle a envahi tout l'espace, elle me coupe du monde entier. Elle est comme un mur, je m'y cogne.

J'ai la nausée, j'ai mal au ventre, à la nuque, aux bras et aux jambes. Et aussi, aux reins, au foie et à la rate. Mon cœur ne bat plus, il racle ma poitrine de l'intérieur, avec des griffes bien pointues.

Je demande à Dieu de me rendre Serge. Qu'il reste avec Svetlana, s'il le faut. Qu'ils élèvent leur enfant. Qu'il ait des jumeaux, des triplés. Un amant homosexuel en prime... Cela m'est égal. Pourvu qu'il soit en vie ! Mais qu'une fois par an, pour le 8 mars par exemple, il m'offre une journée ; je la passerais en le serrant dans mes bras, sans le lâcher une seconde. Je respirerais son odeur. Une fois par an, je serais folle de bonheur.

D'un geste automatique, je prends des vêtements sur l'étagère. Je m'habille. Je serais incapable de dire ce que je mets.

Le pistolet est toujours sur la banquette. Je le ramasse et le glisse dans mon sac.

Je démarre et mets les essuie-glaces. Puis les arrête.

Les larmes me voilent les yeux, je les essuie des deux mains, reprends le volant, les essuie de nouveau.

Je voudrais être une petite fille. Je voudrais que ma maman me protège. J'aimerais n'aller nulle part ! Je suis fatiguée. Jusqu'à quand ce cauchemar va-t-il durer ?

Je m'arrête aux feux sans les remarquer. Je double les voitures, sûre de moi, sans même jeter un coup d'œil dans mon rétroviseur.

Je pleure à chaudes larmes, les passants me regardent avec curiosité à travers la vitre. Moi aussi, je les regarde : n'y a-t-il pas parmi eux un blondasse aux joues rouges ? Histoire de mettre fin à cette torture.

Lorsque j'arrive enfin dans la cour de chez Svetlana, je suis dans un état proche de la folie.

Une ambulance et deux voitures de police stationnent devant la porte.

Je monte, sans oser croire à mon pressentiment.

L'appartement est plein de gens en blouse blanche ou en uniforme. À l'endroit où se trouvait le berceau de Macha, je veux dire de Serge, on voit, sur la moquette, une silhouette humaine allongée dans une position étrange, entourée d'un trait tracé à la craie. À côté, des traînées de ketchup, comme dans la publicité de « Baltimore ». C'est du sang, bien sûr.

« Qui a été tué ? »

Ma question s'adresse à tout le monde. Tous les visages se tournent vers moi. « D'après le permis de conduire, il s'agit de Vladimir Moltchaline. Vous êtes de la famille ? »

— Je suis sa femme. »

J'éclate en sanglots.

On m'apporte un verre d'eau.

Je pleure et gémis. Pourtant, je me sens soulagée.

Je ne me préoccupe pas le moins du monde de ce que ces gens peuvent penser. C'est une crise d'hystérie. Je le comprends, mais je ne peux pas m'arrêter.

Une femme en uniforme aux cheveux d'une couleur exécrable essaie de me calmer. Elle me tapote le dos et je pleure. « Tout s'arrangera, me dit-elle d'une voix lasse, et je me serre contre elle. Le temps guérit toutes les blessures, crois-moi. Tu seras heureuse de nouveau. »

En l'écoutant, je me calme peu à peu. « Vous savez où aller ? » me demande-t-elle.

Je fais « oui » de la tête.

« Allez-y. Nous vous convoquerons dans un petit moment, d'accord ? D'ici quelques jours.

— D'accord », dis-je, docile.

Mon téléphone sonne.

« Répondez, me conseille la femme. Il vaut mieux que vous ne restiez pas seule en ce moment.

— Allô. »

J'entends ma voix, sourde et indifférente.

« C'est Vadim.

— Où es-tu ? me demande-t-il, suspicieux.

— Rue Babouchkine. »

Je salue la femme en uniforme et sors avec mon téléphone.

« Qu'est-ce que tu fous là-bas, nom de Dieu ! » hurle-t-il. Jamais il ne s'était permis de me parler ainsi.

Mais je ne raccroche pas.

« Quelqu'un t'a vue ? demande-t-il un instant plus tard de sa voix naturelle.

— Oui, tout le monde », dis-je d'un ton de petite fille capricieuse.

Je le nargue exprès : il y a si longtemps que personne ne s'est inquiété pour moi.

« Tu veux qu'on déjeune ensemble ? Il faut qu'on parle. »

J'accepte. Dans deux heures, à *La Véranda.*

Nous mangeons un tartare de thon et de saumon. Ensuite, je commande un bœuf Strogonoff avec de la purée de pommes de terre. Et, comme dessert, un millefeuille, spécialité de la maman ou de la femme de ménage de l'un des anciens patrons du restaurant, je ne sais plus.

Ma première question à Vadim : « Qui l'a tué ? »

Il hausse les épaules. « Un assassin, voyons. »

Un peu comme si j'avais demandé combien font deux plus deux.

Je le dévisage en silence. Naturellement, il ne me racontera rien. Tant mieux.

« Je n'aurais jamais imaginé que tu puisses y aller si tôt.

— J'ai dit que j'étais sa femme. »

Il lève les sourcils d'un air étonné.

« Je ne sais pas ce qui m'a pris. (Je souris.) Cela m'a échappé.

— Ils vont te chercher. J'arrangerai tout, bien sûr, mais il me faut du temps.

— Mon Dieu ! Encore ! »

Je m'étrangle avec ma purée.

« Il faut que tu partes pour un ou deux mois.

— Oh non, pas ça ! »

J'ai déjà vu des scènes comme celle-ci au cinéma : « Vous devez impérativement quitter la ville en vingt-quatre heures. »

En réalité, cette perspective ne me fait pas si peur.

Pendant que Vadim parle avec quelqu'un, je téléphone au directeur de l'agence de sécurité.

« Tu peux rappeler tes gardes ! dis-je d'un ton joyeux.

— Il a été arrêté ? »

Je bredouille quelque chose et raccroche.

« Tu as de l'argent ? demande Vadim.

— Oui.

— Téléphone à Doudina. On est vendredi, tu dois partir lundi au plus tard. »

Natacha Doudina organise les vacances de tous ceux qui habitent sur la route de Roublev.

Je me mets à pleurnicher. « Tu es sûr, Vadim ?

— Si tu t'ennuies trop, appelle-moi, je viendrai te distraire. »

Doudina me dit qu'il est impossible d'obtenir un visa pendant le week-end et que sans visa, je ne peux aller qu'aux Seychelles ou en Turquie.

Je me rappelle l'histoire des animateurs turcs. Ça ne me dit rien.

« Et lundi ? On a la matinée pour obtenir le visa.

— C'est trop juste pour aller en Europe. Il faut trois jours au moins.

— Natacha, je dois partir lundi. Je veux un endroit où il fait chaud et une place en classe affaires.

— C'est tout ? Le reste t'est égal ? »

Je hausse les épaules. « C'est tout.

— Fais tes bagages. Je t'appelle ce soir pour te dire ta destination. »

Vadim consulte sa montre. « Désolé. Je dois y aller. »

Je décide de rester un moment, de commander un verre de vin rouge pour réfléchir tranquillement.

Vadim et moi nous faisons la bise en évitant de nous regarder dans les yeux. Je voudrais lui dire quelque chose de gentil, ne serait-ce qu'un merci, mais il ne me laisse pas le temps de le faire : il tourne les talons et sort sans même un au revoir.

Je téléphone au chauffeur. Je lui annonce qu'il ne risque plus rien. Il a envie de me poser des questions, mais à mon ton plutôt sec, il comprend que je n'ai pas l'intention de lui raconter les détails au téléphone. Je le remercie de tout mon cœur et lui présente mes excuses pour tous les ennuis que nous lui avons causés.

Au moment de demander l'addition, j'aperçois à travers la porte Hélène en compagnie d'Oleg. Ils entrent, bras dessus bras dessous.

« J'espère que nous ne sommes pas rivales ? me susurre-t-elle à l'oreille.

— Non, à moins que tu ne prétendes au titre de "Miss Moscou 2004". »

Elle rit, tout heureuse.

Oleg propose de me raccompagner. « Je suis tombé amoureux de ton amie », m'annonce-t-il.

J'essaie de sourire.

« Ne t'inquiète pas, me dit-il en me regardant dans les yeux, je ne lui dirai rien sur toi. »

Je hoche la tête. Sans doute attend-il le même engagement de ma part, mais je ne promets rien. Je me demande où ils ont pu se rencontrer.

Le frère du chauffeur me téléphone. Il voudrait me voir, il viendra à mon bureau lundi. Je demande poliment : « C'est pour quoi ?

— Comment... (Il est embarrassé.) Vous comprenez...

— Non.

— Notre mère... Elle...

— Je pars lundi. Une personne vous apportera l'argent. Elle s'appelle Alex. Au revoir. »

« Je pars, dis-je à Alex. Pour longtemps.

— Emmène-moi. » Elle me jette un regard implorant. Je promets d'y réfléchir. Elle fait claquer ses talons comme une idiote et me décoche un sourire béat.

Je pars, me dis-je, et je comprends que cette idée me plaît.

Le jour de mon départ, mes amies organisent une petite fête. Toutes sont là, à l'exception de Katia. L'état de sa mère ne s'améliore pas. Elle est en train de mourir.

Olessia, d'un air très cérémonieux, invite tout le monde à son mariage. Dans une église orthodoxe de Jérusalem.

Kira est venue sans son chien, car à cause des teintures fréquentes, Blondie a des pellicules et on ne peut pas la prendre dans les bras. Son mari n'est jamais revenu. Kira rêve du moment où il rentrera à la maison. « Je lui casserai la figure, promet-elle, et ensuite, je lui donnerai un coup de pied dans le bas-ventre. »

Hélène est heureuse avec Oleg. Des cœurs de chez Chopard brillent à ses oreilles : il les lui a offerts pour fêter leur première semaine ensemble.

Véronique a fini par accepter son mari comme il est. Ses escapades ne la rendent plus malade. Elle ne parle plus de divorce, ni de plainte à la police. Lui ne la frappe plus.

Nous buvons du champagne au *Green*, avenue Koutouzov. Il est impossible de trouver un restaurant plus cher à Moscou. Les clients sont d'un chic ! J'ai une carte de fidélité qui me donne droit à vingt-cinq pour cent de réduction.

« Les filles, vous connaissez quelqu'un à la Douma ? demande Véronique, un peu éméchée. J'ai besoin qu'on adopte une nouvelle loi sur la conduite accompagnée à partir de seize ans.

— Pourquoi ? s'étonne Olessia.

— Igor va offrir une voiture à notre fille pour ses seize ans, mais elle est trop jeune pour passer le permis.

— Les filles, regardez, c'est bien Olga ? Avec qui est-elle ? » demande Hélène en faisant taire Véronique d'un geste et en nous montrant des yeux la propriétaire du magasin de sport, grande amatrice de chirurgie esthétique. Depuis sa dernière opération, ses seins sont tellement écartés qu'ils gênent le mouvement de ses bras. Elle ressemble un peu à un lutteur poids plume avant la compétition.

Olga est avec le mari d'une de nos copines.

« Ce n'est pas son mari, réplique Olessia, ils ne sont pas mariés.

— Aucune importance ! s'indigne Kira. Ils ont un enfant. Les filles, on ne la salue plus. »

Nous entamons une conversation animée et, comme Olga passe devant notre table, nous faisons semblant de ne pas la voir. Seule Olessia lui sourit en catimini et lui fait un clin d'œil.

À neuf heures nous commençons à nous affoler. Dans deux heures, mon avion décolle. Je pars en Inde.

23

“Un jeune homme basané en turban porterait derrière moi une chaise pliante.”

« Je vous ai trouvé une place formidable, m’a annoncé Doudina le vendredi soir : un Boeing, classe affaires, six heures de vol seulement, des températures modérées, un hôtel cinq étoiles, le tout pas très cher. »

Je l’écoute et mon cœur frémit. Elle finit par cracher le morceau : « C’est l’Inde, on vous fera le visa le lundi matin. Bon voyage. »

Comme j’ai peur de l’avion, Hélène m’a acheté un médicament spécial. « Seulement attention, il ne faut pas le mélanger avec de l’alcool, me prévient-elle au détour d’une phrase, ça peut provoquer des trous de mémoire. Tu risques de raconter la même chose plusieurs fois. Mais tu vas dormir, n’est-ce pas ? »

Hélène me tire par la manche, car je me dirige vers la zone VIP. L’embarquement a déjà commencé. « Tu n’as pas de billet VIP ! » me dit-elle la langue pâteuse et en louchant vers le bar. Nous décidons que nous avons le temps de boire un dernier verre. Puis encore un.

Lorsque j'arrive en salle d'embarquement, on annonce déjà mon nom dans le haut-parleur.

La première classe est pleine. Mon voisin commande un cognac sans attendre le décollage. Par le hublot, je vois défiler les lumières de la piste de décollage et tout ce qui s'est passé à Moscou devient lointain et dérisoire. Nous pouvons détacher nos ceintures. Je mets mon siège en position horizontale.

« Voulez-vous un cognac ? » propose mon voisin.

Je réfléchis une seconde, puis redresse mon siège. Nous buvons du cognac en bavardant. Je lui raconte tout ce que j'ai eu le temps de lire sur l'Inde pendant le week-end.

L'hôtesse me réveille au moment où nous commençons la descente. « Bonjour », dis-je à mon voisin en essayant de ne pas lui souffler au visage mon haleine vineuse.

Il me salue et sourit. « J'ai très envie de voir l'Inde, me dit-il.

— Oui, vous savez, ils ont une tradition très intéressante… » Je m'apprête à lui raconter que les femmes portent autant de bracelets qu'elles ont d'années de mariage.

« Je sais, me dit-il en m'arrêtant d'un geste. Hier, j'ai entendu cette histoire au moins sept fois. »

Heureusement, juste à ce moment-là l'hôtesse nous apporte un plateau-repas. Nous descendons.

L'air en Inde est imprégné d'arômes d'épices et d'aventures. Au bout d'une seconde, mes mains deviennent moites : il fait très humide.

L'aéroport de Delhi ressemble à celui de Moscou d'il y a quinze ans. Certains taxis arborent fièrement l'inscription *« Air condition »*. J'en choisis un.

« Vous avez changé d'avis ? » demande gentiment mon compagnon de route. Il s'appelle Constantin, ce que j'avais complètement oublié.

En fait, nous descendons dans le même hôtel et hier, nous avons décidé de faire le chemin ensemble. Une Mercedes avec chauffeur l'attend, lui. Pour le moment, c'est l'unique Mercedes que je vois. En revanche, j'aperçois un éléphant qui marche sur le trottoir à côté d'un homme tout de blanc vêtu ; un petit groupe de singes en laisse (voilà une idée pour Kira, à la place de Blondie), un monsieur en costume d'Adam en train de flâner d'un air ennuyé, un nombre incalculable de mendiants en pantalon bien repassé ou en saris brodés de différentes couleurs. À Moscou, leur accoutrement passerait très bien pour une tenue de soirée. Il y a aussi des vaches assez maigres et très imposantes : vautrées au milieu de la route, elles montrent que les voitures ne les dérangent pas.

Une bonne surprise : les rues sont beaucoup plus propres que celles de Moscou. Constantin m'explique que le centre de Delhi est très différent de sa banlieue. Il m'a promis de me faire visiter les faubourgs.

L'hôtel *Oberoï* est à l'écart du centre-ville : c'est un *« resort hotel »*. Je défais mes valises en me demandant très sérieusement à quoi je vais m'occuper ici. Je décide de commencer par visiter la ville.

Je circule en taxi : ces autos ressemblent à nos vieilles Volga et j'ai l'impression d'être une femme de colon. Les Indiens se montrent très respectueux envers tous les Blancs et, sur fond de tout cet exotisme, chacune de mes journées ressemble à une aventure.

De temps en temps, je téléphone à Moscou. Là-bas, un nouveau restaurant s'est ouvert : *Le Chatouche.* À présent, tout le monde se réunit là. Personne ne me manque, à part ma fille et ma mère.

Constantin se déplace constamment, va tantôt à Jaipur, tantôt à Bombay. Il exporte des voitures Jigouli vers l'Inde. Un soir, en rentrant de voyage, il m'invite à dîner. « Il y aura deux princesses indiennes. Mais il faut venir en tenue *"casual"*. Comment est ton anglais ? » me demande-t-il, tout content.

Je refuse d'aller à ce dîner. J'imagine qu'on me présentera à ces princesses, qu'elles me présenteront à leur entourage, qu'ensuite, nous sortirons ensemble dans des restaurants et à la campagne, organiserons des soirées et fêterons des anniversaires. Bref, tout ce dont j'ai l'habitude à Moscou. Cela me fait peur. Je suis venue ici pour chercher la solitude, une vie différente.

« Comme tu veux, dit Constantin, conciliant. Mais tu as tort de croire qu'on devient si facilement amie de princesses indiennes. »

Je souris d'un air plein de sous-entendus.

En Inde, il y a énormément de pauvres. Mais les Indiens apprécient le confort. C'est pourquoi chaque pauvre a un serviteur, encore plus pauvre que lui.

Un jour, en me promenant, je me retrouve dans une rue immense où l'on vend des clous. Uniquement des clous et rien d'autre. Mais alors, il y en a des tonnes ! C'est très représentatif de l'Inde. On a l'impression qu'ici tout existe en grande quantité. Les gens, les éléphants, les fleurs, tout. Et les clous. À côté d'une de ces boutiques, un Indien d'un certain âge, vêtu seulement d'un pantalon en toile, est en train de se raser. Il semble très pauvre. Sa boutique, son pantalon délavé, ses pieds sales, son visage émacié, son coupe-chou rouillé, le miroir fendillé aux angles dans lequel il se regarde, tout paraît d'une pauvreté extrême. Le miroir, c'est un autre Indien qui le tient. Son pantalon est encore plus délavé, son visage encore plus émacié. À quelque distance de ce couple, on voit un homme qui tient un récipient avec de l'eau. Il est difficile d'imaginer un pauvre plus pauvre que lui. Seulement, j'en aperçois un quatrième, qui tient le blaireau. Il le passe à l'homme au récipient, lequel lui adresse un signe de tête hautain avant de plonger le blaireau dans l'eau et de le donner au porteur du miroir avec un sourire obséquieux. Ce dernier ne daigne même pas lui jeter un coup d'œil. Il regarde avec dévouement celui qui se rase. Le dernier maillon de la chaîne, c'est un pauvre infirme qui tient la serviette. La blancheur relative de la serviette contraste avec le teint noirâtre de son visage, couvert de pustules et de cicatrices. Je jette un coup d'œil derrière son dos en m'attendant à je ne sais quelle apparition. Je vois juste un chiot vautré paresseusement dans une flaque.

Je regrette de n'avoir pas pris d'appareil photo. Je me réjouis de n'être pas née fille d'un vendeur de clous à Delhi. Je me vois sortir de la boutique et complimenter mon père, qui vient de se raser, sur sa bonne mine. Il me passe le récipient pour que je le lave. Je fais signe à une jeune Indienne qui se tient derrière mon dos. Elle porte un sari délavé. Non, il faut rendre justice aux Indiennes. Je n'en ai pas vu une seule qui portât un sari délavé. La plus pauvre des mendiantes aurait réussi son *dress code* dans n'importe quel club de Moscou.

Si on compare l'Inde aux États-Unis, Delhi, c'est Washington. Les endroits les plus chics et les plus intéressants se trouvent à Bombay. Comme à New York.

À Delhi, je coule une existence tranquille. Doux soleil le matin, chaleur étouffante à midi, fraîcheur le soir. J'adore la cuisine indienne, j'ai appris trois mots : *aga* (« bien »), *khandji* (« oui »), *nandji* (« non »). Je commence ma journée agréablement, par une incursion dans la salle de massage de l'hôtel.

Le massage ayurvédique se fait à quatre mains sur une immense planche de bois : on s'allonge dans un creux qui a la forme du corps humain; à la fin, on vous verse trois gouttes d'huile de noix de coco chaude sur le front. Vous avez l'impression de laisser dans ce creux votre corps vieux et fatigué : seule l'âme se relève, pure comme celle d'un enfant mais dotée de bras et de jambes. On est presque étonné de voir qu'on a un corps. Deux masseurs aimables, avec des cache-sexe pour toute tenue, vous coiffent, enlèvent l'huile de vos cheveux, puis vous raccompagnent en s'inclinant et en prononçant des paroles qui vous semblent magiques, mais qui veulent dire sans doute « Merci pour votre visite ».

J'aime aussi me faire masser la nuque à l'huile chaude. Au début, l'huile semble brûlante, mais ensuite, une agréable torpeur se répand dans tout le corps et vous avez vraiment l'impression que sous les doigts doux du masseur, les énergies mauvaises glissent le long de vos cheveux et tombent pour se dissiper dans l'air. C'est ce qu'enseigne Ayurvéda.

Constantin m'invite à visiter Agra. Un lieu magnifique, majestueux. Nous dînons dans un vieux palais où les tables se trouvent sur la pelouse. J'imite les étranges mouvements des danseuses. Elles m'entourent, je bouge lentement mes mains en plissant les yeux et en remuant mes hanches au rythme de la musique. J'ai l'impression de n'avoir fait que ça toute ma vie.

En retournant à notre table, j'annonce à Constantin : « Dans ma vie antérieure, j'ai été danseuse.

— Une danseuse de cabaret, oui.

— Pas du tout ! (Je suis indignée.) Au contraire, une Isadora Duncan ou quelque chose dans ce genre.

— Non. Elle est morte jeune.

— Alors, j'ai été Charlie Chaplin. C'est ça ! Charlie Chaplin ! » Je marche sur la pelouse en imitant la démarche du célèbre comique.

« Tu étais un homme ? » me demande Constantin, incrédule.

Je ris. « Toi, pendant ce temps, tu étais une femme.

— Moi ? Ça m'étonnerait.

— Pourquoi ? Tu es misogyne ?

— Même si je l'ai été, cela m'est passé. Mais, je ne l'ai même pas été. »

Je lui décoche un sourire coquet. Constantin fume un cigare et m'adresse un de ces regards qui donnent à l'existence d'une femme un sens suprême : on se sent alors la plus belle, la plus désirable.

Oui, c'est ainsi que je me sens.

Il fait des gestes en parlant. Je remarque qu'il a de belles mains, des doigts longs et fins. Sans faire exprès, je me mets à imiter ses mouvements. Il sourit toujours un peu, même lorsqu'il dit des choses très sérieuses. Il a un côté gamin. Il a une qualité rare que j'apprécie énormément : il sait vivre ici et maintenant. Lorsqu'il est avec moi, il est uniquement avec moi. Le reste n'a pas d'importance. On a tout simplement l'impression qu'il n'existe rien d'autre pour lui. Avec lui, j'ai le sentiment d'être au centre de l'univers.

Il m'achète un sari rouge ; il nous faut ensuite deux bonnes heures pour apprendre à m'enrouler dedans. Il se trouve qu'en Inde, le sari rouge est une tenue de mariée. Je demande à Constantin en feignant l'inquiétude : « Tu n'es pas marié, j'espère ? Je risque de me retrouver dans une situation délicate. »

Il m'assure qu'il est parfaitement libre. Il se renseigne sur la tenue du marié. Mais les Indiens sourient dans leur moustache abondante et se taisent, mystérieux. Cela nous intrigue beaucoup.

À Agra, je me mets à collectionner des taies d'oreillers brodées avec des ornements ou des animaux exotiques, des perles ou de minuscules miroirs, faites de bouts de tissu ou de brocart irisé. Je consacre à cette occupation trois jours. Lorsque le nombre de taies atteint cent vingt, je décide de faire une collection de colliers en pierres semi-précieuses.

La vie est si ensoleillée et si calme qu'elle remplit mon âme de quiétude. Il y a longtemps que je n'ai pas été aussi détendue. Dans cette ville étrange un peu irréelle, j'ai l'impression d'être totalement protégée des chocs et des malheurs de la vie. Je voudrais que chaque journée ressemble à la précédente. Je voudrais qu'il ne m'arrive plus jamais rien. Ne pas avoir d'autre problème que le choix d'un nouveau sari. Un sari en soie coûte cinq dollars, je peux m'en acheter tous les jours.

Je songe sérieusement à rester ici pour toujours. À Delhi, je pourrais réaliser mon vieux rêve : une immense maison blanche ouverte à tous les vents où un jeune homme basané en turban porterait derrière moi une chaise pliante. Bon, peut-être qu'à force, il finirait par m'énerver avec sa chaise. Quant à tout le reste, c'est exactement ce que je veux.

Je décide de m'informer sur le marché de l'immobilier. Après tout, cela ne m'engage à rien. Je voudrais juste connaître les prix. Savoir que je pourrais acheter une maison si je le voulais. Ou alors, l'acheter pour de vrai, me sentir dans la peau d'une aventurière, d'une colonisatrice. Comme dans le poème de Goumiliov : « Je poursuis mon chemin tantôt me reposant dans un jardin joyeux, tantôt me penchant vers des abîmes. » Il s'agit peut-être de mon rêve le plus cher ! Je ne parle pas des abîmes, mais des jardins joyeux.

Je contacte plusieurs agences immobilières et on me fait visiter des maisons. Aucune ne ressemble à celle de mes rêves. Pour le moment.

Je suis en train d'acheter la plus belle pièce de ma collection, un collier en pierres orange. Mon téléphone sonne. C'est Vanetchka. Il m'annonce que Serge n'est pas le père de l'enfant de Svetlana. Je pose le collier et sors dans la rue. Le soleil m'aveugle et me brûle les épaules. « Que dis-tu ? »

En fait, je ne suis absolument pas étonnée. Comme si je l'avais toujours su.

« Le père de l'enfant l'a abandonnée. C'est une amie de Svetlana qui me l'a raconté. (Vanetchka glousse dans le téléphone, on a l'impression qu'il se sent coupable.) Nous vivons un grand amour. Peut-être que je vais me marier. »

Un mendiant mutilé passe devant moi. Il se déplace sur une seule jambe en s'aidant de son unique bras. Je me détourne avec dégoût.

« Avec qui ?

— Avec l'amie de Svetlana. Mais ce n'est pas encore décidé. »

J'attends un commentaire sous forme de quelque adage populaire, mais rien ne vient. Je retourne au magasin et achète le collier orange pour un dollar au lieu de quatre : j'ai marchandé opiniâtrement.

Quelle salope, cette Svetlana, me dis-je, allongée à l'ombre des palmiers près de la piscine. Cela me fait mal, pour Serge. Mais je suis heureuse de savoir que mon mari n'a pas eu d'autre enfant que Macha.

Je pense à l'appartement de Krylatskoïe. J'ai envie de retourner à Moscou pour frapper Svetlana avec quelque chose de lourd. Mais je me dis qu'il est impossible de reprendre le bébé aux parents de Serge. Ils ne survivront pas à cette nouvelle perte. Je ne le permettrai pas.

Je téléphone. Ma belle-mère décroche. Elle me raconte dans le détail comment le bébé remue ses petits bras et ses petites jambes. Puis, elle m'annonce que Svetlana est partie. « Il s'agit d'une expédition, mais elle n'en a pas dit plus, explique ma belle-mère sans regret. Tu rentres bientôt ?

— Je ne sais pas, lui dis-je, et c'est la vérité pure. Peut-être que vous me rejoindrez avec le petit... »

Ce soir, je ne vais ni dîner avec Constantin, ni nager dans la piscine. Je me retire dans ma chambre. Constantin me fait porter des fleurs et un livre en russe, une rareté ici. *Tesseract*, de Garland. La phrase « Un cafard rampait par terre, semblable à un minuscule skateboard » me met de bonne humeur. Je m'endors, oubliant Moscou et Svetlana.

Le lendemain matin, je décide de collectionner des instruments de musique anciens. On en trouve beaucoup ici.

Je les accrocherai aux murs de ma maison indienne qu'on finira bien par me trouver.

Constantin m'encourage : au petit déjeuner, il m'apporte un gigantesque tambour tout usé qui prend la moitié de ma chambre. Je décide de le laisser dans sa chambre à lui. Je lui propose de partager ma collection de taies d'oreillers, mais il n'en veut pas. Je n'essaie même pas de lui refourguer mes colliers.

Je l'accompagne dans la vieille ville. Il doit y aller pour affaires. Nous faisons connaissance avec un vieil Indien tout ratatiné qui s'appelle Chiam. Il sculpte une boule dans un immense bloc de marbre. À l'intérieur, il devra y avoir des dizaines d'autres boules plus petites, qui chatoieront de toutes les couleurs. Ce travail dure cinq ans.

Chiam a soixante-trois ans. Il n'est pas certain de pouvoir terminer son œuvre. C'est pourquoi, tous les jours, des disciples viennent le voir. Et tous les jours, il les renvoie. J'interroge Constantin : « À quoi sert cette boule ? » Il traduit ma question en hindi.

« C'est beau », répond Chiam en me regardant longuement dans les yeux. Je lui souris, pour montrer que je comprends.

Constantin me traduit ses phrases saccadées où je crois entendre des sifflantes. « Il te demande si tu veux apprendre.

— Moi ? » Je suis si étonnée que je ne sais pas quoi répondre.

« Il dit que toi, tu y arriveras. »

J'imagine un instant que je pourrais passer les cinq prochaines années de ma vie assise au soleil en train de frapper le bloc de marbre avec un petit marteau.

« Dis-lui que je le remercie pour sa confiance… » Je regarde Constantin, mais il n'a pas l'intention de m'aider. Il s'amuse franchement.

Chiam me tend son instrument qui ressemble un peu à un pied-de-biche. Je le prends, pour ne pas vexer le vieillard.

« Bon, allez, on s'en va, dit Constantin en riant, et il lui adresse une phrase en hindi. Tu serais capable de te prendre au jeu. Où je mettrais cette boule ? Tes tambours encombrent déjà toute ma chambre. »

Chiam nous suit des yeux avec un grand sourire : il a les dents blanches, comme tous les Indiens, quel que soit leur âge.

« Il ne s'est pas vexé ?

— Non. Je lui ai dit que tu étais enceinte.

— Mais je ne suis pas enceinte ! dis-je, embarrassée.

— Tu le seras bien un jour », répond Constantin, imperturbable, sans me regarder.

J'aime que les hommes affirment leur désir. Je ne commente pas cette remarque. Je me détourne en cachant mon sourire.

Le lendemain, l'agence immobilière me rappelle. Nous nous approchons de la maison de mes rêves, en nous frayant un chemin à travers une foule compacte de piétons et de cyclistes. Je la reconnais immédiatement à cette sensation de calme et de satisfaction qui m'envahit dans l'immense salon ensoleillé dont les portes vitrées grandes ouvertes donnent sur un beau jardin. Tout émue, je me mets à choisir les chambres pour Macha et pour ma mère. Maman aimera sans doute la vaste chambre à coucher qu'une porte coulissante sépare de la véranda, tandis que Macha…

Je fais plusieurs fois le tour de la maison, j'entends déjà les voix de mes proches y résonner, je nous imagine prendre notre petit déjeuner sur cette véranda, organiser une fête pour les voisins dans ce jardin. Je me dis que dans ma vie, j'ai connu le bonheur. Et l'amour. Et l'amitié. Certains de mes rêves se sont déjà réalisés. J'ai été gâtée.

Quel bonheur d'avoir ma mère et Macha. Je leur consacrerai ma vie. J'élèverai Macha, elle deviendra meilleure que moi, plus belle, plus gentille. J'installerai ma mère dans cette maison et je prendrai soin d'elle. Elle fera pousser des fleurs exotiques et des plantes dans le jardin.

Je marche dans les rues de Delhi. Je suis heureuse. Constantin est parti à Goa pour quelques jours, il faut donc attendre : j'ai besoin de lui pour réaliser cette transaction.

Je téléphonerai chez moi une fois la maison achetée et meublée. J'ai l'intention de demander un prêt à la banque que je rembourserai en vendant ma maison à Barvikha. Si j'ai envie d'aller à Moscou, je descendrai à l'hôtel *Baltchoug*. Mais je suis certaine que je n'en aurai pas envie. Je pense à cette maison sans cesse.

Pendant le déjeuner à l'hôtel *Taj*, j'ai une illumination : il me faut une chambre d'amis. Je me mets à réfléchir à la déco. Je pourrai l'aménager dans le style d'un palais russe traditionnel. Mais ce que je préfère, c'est le Pop Art des années 80. Des collages avec Marilyn Monroe s'accorderont parfaitement avec le style indien. Cela donnera à ma maison un charme particulier.

C'est avec le plus grand soin que je choisis le mobilier pour la chambre d'enfants. Il faut qu'elle soit magnifique, qu'elle ait une allure de fête. Pour la chambre de ma mère, j'achète un couvre-lit élégant avec des dentelles dorées.

Je trouve une rue où il n'y a que des magasins de meubles. Je suis bouleversée. Je n'ai encore jamais vu de meubles comme ça. D'immenses bancs et coffres anciens, des tables massives, des commodes en teck. Avec des incrustations en laiton et des ciselures fines. L'esprit du temps y est gravé, on a l'impression de pouvoir le toucher.

Je regarde, fascinée. Je fais le tour des magasins. Je ne puis croire que je pourrais acquérir ces objets. J'imagine ce grand coffre noir dans le salon de ma maison à Barvikha. Et ce mortier ancien dans l'entrée. On peut y ranger les parapluies.

À Moscou, ces meubles auraient un succès fou. Je pourrais ouvrir un magasin. Je n'ai pas besoin d'aménager un local spécialement : ces meubles attireront l'attention même dans un décor parfaitement banal. Je me renseigne sur les prix. *« Could you show me whole sale prices ? »*

L'envie d'acheter une maison à Delhi m'est passée. Le besoin de calme aussi. Je comprends que mon paradis à moi est différent. J'ouvrirai un magasin à Moscou, beau et original. Les gens viendront admirer mes meubles. Peut-être même qu'ils n'en achèteront pas tout de suite. Au début, seuls les plus téméraires, ceux qui sont en avance sur la mode se lanceront. Puis ce sera la mode pour tout le monde. Moi, j'aurai été la première.

J'ai tout d'un coup l'impression qu'il fait trop chaud à Delhi, que le soleil brille trop fort. Pour la première fois, je songe à Moscou avec nostalgie.

Alex viendra me chercher à l'aéroport. J'imagine son visage radieux. Auparavant, je lui téléphonerai pour lui demander de me trouver un local. Au centre-ville. Facile d'accès. Quatre cents mètres environ.

Je me demande comment vont Véronique, Katia. Et que vaut ce nouveau restaurant qui vient de s'ouvrir, *Le Chatouche* ?

Le vendeur de meubles me fixe de ses yeux veloutés comme ceux de tous les Indiens. *« Hi ! This is whole sale prices. »*

Je lui souris de tout mon cœur.

Nous deviendrons amis, me dis-je dans mon for intérieur, mais tu devras baisser tes prix.

Je crois qu'il a compris. Il me fait un grand sourire.

Après tout, je pourrais acheter une maison ici dans quelques années. À ce moment-là, le jeune homme sympathique en turban, qui transporterait une chaise pliante partout derrière moi, ne m'agacerait plus.

24

“Constantin accepte de financer ce projet. Et aussi, tous mes autres projets, pendant toute notre vie...”

Photocomposition Asiatype

Cet ouvrage a été imprimé en France par
CPI Bussière
à Saint-Amand-Montrond (Cher)
en octobre 2008
pour le compte des éditions Calmann-Lèvy
31, rue de Fleurus 75006 Paris

N° d'éditeur : 14547/01
N° d'imprimeur : 083060/1
Dépôt légal : novembre 2008